LA GARÇONNE

DU MÊME AUTEUR
CHEZ POCKET

L'Heure du braconnier
Le Silence de la Mule
Le Voleur de bonbons
Lumière à Cornemule
La Malédiction des Louves
Les Enfants de l'hiver
La Maison des Houches
Les Secrets de la forêt
L'Enfant de Loire
La Garçonne

GILBERT BORDES

LA GARÇONNE

PRESSES DE LA CITÉ

FSC
www.fsc.org
MIXTE
Papier issu de
sources responsables
FSC™ C003309

Pocket, une marque d'Univers Poche,
est un éditeur qui s'engage pour la préservation
de l'environnement et qui utilise du papier fabriqué
à partir de bois provenant de forêts gérées
de manière responsable.

ISBN 978-2-266-30793-2
Dépôt légal : avril 2020

Première partie

FILLE DU VENT

1

Assise entre les aubépines, Louison observait le grand chêne dressé au-dessus de la forêt, le chêne aux palombes, comme l'appelaient les chasseurs et les braconniers solognots. En ce mois de novembre 1937, les oiseaux migrateurs y faisaient halte le temps de manger des glands et de se reposer. Pour cette raison, le comte Hubert de Cressey avait refusé qu'on le coupe. Il n'aimait pas particulièrement la chasse, mais ce lien entre un arbre séculaire et des oiseaux parcourant chaque année des milliers de kilomètres le touchait ; il y voyait la preuve indéfectible de la perfection du monde.

Louison avait disposé ses pièges entre les feuilles mortes. Les lacets invisibles avec leur nœud coulant se refermaient sur les pattes, parfois le cou, il ne restait plus qu'à ramasser les pigeons prisonniers.

La nuit tombait. Quelques nuages brûlaient à l'horizon, l'ombre montait du sous-bois, noyant peu à peu les branches basses. Le vol pressé arriva avec ce bruit particulier de plumes froissées, tourna dans le ciel, s'éloigna puis revint vers le chêne. Les plus hasardeux s'arrêtèrent sur les hautes branches pendant que les autres poursuivaient leur ronde, guettant les alentours. Enfin, mis en confiance, ils se posèrent sur les branches basses, d'abord les plus jeunes, puis les autres ; plusieurs années d'expérience leur avaient enseigné qu'il ne fallait jamais céder trop rapidement à ses envies. Les pigeonneaux payaient souvent cher leur empressement. Un premier, au bec encore long et épais, qui n'avait pas un an, descendit au sol. Les autres l'observèrent et, constatant qu'il mangeait sans risques, descendirent à leur tour. Ils furent vite nombreux, entre les herbes sèches, à se goinfrer de glands, oubliant toute méfiance. Les lacets se refermaient sur les pattes, emprisonnaient les cous, mais les oiseaux encore libres ne s'en apercevaient pas, trop occupés à se nourrir après une longue journée de vol qui les avait conduits des vallées pyrénéennes à ce coin reculé de Sologne. Les glands formaient un tapis et il n'était pas nécessaire de se déplacer pour en avaler de pleins jabots.

Pendant quelques instants, Louison s'amusa du spectacle, puis elle se dressa vivement, affolant les ramiers qui s'envolèrent dans un bruit de claquements d'ailes. Elle courut vers ceux que les lacets retenaient prisonniers et qui tentaient désespérément de s'échapper. D'ordinaire, c'était Manot, sa chienne, qui bondissait ainsi pour semer la panique, mais Louison avait dû enfermer l'animal, blessé aux coussinets de ses pattes avant. Elle s'empara du premier oiseau, lui brisa le cou entre ses doigts. Le corps chaud s'immobilisa dans un tremblement sensible sous l'épaisseur chaude des plumes. C'était une curieuse sensation, cette vie qui quittait le petit animal. Louison en éprouvait un plaisir profond, un contentement brutal. Qui n'a pas connu cette jouissance de la capture ne sait rien de la chasse, rien de son jeu cruel avec la mort, qui est aussi celui de la vie, rien de ce qui unit les hommes aux animaux. Une façon de vivre où les mots cruauté et compassion n'ont pas de sens.

Avec la frénésie du chasseur insatiable, la jeune fille enfournait les pigeons dans sa musette d'un geste rapide. Avec sa veste grise, sa casquette qui cachait ses cheveux roux, ses pantalons, rien ne la différenciait des autres braconniers. On l'avait surnommée « la garçonne » et, pourtant, elle avait fréquenté le collège pendant son adolescence, elle avait obtenu le Brevet supérieur et parlait de devenir institutrice. En attendant un poste à la rentrée prochaine, elle faisait des travaux de couture, prenant ainsi la suite de Marie Bertaude, sa mère d'adoption, tout juste décédée.

Mais la forêt était son domaine, qu'elle partageait avec les braconniers et les chasseurs locaux. Elle avait fait sa place dans ce monde d'hommes. Tous louaient son habileté, sa manière de se faufiler comme une ombre, d'approcher les animaux les plus farouches. Beaucoup rêvaient de rouler avec elle sur la mousse. Elle était si belle, avec ses cheveux de feu, sa figure à la peau sans taches, ses grands yeux clairs ! Son corps avait la souplesse du chat, et comme le chat elle échappait aux plus rusés. Tous étaient jaloux de Baptiste, qui dansait avec elle les dimanches…

Elle endossa sa lourde musette, observa un instant le dernier pigeon prisonnier, un jeune mâle, épuisé, qui ne tentait plus de se libérer. Quand elle tendit la main pour le saisir, elle vit la terreur figer son regard.

Alors, elle le libéra. Charles Maubert, qu'elle considérait comme son père d'adoption, lui avait appris cette forme de respect.

— Va, lui dit-elle. Tu étais le plus jeune, et tu reviendras l'année prochaine !

C'était une coutume chez les braconniers de libérer le dernier animal capturé, pigeon, perdrix, grive ou lapin, un geste un peu superstitieux, une offrande à la nature qui les servait si bien.

Elle partit par un sentier à peine visible entre les grandes herbes. La nuit était tombée ; la pleine lune sortait entre deux nuages, éclairant le sous-bois.

Tout à coup deux hommes firent irruption devant elle, le visage caché sous un foulard. Le premier, qui marchait devant, n'était pas très grand mais robuste. Le second, maigre et dégingandé, se jeta sur elle. Sa main dure comme du bois se plaqua sur sa bouche. Ils avaient tout prévu, une corde pour la ligoter, un bâillon pour l'empêcher de crier. Quand ce fut fait, son agresseur l'allongea sur la mousse. Le second, qui n'avait pas pris encore part à l'opération, fit signe à son complice de s'éloigner. Il éclaira le visage de la jeune fille avec une lampe électrique, passa la main dans ses cheveux roux, s'attarda avec volupté au contact soyeux et frais de sa peau, puis caressa ses seins. Louison se contractait de toutes ses forces, mais le lien était solide et elle ne pouvait opposer aucune résistance, ni même crier. L'homme déboutonna lentement le pantalon de la jeune fille, contempla ses jambes nues, posa ses doigts sur son ventre, descendit plus bas. Et la torture commença. Elle sentait l'énorme sexe faire son chemin entre ses cuisses que l'homme maintenait écartées, pénétrer en elle dans une douleur de feu. La torture dura longtemps, puis l'homme se releva. L'autre coupa ses liens en renâclant, estimant qu'il avait aussi droit à sa part de plaisir. Enfin, il lui libéra les bras, et ils disparurent dans la nuit.

Louison était incapable de se relever. Elle avait l'impression d'être entrée en enfer. Son corps n'était que douleurs, souillures. Maubert l'avait assez mise en garde et elle n'avait pas voulu l'écouter. Seule dans la forêt, même avec sa chienne, elle était une proie pour d'autres prédateurs rendus téméraires par quelques verres de vin. Sa sensualité, son indépendance et sa manière de vivre n'étaient-elles pas une invitation à profiter d'elle ? Ne se montrait-elle pas aguichante, le dimanche, quand elle traversait la place sous le regard éméché des jeunes gens ?

« Tu es à moi pour toujours. » Cette phrase soufflée dans son oreille la révoltait. L'odeur de l'homme allongé sur elle lui retournait l'estomac. Elle ne pleurait pas. Sa détresse était au-delà des larmes. Ce qu'elle venait de vivre la salissait à jamais. Elle se sentait tout à coup laide et répugnante.

Elle ne pensait pas, en proie à l'horrible douleur de son ventre. Le renard aurait pu venir voler ses palombes dans la musette ouverte sur la mousse, elle n'aurait pas réagi. D'un geste vif, elle arracha le bâillon. Alors un cri strident sortit de sa gorge, lacérant la nuit, l'arrêtant dans sa marche régulière. Des braconniers dressèrent la tête. D'où venait ce cri, qui n'était pas celui d'un animal touché à mort ? Quelle gorge avait pu produire ce hurlement aussi tranchant qu'une lame, plein d'un désespoir qui donnait le frisson ? Quelque part sous les chênes d'où tombaient les glands nourriciers, la laie grogna, ses marcassins se rassemblèrent entre ses pattes, les lapins s'enfuirent dans leur terrier, le renard rampa entre les hautes herbes sèches.

Combien de temps Louison resta-t-elle ainsi assise sur la mousse humide ? La lune avait disparu ; des nuages sombres roulaient si bas qu'ils touchaient presque la cime des arbres. De temps en temps, un lointain éclair donnait forme aux taillis. Alors, surgis de la nuit, deux grands yeux étrangement clairs s'allumèrent. Un nouvel éclair illumina la robe tigrée de l'animal, qui vint se frotter contre Louison en ronronnant. Elle le caressa.

— Thibaut, mon ami !

Il était de l'espèce rare des chats sauvages, beaucoup plus gros que les chats domestiques dont il avait l'apparence. Louison avait récupéré le minuscule chaton orphelin, les chasseurs ayant tué sa mère. Elle l'avait nourri jusqu'à ce qu'il devienne un magnifique chasseur invisible dans la forêt, ne se laissant approcher que par elle. Souvent, il accourait devant Louison, se frottait à ses mollets, et s'en allait.

Ce soir-là, sentant que quelque chose de grave s'était passé, il resta plus longtemps que d'habitude près d'elle. Enfin, il s'éloigna sans le moindre bruit, se tourna une dernière fois avant de disparaître. Cette présence redonna un peu de force à Louison, qui se dressa, face à la nuit.

— Je les tuerai ! murmura-t-elle.

Qui étaient-ils ? Comment les retrouver, quand leurs visages étaient dissimulés sous un foulard ? Un détail s'imposa à son esprit : le grand maigre avait passé plusieurs fois sa main droite devant son visage et, à la faveur d'un éclair, elle avait remarqué que son index manquait.

Le roulement du tonnerre se rapprochait. L'averse s'abattit d'un coup, arrachant les feuilles mortes des hêtres. Les gouttes frappaient le visage de Louison, imbibaient ses vêtements, la nettoyaient des souillures et de cette infecte odeur persistante. Elle écarta légèrement les bras, laissa l'eau froide ruisseler sur son corps, ses membres, plaquer ses cheveux sur ses joues.

Quand la pluie se calma, le vent se leva et secoua les branches, qui se délestaient de leurs feuilles mortes.

— Je les tuerai ! répéta-t-elle en ramassant sa musette.

2

L'hiver 1937 n'avait pas été très froid. Louison avait regretté la neige, qu'elle mettait à profit pour repérer les animaux, découvrir leurs refuges, un jeu qui la faisait entrer dans l'intimité de la forêt. Depuis la mort de Marie Bertaude, elle vivait seule dans la petite maison en retrait du village, dont elle avait hérité et qui faisait une petite enclave dans l'immense domaine du comte de Cressey. Sa façon de s'habiller en homme, de braconner, la rendait suspecte. Le curé Biars, un gros homme presque impotent, laissait entendre qu'il l'avait vue une nuit de pleine lune, entièrement nue, son abondante chevelure rousse flambant autour de sa tête, ses yeux lançant des éclairs. Elle se contorsionnait en chantant dans une langue inconnue, la langue des démons cachés sous la mousse de la forêt. En effet, la garçonne aimait la danse et s'exhibait volontiers dans les fêtes de villages. Alors, quand la foule s'échauffait à taper dans les mains, elle tendait les bras à un jeune homme, toujours le même, Baptiste Lechers, apprenti mécanicien à Sully-sur-Loire. Il était si beau, Baptiste, avec ses larges épaules, ses bras musclés, sa poitrine bombée, et en même temps si souple, si léger ! Son visage gardait un air enfantin. Les filles n'avaient d'yeux que pour lui, mais lui ne voyait que Louison. « Elle l'a ensorcelé ! » disait-on. Quand ils avaient bien dansé, entremêlant leurs membres, se frôlant, se caressant, quand la musique s'arrêtait, ils couraient vers la forêt, main dans la main, et personne ne les revoyait de la soirée. Les mères mettaient en garde leurs garçons contre la diablesse, mais la diablesse ne les regardait pas !

On racontait tant de choses à son sujet ! D'où venait-elle ? Lorsque Marie Bertaude l'avait ramenée en 1918 du front de l'Est, on avait cru que c'était la fille qu'elle avait eue avec Maubert, cet ancien médecin qui vivait désormais comme un clochard. La rumeur fut vite démentie : le bébé s'appelait Louison Marchal. Qui étaient ses parents ? On murmurait que son père avait sauté sur une bombe à Verdun. Et sa mère ? On ne savait rien d'elle. Pourquoi le comte Hubert de Cressey s'intéressait-il à cette étrangère ? Pourquoi Louison était-elle sa protégée ? Personne n'avait oublié que la fillette avait eu pour compagnon de jeu le fils du comte, Arnaud de Cressey, jusqu'à ce que l'un et l'autre partent au collège.

On se méfiait d'elle autant qu'on l'enviait. Elle avait brillamment obtenu son Brevet supérieur alors que l'aînée du docteur Grégoire, le maire de Saint-Roch, avait échoué. Pourquoi le bon Dieu avait-il offert autant de dons à cette fille de personne, qui vivait comme un homme ?

Sa mère d'adoption, Marie Bertaude, originaire de Châteauroux, née dans une famille de riches commerçants, était infirmière. Quand la guerre éclata, en 1914, elle s'engagea dans l'armée pour soigner les blessés. Elle avait été plusieurs fois décorée, et le comte de Cressey la citait en exemple en toute occasion. « Il fallait la voir, déclamait-il de sa voix autoritaire, courant sous la mitraille pour apporter du secours aux mourants, risquant sa vie pour sauver celle des autres. Elle partageait l'enfer des poilus, dans la boue et la vermine, toujours prête à aider, et ne cessant d'encourager les désespérés ! » Ce genre de déclaration posait plus de questions qu'elle n'apportait de réponses.

A la fin de la guerre, Marie Bertaude s'était reconvertie en couturière. Louison l'aidait dans ses travaux, montrant de belles dispositions. « Louison, pourquoi tu cours la forêt ? lui demandait-elle souvent. Une jeune fille ne se comporte pas comme ça ! »

Marie était morte, brutalement, au mois de mai 1937. Elle prenait le frais, assise à l'ombre d'un tilleul devant sa porte, quand elle roula dans l'herbe nouvelle. Louison, la trouvant inanimée, courut chercher Charles Maubert. Marie, qui n'avait pas encore soixante ans, avait succombé à un arrêt cardiaque. Louison était mineure ; la majorité étant alors à vingt et un ans, elle fut confiée à la garde de Maubert, comme l'avait proposé M. de Cressey. Les Saint-Rochois se demandèrent en quoi le sort de Louison pouvait concerner le comte ; de nombreuses hypothèses furent avancées. On disait que Marie avait été la maîtresse du capitaine de Cressey pendant la Grande Guerre, on disait encore que Louison était la fille naturelle que le comte avait eue avec une danseuse de l'opéra de Nancy. Le mystère restait entier, car Louison portait un nom étranger au pays. Personne ne se souvenait d'avoir connu des Marchal dans le canton, et chacun pressentait que la jeune fille se trouvait au centre de relations rapprochées entre Hubert de Cressey, Charles Maubert et Marie Bertaude. C'était pour cela que personne n'osait s'en prendre à celle dont la liberté était une offense aux bonnes mœurs.

Depuis qu'elle avait été violée, Louison ne dansait plus. Elle ne quittait presque plus sa petite maison en retrait de Saint-Roch-Haut. Elle n'était plus la même. On la rencontrait parfois dans les sentiers forestiers, errant sans but. Elle refusait de voir Baptiste Lechers et s'enfermait dans un mutisme sombre.

En ce mois d'avril 1938, son corps qui se transformait l'inquiétait. Elle avait perdu sa souplesse de félin, la légèreté qui lui permettait de marcher sans bruit. Des nausées et l'arrêt de ses règles l'intriguaient. Elle n'en avait pas parlé à Maubert, car ces choses de femmes étaient difficiles à évoquer. Alors, discrètement, elle se rendit chez Marguerite Fauvet, qui faisait office d'accoucheuse et que les femmes consultaient pour ce qui ne se disait pas devant les hommes, surtout un mari ou un père.

Ce qu'elle redoutait fut confirmé : elle était enceinte, et cela la terrorisa. Elle s'éloigna en titubant. Elle aurait voulu se vomir, se retourner comme un gant pour éliminer le parasite qui grossissait en elle. Que faire ? Elle ne pouvait se confier à personne et rentra chez elle par le car, fit lentement les deux cents mètres du chemin pierreux entre Saint-Roch-Bas, Saint-Roch-Haut et sa maison. Elle s'assit, épuisée, près de la cuisinière à bois. Louison n'était pas une femme d'intérieur. Un grand désordre régnait dans cette pièce qui aurait pu être agréable avec ses murs peints en jaune clair, ses meubles, achetés à Orléans par Marie, et les bibelots liés à son existence d'infirmière sur le front.

Louison resta un long moment inerte, en proie à un sentiment de dégoût. Elle avait envie de se frapper, d'avaler du poison, d'aller se jeter dans l'étang du château, à l'endroit le plus profond, où se trouvaient les plus gros brochets.

— Ce n'est pas possible ! murmura-t-elle.

Devait-elle se confier à Maubert, malgré son appréhension ? Charles, avec sa tête de lion à la crinière blanche, son épaisse barbe, était un rocher. Elle l'aimait comme un père, lui qui avait toujours été aux côtés de Marie Bertaude. C'était lui qui avait appris à Louison le langage de la forêt et des animaux. Il savait sûrement comment sortir de ce mauvais pas, mais comment avouer la terrible vérité ? N'était-ce pas un peu de sa faute ? Quand on ne veut pas faire de mauvaises rencontres, on ne s'aventure pas seule dans la forêt, la nuit !

Mais aussi, comment résister à l'appel du sous-bois ? C'était le seul endroit où la garçonne avait le sentiment d'être chez elle. Ce soir encore, comme pour fuir son tracas, elle prêtait l'oreille aux bruits lointains, aux crissements dans l'ombre… Alors, sans réfléchir plus longtemps, certaine que la solution lui viendrait en écoutant le vent, elle plongea dans la pénombre. C'était une drogue qui effaçait tous les tourments, une envie irrésistible qui pinçait le ventre en une douleur de plaisir.

Sa chienne marchait devant elle, silencieuse et attentive. Louison se sentait un peu coupable d'avoir ainsi cédé à son envie. Les gens n'avaient pas tort : la braconne, la traque des animaux, n'apportait rien. C'était juste bon pour les rustres qui trouvaient là un divertissement à leur niveau, pas pour Louison, qui avait étudié le latin et dont les femmes du village vantaient l'habileté pour couper et coudre une robe ! Mais la forêt était son domaine, où elle disparaissait dans l'ombre, ombre elle-même. Elle n'était plus Louison Marchal, fille adoptive de Marie Bertaude, elle était chat, renard, louve, un animal n'écoutant que son instinct. Les pensées humaines n'avaient plus leur place dans son esprit. Au village, les bigotes racontaient qu'elle apprivoisait les vipères et buvait le sang des jeunes chevreuils. Elle avait aussi le mauvais œil, cela personne n'en doutait, depuis qu'on avait trouvé morte la pauvre Jeannette, qui après avoir dit à Louison qu'elle était la fille du diable était tombée raide dans son potager !

Ce soir, la magie de la forêt n'opérait pas. Elle s'arrêta dans le sous-bois, s'agenouilla, serra la tête de sa chienne contre sa poitrine, poussa un long soupir. Les larmes roulaient sur ses joues, des larmes de colère. Elle avait envie de mourir, de se dissoudre dans l'air comme une ombre. Ne plus être ! Comment oublier la haine de celui qui l'avait rabaissée au rang d'un objet de plaisir, et vivre avec ce poids, cette honte ? Elle s'en voulait de ne pas avoir su se défendre. Manot eut un mouvement imperceptible qui n'échappa pas à Louison. Son regard se dirigea vers la direction indiquée par le chien.

Révélée par un éclat de lune, une cane colvert passait, avec ses petits. Occupés à chercher à manger, ils la frôlèrent sans la remarquer.

Elle revint à l'endroit maudit, là où les deux hommes l'avaient maîtrisée et ligotée. Une grimace enlaidit son beau visage. La brûlure était toujours vive. Elle serrait les dents.

— Je les tuerai ! murmura-t-elle encore à la nuit, avant de rectifier : Non, je ne les tuerai pas. Je les exposerai à la haine de tous !

Elle rentra chez elle en faisant un petit détour par la maison de Maubert, située à moins de deux cents mètres de la sienne, s'arrêta, cachée derrière la haie. Maubert était là puisque la lumière éclairait sa fenêtre. A moins qu'il n'ait laissé la lampe allumée pour faire croire qu'il n'était pas parti chasser. Elle fit demi-tour quand il apparut devant elle. Comment faisait-il, ce colosse, pour se déplacer sans le moindre bruit et surprendre les gens les plus alertes ? Louison avait encore beaucoup à apprendre de lui, car ce bavard ne disait jamais rien d'essentiel.

— Je t'attendais, dit-il. Viens à la maison.

Les deux chiennes se léchèrent les babines. C'était la mère et la fille, et elles s'entendaient à merveille pour débusquer le gibier. Discrètes, elles savaient d'un seul regard indiquer une présence à leurs maîtres. Quand Louison arriva dans la lumière, Maubert la contempla avec attention.

— Pourquoi tu ne m'as rien dit ? demanda-t-il brusquement.

Louison passa la main droite dans ses cheveux, qui tombaient en mèches rouges sur son visage.

— Te dire quoi ?

— Je suis médecin, je vois beaucoup de choses.

Elle abaissa la tête, car le regard de Maubert sur son ventre la brûlait. Elle regrettait d'être venue.

— Je t'ai vue changer au fil des jours. Dis-moi, c'est Baptiste ?

Elle se précipita vers le vieil homme et lui prit les mains.

— Ils étaient deux, qui se cachaient le visage avec des foulards. Un grand avec un index en moins à la main droite et un autre, plus petit mais solide. Ils n'ont pas parlé, ils m'ont attachée…

— C'était ce soir d'automne où les ramiers passaient par grands vols et s'arrêtaient sur les chênes, près du parc du château ? Le jour de la pleine lune de novembre ?

— Oui… comment le sais-tu ?

— Parce que la pleine lune émoustille les sens. Les hommes n'échappent pas aux règles de la nature. C'est l'époque où les cerfs sont prêts à jouer leur vie pour un accouplement d'une seconde.

Il se souvenait, tout à coup… Il était au bord de l'étang en train de poser des lignes à anguilles. Sa chienne avait frémi et l'avait regardé pour l'avertir que quelqu'un approchait. Deux hommes l'avaient frôlé, deux ombres pressées. Il avait pensé à des chasseurs au lamparo et n'y avait prêté aucune attention.

— Tu les as reconnus ? demanda Louison.

— Non, je ne pouvais pas me douter…

— Je ne supporte plus ce gros ver blanc qui ne cesse de grossir, dit Marie d'une voix suppliante. Tu es médecin, alors, tu peux m'aider !

— T'aider en quoi ? questionna Maubert, qui ne la quittait pas des yeux.

— A m'en débarrasser ! Tu connais sûrement un bon moyen.

Maubert se dressa, énorme devant la jeune fille, les poings posés sur les hanches. Il avait côtoyé trop souvent la mort, il avait vu trop de souffrances pour ne pas avoir un amour profond et un respect indéfectible de la vie humaine, d'où qu'elle vienne.

— Jamais, tu entends ! Jamais je ne ferai ça. L'enfant qui grandit en toi n'est pas une larve infecte, c'est un être humain, un enfant du bon Dieu ! Je ne tue pas !

Louison exprima sa déception par un sourire amer.

— Tu ne tues pas ? Et les lièvres, les perdrix, les lapins, par dizaines ? Ce ne sont pas des êtres vivants ?

— Je fais une différence entre les hommes et les animaux ! Quand tu as connu la guerre, la souffrance, la faim dans les tranchées, tu remets chaque chose à sa place !

Ses épais sourcils froncés, Charles Maubert ressemblait plus que jamais à un lion prêt à bondir. Il n'avait jamais rien refusé à Louison, qui recula d'un pas. Son dernier espoir s'effondrait.

— Et au village, les commères ont l'œil pour ce genre de choses. Dès qu'il s'agit de médire, surtout de toi, elles voient tout, et en rajoutent. J'ai déjà entendu la veuve Traquet, au bureau de tabac, s'étonner de ta taille qui s'épaissit et du renflement de ton ventre…

Louison quitta le vieux Maubert sans un mot. Les larmes roulaient sur ses joues. Elle prit le sentier, suivie par sa chienne, et s'assit dans l'herbe. Manot lui lécha la figure puis se pressa contre elle. Survenu des taillis,

Thibaut s'approcha. Même si la chienne le connaissait, malgré elle son poil se hérissa. L'animal sauvage la regarda un instant et s'évanouit dans la pénombre.

Louison, rentrée chez elle, céda à une crise de colère. Elle griffait son ventre, comme pour le déchirer, en extraire l'intrus. Elle prit le grand couteau effilé qui lui servait à dépouiller les lapins, en appliqua la pointe contre sa peau distendue. Il lui suffisait d'appuyer d'un coup sec pour que la lame pénètre à l'intérieur et détruise cette vie qui dévorait la sienne. Elle hésita un instant, reposa le couteau sur la table. Elle redoutait la douleur et surtout voulait vivre.

Le lendemain, après une nuit sans sommeil, Louison se leva très tôt, à l'heure où les maisons sont encore fermées. Quelques paysans étaient déjà dans leurs champs ; les coqs chantaient, mais les hameaux étaient déserts. Elle enfourcha son vélo et pédala en profitant de l'air, frais et doux pour un mois de février. Elle longea le fleuve jusqu'à Sully-sur-Loire, où elle avait entendu parler d'une faiseuse d'anges à qui plusieurs femmes de Saint-Roch avaient eu recours pendant la guerre. Marceline Plainat n'avait pas perdu la main, selon les dires de la mère Ducellier, qui savait tout ce qui se passait au pays. Marie Bertaude aussi l'avait bien connue ; elles avaient fait leurs études d'infirmière ensemble à Orléans, mais Marceline avait choisi la voie qui rapportait le plus, celle de la mort.

Louison était décidée. Le refus de Maubert l'avait profondément contrariée. Son tuteur, qui l'avait toujours protégée, qui avait la bienveillance d'un père, lui refusait son aide au moment où elle en avait le plus besoin. L'homme qui avait abusé d'elle n'était-il pas un criminel ? Pourquoi alors Maubert ne voulait-il pas effacer les traces d'un acte aussi odieux, qui allait conditionner toute sa vie à elle ? Une phrase revenait incessamment à son esprit : « C'est un être humain qui n'a rien demandé à personne ! » Elle pensa à sa mère, qui l'avait portée à son terme et dont elle ne savait rien.

Elle s'éloigna sur le chemin empierré, en appuyant vivement sur les pédales comme si elle redoutait qu'on la voie. Elle atteignit Sully-sur-Loire alors que le soleil montait sur l'horizon, dardant ses rayons brûlants sur la campagne qui se nettoyait des brumes de la nuit. Quelques fumerolles flottaient au-dessus de la Loire. C'était l'heure où les gros brochets chassent, où les lièvres sortent brouter l'herbe humide. Les rues commençaient à s'animer. Le bistrot près de l'usine de cartons était bondé d'ouvriers buvant un café avant d'entrer dans leur atelier. Des femmes se rendaient en groupes à la fabrique de vêtements tout en bavardant et riant. Tandis qu'elle passait près de la boulangerie, une bonne odeur de pain cuit rappela à Louison qu'elle n'avait pas mangé depuis la veille à midi. Quelques voitures longeaient la rue principale, une camionnette remplie de moutons se dirigeait vers l'abattoir. Un fourgon s'arrêta devant la poste. Plusieurs facteurs, le képi sur le front, saluèrent le conducteur et se mirent à décharger les sacs de courrier qui venaient d'Orléans.

Louison savait où elle allait. Si elle n'avait pas changé d'adresse, Marceline Plainat habitait une maison aux pierres sombres, au bout d'une sente qui descendait vers le fleuve. Elle l'emprunta jusqu'à un portail en bois pourrissant qui émit un grincement quand elle l'ouvrit. Un gros chien efflanqué vint la renifler et lui fit la fête comme s'il la reconnaissait. Des poules picoraient dans un enclos où un coq dressé sur ses ergots chantait à tue-tête. Une femme parut sur le pas de la porte.

— Madame Marceline Plainat ?

— Entrez, mademoiselle. Celles qui me rendent visite à cette heure n'aiment pas qu'on les voie frapper à ma porte.

Louison pénétra dans un intérieur aux cloisons de bois. Une odeur aigre de lait caillé flottait dans l'air, Marceline lui proposa de s'asseoir. Elle était assez grande, bien faite pour ses soixante ans. Son visage clair sous ses cheveux restés noirs attachés en un chignon haut exprimait une intelligence contenue, une hauteur de vue sur le monde, dont elle connaissait les écueils.

— Un peu de café ?

Louison hésita. Accepter une tasse de café revenait à admettre une complicité avec cette femme dont elle mesurait la force diabolique. Elle s'assit et la laissa remplir une tasse à fleurs bleues posée sur la table.

— Vous êtes si belle ! dit Marceline en s'installant en face d'elle. Une beauté particulière, qui donne envie de vous aider à la conserver.

Ses yeux avaient une lueur froide, une fixité de reptile. Louison se demanda comment elle allait présenter sa requête, mais l'autre, qui n'en était pas à sa première fille perdue, savait parler en de telles circonstances :

— Quand on est belle comme vous, la tentation est toujours plus grande. Les hommes vous harcèlent et ce n'est pas toujours facile de refuser ! Pourtant, je ne vous vois pas céder pour un caprice.

Louison baissait la tête, honteuse de ce que sa démarche pouvait représenter de plaisir interdit, de jouissance cachée. Un instant d'abandon aux conséquences incalculables, qui montrait sa faiblesse de femme. Elle se redressa.

— Ce n'est pas ce que vous croyez ! On m'a forcée.

— Bien sûr ! répondit en souriant Marceline. Toutes celles qui viennent me voir ont été forcées.

Elle proposa du sucre à Louison, qui refusa. Puis elle ajouta :

— Je vous connais ! Vous êtes la fille de Marie Bertaude, enfin l'enfant qu'elle a élevée. Je me souviens de vous quand vous étiez petite. Vous jouiez souvent avec Arnaud de Cressey, le fils du comte. Comme vous étiez beaux, tous les deux, Arnaud voulait vous épouser !

Louison sourit à ces souvenirs. Arnaud venait jouer avec elle presque tous les jours. Il ne cessait de lui dire qu'il l'aimait, qu'il voulait l'épouser parce qu'elle était la plus belle princesse du monde.

— Arnaud et moi, on s'entendait bien, admit Louison. Puis, à douze ans, il est parti au collège à Paris et on ne s'est revus qu'occasionnellement, pendant les vacances.

— Et vous ?

— Je suis allée au collège à Orléans jusqu'au Brevet supérieur. J'ai fait une demande d'institutrice, je pense avoir une place à la rentrée prochaine.

— Ce sera facile. M. de Cressey connaît beaucoup de monde et je sais qu'il vous aime bien.

Louison regrettait d'être venue consulter cette femme qui savait trop de choses sur elle, sur Marie et sur la famille de Cressey, si puissante. Marceline Plainat vida sa tasse et se leva.

— Pour ce qui vous amène, sachez que je prends de gros risques. Mais rassurez-vous, on me protège en haut lieu, car il n'y a pas que les bergères pour profiter de mes services. Aussi je vous demande vingt francs, à payer avant l'intervention.

Vingt francs ! C'était une fortune. Louison n'avait pas assez d'argent sur elle et ne savait comment le dire, mais Marceline avait l'habitude de ces pauvres filles. Elle forçait toujours un peu le prix au début pour se montrer plus généreuse qu'elle ne l'était.

— En souvenir de mon amie Marie, je vous fais un rabais, ce sera dix francs.

Louison respira. Marceline empocha les billets que lui tendait la jeune femme et l'invita à la suivre vers l'escalier qui descendait au sous-sol.

— C'est plus discret. Et puis les cris ne s'entendent pas de l'extérieur. Vous allez avoir un peu mal, mais c'est très rapide, et c'est le prix du plaisir ! précisa l'ancienne sage-femme avec un sourire coquin.

Elles entrèrent dans une pièce en planches tapissée de tissu gris. Au milieu, à une table couverte d'un drap des sangles étaient accrochées par des vis et une lanière en cuir.

Louison regarda la Plainat disposer sur un plateau métallique des aiguilles acérées aussi longues que des aiguilles à tricoter. La femme enfila un tablier blanc en cuir et se lava les mains dans un évier en pierre.

— Allongez-vous sur cette table. Je vais être obligée de vous attacher car un mouvement brusque peut être dangereux…

Pourquoi Louison pensa-t-elle alors aux moulins en brindilles de son enfance qu'elle fabriquait avec Arnaud de Cressey ? Ils pataugeaient dans le ruisseau, les mollets entourés d'une myriade de petits poissons vifs comme l'éclair. L'enfant qu'elle portait ne connaîtrait pas ces plaisirs, il allait mourir dans quelques instants et on jetterait son petit corps dans un trou au fond du jardin où d'autres anges devaient l'attendre, très nombreux. Elle le vit, car c'était un petit garçon brun, courir devant elle dans la forêt, elle l'entendait chantonner en agaçant un hanneton posé sur sa main. Une lumière étrange éblouit son esprit, comme si une porte venait de s'ouvrir sur un monde de félicité. Si sa mère avait avorté, Louison ne serait pas là, elle n'aurait jamais eu le bonheur de se blottir dans les bras de Marie, de danser avec Baptiste des farandoles endiablées, de courir dans la forêt sous la lune…

— Non, je veux pas ! dit-elle d'une voix sourde.

Elle sauta au bas de la table, remonta quatre à quatre l'escalier, sortit dans la cour. Le soleil l'éblouit. Elle courut jusqu'à la Loire, où un train de bateaux remontait le courant sous un petit vent qui gonflait les voiles blanches, s'arrêta, essoufflée, près d'une anse où des grenouilles faisaient un tintamarre infernal.

Elle regarda longuement l'eau miroiter ; des éclats de soleil frappaient la surface en lames d'argent. Louison eut alors une sensation bizarre. Elle s'assit sur la mousse, le souffle court, comme perdue. Elle eut l'impression que quelque chose s'agitait dans son ventre. La sensation que le bébé lui donnait des coups de pied ! C'était sûrement pour la remercier de ne pas l'avoir tué. Elle ressentit alors un immense bonheur, si profond qu'elle en oubliait que cet enfant était le fruit de la violence. Elle porta la main sur sa peau brûlante.

— Mon petit bonhomme, on sera bien heureux, tous les deux.

Maubert avait raison : la vie avait un caractère sacré que rien ne pouvait écorner. Elle pensa alors à l'épidémie de rougeole qui sévissait en Sologne et principalement à Saint-Roch. Son enfant était-il protégé, bien au chaud dans son corps ?

3

Louison retourna chercher son vélo et rentra chez elle, l'esprit incertain. Tout en s'éloignant de Sully-sur-Loire, elle hésitait de nouveau. Avait-elle eu raison de refuser l'avortement ? Il faisait très doux pour la saison.

Louison arriva chez elle en sueur, avec l'envie de pleurer. Au pied du mur, le courage lui manquait. Aurait-elle la force d'affronter le village pour cet enfant de personne, conçu dans la douleur et le renoncement ? Pourtant, malgré les questions qui la harcelaient, sa fuite de chez Marceline la libérait et lui indiquait le chemin à suivre. Elle avait tenté de mettre un visage et un nom sur ses agresseurs, cherché l'homme au doigt manquant. Elle avait surveillé les entrées et les sorties des bistrots, les rues, elle avait approché les bûcherons à l'auberge Poulet, à l'orée de la forêt. Sans résultat, et c'était mieux ainsi : connaître celui qui avait abusé d'elle aurait mis un nom et un visage détestés sur le petit être qu'elle souhaitait aimer.

La peur de l'avenir la poussa à fouiller le grenier à la recherche de vieux papiers de Marie, de souvenirs, de secrets la concernant. Elle éprouvait le besoin de se rassurer. Cet enfant la ramenait à sa place, celle d'un maillon dans une chaîne de générations, une suite d'inconnus. Marie, morte soudainement, lui avait toujours dit de garder sa confiance en deux hommes très différents l'un de l'autre : son voisin, Charles Maubert, qui vivait en sauvage dans sa petite maison, et le comte Hubert de Cressey, personnage hautain et distant, retranché dans son antique manoir.

Malgré les mises en garde de Marie, Louison avait entièrement confiance en une autre personne, pour laquelle elle nourrissait un sentiment particulier : Baptiste Lechers. Il était si beau ! Elle se sentait si bien dans ses bras ! Leur entente était parfaite quand la musique les emportait sur la piste de danse. Leur complicité lui faisait un bien infini.

Vers le soir, le vent du nord se leva. Les rafales secouaient la cime des arbres, l'annonce d'un temps de pluie et de froidure qui pourrait durer plusieurs jours. Louison se rendit au village. Après un bosquet, le chemin empierré arrivait aux premières maisons de Saint-Roch-Haut, séparé de Saint-Roch-Bas par une prairie que le comte mettait à la disposition de la commune pour y organiser des fêtes. Le village était ainsi formé de deux groupes de maisons reliées par une route longue de trois cents mètres. Saint-Roch-Bas était le cœur du village, avec ses bistrots, la mairie, l'école, l'église et les commerces. Au centre, près de la quincaillerie Clément, une haute entrée en pierres taillées donnait sur les ruines de la maison des Pèlerins. Au Moyen Age, c'était un ancien refuge, tenu par des moines, dont il ne restait que les murs et des charpentes offertes à tous les vents. Depuis 1918, on parlait de remettre ces bâtiments en état, mais l'argent manquait et malgré les critiques répétées des élus de gauche, opposés au maire, le docteur Grégoire, rien ne se faisait. On avait seulement condamné l'entrée avec une barrière en planches pour éviter que les enfants aillent y jouer.

La dernière maison de Saint-Roch-Haut avant « le pré du jeu » était un peu plus grande que les autres. Couverte d'ardoises, elle tranchait sur les toitures en tuiles. L'enseigne « Au Furet » indiquait un bistrot, malgré la porte étroite. A l'intérieur, les cloisons noires de suie étaient couvertes d'affiches publicitaires et sportives qui mettaient un peu de gaieté dans ce lieu de passage fréquenté par les forestiers et les chasseurs.

Louison entra dans la pièce mal éclairée. Quelques hommes buvaient, accoudés au comptoir, la casquette sur les yeux, silencieux. Pollu, le bistrotier, était un grand blond venu d'un lointain pays du Nord. Il baragouinait le français et comme dans la région on se méfiait des étrangers il avait dû aménager son commerce dans une ancienne forge à l'extérieur du village. On ne savait rien de lui, sauf qu'il vivait seul, qu'il parlait de sa femme restée au pays parce qu'elle ne pouvait pas vivre sans neige, de son fils qui le rejoindrait sûrement bientôt. Les ivrognes des environs étaient sensibles à sa générosité, car il n'hésitait pas à payer sa tournée. C'était un lieu neutre, où braconniers et gardes se regardaient du coin de l'œil mais restaient tranquilles. Pollu, avec ses larges épaules, savait imposer le calme. Un jour, il avait même terrassé Arnaud de Cressey, qui faisait du grabuge, ce qui avait assis son autorité une bonne fois pour toutes.

Quand la jeune fille fit son apparition, tous les regards convergèrent vers elle. Sa chevelure rousse tranchait dans la pénombre. Elle était si belle, si désirable, qu'ils avaient tous posé leur verre et arrêté leurs conversations ! Elle répondit au sourire de Pollu et lui demanda :

— Tu n'as pas vu Baptiste ?

— Pas encore.

Il aurait dû être rentré, à cette heure. Baptiste Lechers travaillait à Sully-sur-Loire, chez un mécanicien forgeron. Il était si gentil ! Toujours souriant ! Quand il dansait avec Louison, son élégance, la grâce qu'il mettait en chacun de ses gestes, faisait tourner la tête de bien des jeunes filles.

Louison se dirigea vers une table où un homme seul buvait du vin. Il ne ressemblait pas aux autres. La tête nue, les cheveux noirs bouclés, sagement coiffés, il avait la peau claire de ceux qui restent à l'ombre quand le soleil brûle. Il était bien fait, avec des épaules larges qui n'épaississaient pas sa silhouette. Avec sa veste en bon tissu, son allure bourgeoise, ses mains fines, il ne semblait pas à sa place dans ce bistrot d'ouvriers. Servais Clément approchait des trente ans. Il possédait la quincaillerie de Saint-Roch, où l'on trouvait de tout, du tire-bouchon à la machine à coudre en passant par les pièges à rats, les produits pour sulfater les pommes de terre et tuer les doryphores. Depuis la mort de son père, il gérait sa boutique et les biens dont il avait hérité, mais sa passion, c'était la Loire. Il arpentait ses berges chaque jour. Sa mère se lamentait qu'il abandonnât ainsi le commerce à deux employées qu'il fallait payer et qui ne connaissaient pas bien le travail. Mais il n'en avait cure.

— Bonjour, dit Louison d'une voix timide.

Ce fils unique était propriétaire de plusieurs immeubles à Orléans et de deux appartements à Paris. « Il en a de la chance, le Servais, disait-on à Saint-Roch. Son grand-père et son père lui ont fait un tas d'argent si haut qu'il peut passer ses journées à la pêche ! C'est le plus riche de Saint-Roch ! » Il possédait également une voiture, ce qui le plaçait du côté des nantis, des bourgeois profiteurs envers qui on attisait la haine populaire dans les réunions du parti socialiste omniprésent.

— Ah, c'est toi ! fit-il en levant sur elle son visage souriant qui n'était pas laid.

Il prit le temps de détailler ses lèvres bien dessinées, puis la poitrine qui pointait sous le chemisier. Enfin, sûr de son effet, il ouvrit le sac en jute posé sur la table à côté de lui. La tête d'un énorme brochet surprit Louison.

— Un mètre et dix centimètres. Douze kilos !

Il étala sur la table le corps gris-vert ocellé de taches blanches. Louison poussa un léger sifflement entre ses dents.

— C'est celui de Combe-Brune ?

— Non. Celui de la Combe-Brune, ce sera pour la prochaine fois ! Il vient de Bouteille.

Bouteille était un haut lieu de la pêche sur la Loire. Un port y avait été aménagé, et des maisons de pêcheurs construites sur le plateau où butait le fleuve. Deux bistrots servaient de refuges aux mariniers quand le temps était trop mauvais ou que le vent ne soufflait pas assez fort pour pousser vers l'amont les barques à fond plat.

Louison prit le temps d'admirer le gros poisson, son corps magnifique avec ses nageoires couleur de tuiles, sa gueule effilée aux longues dents pointues. Elle sentait son odeur fraîche, faite de mousse humide, de berges que le soleil du matin chauffe, une odeur d'eau sauvage, celle de la Loire les soirs d'été, qui ne laissait pas insensible.

— Tu vois que je ne suis pas trop mauvais…

— C'est bien ! dit-elle.

Aussitôt, elle quitta la pièce enfumée où le regard des hommes la gênait comme s'ils avaient découvert son secret. Car, à trop vouloir cacher sa lourdeur, elle ne faisait que l'amplifier et dévoiler la rondeur coupable de son ventre.

— Je sais pas ce qui se passe, s'étonna Pollu avec un sourire entendu, mais je trouve qu'elle a changé… On dirait qu'elle est moins belle !

Servais remit son brochet dans son sac et se leva. Le braconnage n'était pas son affaire : il respectait trop la Loire pour ne pas accepter les règles imposées. Il pêchait à la ligne uniquement, pour son plaisir, pour sentir les secousses du poisson vivant dans ses mains quand un gros brochet ou une lourde carpe piqués partaient dans le courant. Il n'en faisait pas commerce et donnait ses prises, ce qui lui valait les reproches de certains. On l'appelait « le rentier » parce qu'il se contentait de passer une heure ou deux dans sa boutique. « Il y en a qui sont bien nés ! » disait-on par jalousie.

— Louison, c'est, comment dire, un rayon de soleil dans la nuit ! s'exclama-t-il en se dirigeant vers la porte. Elle marche sans toucher les brindilles cassantes, elle glisse entre les branches sans les déranger, elle est là devant toi, et elle disparaît comme une ombre. C'est la perfection. Quand je la vois, je me dis que toute l'humanité n'a existé que pour lui donner naissance. Pour le ravissement des yeux et du cœur.

Il sortit, laissant les autres surpris par ce qu'ils venaient d'entendre. Servais n'était pas loquace. C'était plutôt un homme réservé, à qui le silence des berges allait bien. Pollu échangea un regard étonné avec ses voisins, puis un sourire entendu. Il en apprenait une bien belle ! Servais Clément serait-il amoureux de Louison ? C'était impensable, et pourtant il avait parlé d'une voix sincère, profonde et nette.

Servais monta dans sa voiture garée à proximité en pensant à Baptiste, ce freluquet prétentieux. Chaque fois qu'il le voyait danser avec Louison, la colère montait en lui et il serrait les poings. L'amour qu'il portait à la garçonne était une faiblesse, une mauvaise maladie qu'il aurait dû étouffer au fond de son être avant qu'elle ne le dévore tout entier. Qu'est-ce qui lui avait pris de parler ainsi au bistrot ? Il s'en voulait d'une franchise qui le rabaissait.

— Baptiste, c'est le malheur de Louison ! dit-il, comme s'il s'adressait à quelqu'un assis à côté de lui. Je ne le sens pas, c'est un profiteur. Et qu'est-ce qu'il connaît, lui, de Louison ? Qu'est-ce qu'un grouillot qui tape la tôle toute la journée dans le cambouis peut savoir du miracle de cette fille aussi légère que le reflet du soleil sur l'eau tranquille ? Louison n'est pas de celles qu'on apprivoise avec un collier ou des belles paroles. Elle file entre les doigts, comme l'eau claire, tu veux la toucher et tu trouves le vide, elle est comme un clair de lune, visible et fugace. Baptiste veut en profiter, voilà la vérité, alors qu'il devrait se faire du bien avec le seul plaisir de regarder ses cheveux roux se perdre dans la lumière du soir et son corps se déplacer avec tant de souplesse qu'on se demande s'il est d'un être humain…

Louison était partie attendre Baptiste au chemin qui conduisait à la ferme où il vivait toujours. Elle le vit venir, debout sur les pédales de son vélo. Il avait remarqué les nuages sur l'horizon et il voulait rentrer avant la pluie. Il s'arrêta devant la jeune femme, essuya son visage ruisselant de sueur.

— Qu'est-ce que tu fais là ?

Baptiste posa son vélo dans le fossé. Le soleil éclairait la belle silhouette de Louison. Son visage resplendissait sous ses cheveux qui flambaient à la lumière rasante.

— Il faut que je te parle, Baptiste !

Baptiste avait bien remarqué les changements de son amie. Et cette impression qu'elle avait grossi ! Il la trouvait moins agile, moins souple. Elle se contractait quand il la prenait dans ses bras et refusait ses étreintes, comme si elle le rejetait tout à coup.

Ils se dirigèrent vers l'ombre apaisante du sous-bois tout proche. Louison marchait devant lui et il constatait combien ses hanches s'étaient épaissies en peu de temps. Son visage avait perdu sa fraîcheur ; sa peau sans défauts s'était marbrée. A la question « Tu es malade ? » elle avait répondu qu'elle se sentait juste un peu fatiguée.

Louison aimait Baptiste depuis longtemps, depuis l'époque où ils fréquentaient l'école communale de Saint-Roch. Il la protégeait quand les autres enfants s'en prenaient à la fille sans famille, « la rouquine » qui portait malheur. Et l'été, pendant les vacances, quand Jacques Labrenne la pourchassait pour baisser sa culotte, Baptiste n'hésitait pas à l'affronter. Les parents de Jacques avaient une épicerie à Paris et le garçon passait ses étés chez sa grand-mère. Il était arrogant, grossier ; ses bêtises exaspéraient tout le monde.

— Alors parle-moi, la pria Baptiste en jetant un regard inquiet aux nuages qui montaient dans le ciel.

— Regarde ! fit-elle, gênée, en posant les mains sur son ventre.

Les doutes de Baptiste étaient donc fondés ! Un courant gelé parcourut le corps du jeune homme, ses jambes flageolaient. Il titubait, comme ivre. Louison, sa Louison lui avait fait ça ! Elle l'avait trompé jusqu'à faire un enfant avec un autre… Il inspira profondément et dit d'une voix tremblante qui se voulait pleine de questions :

— Tu veux dire que…

Elle baissa la tête, coupable, avouant ainsi sa faute. Tout à coup, elle regrettait sa franchise : la peine de Baptiste lui faisait mal. Pourquoi s'était-elle enfuie de chez Marceline ? Avec ses aiguilles à tricoter, l'ancienne infirmière aurait effacé toute trace du viol et personne n'en aurait rien su.

— … que tu attends un enfant ? C'est bien ça ? ajouta-t-il en haussant le ton.

— J'y suis pour rien ! s'empressa de répondre Louison. Ils étaient deux, ils m'ont attachée et violée. J'ai pas pu me défendre.

— Comment ça, tu n'as pas pu te défendre ? Mais à courir les bois toutes les nuits, c'est bien ce que tu cherchais !

Il partit récupérer son vélo, d'un pas sec. Les mains écartées, le visage blême de colère, il s'écria :

— Plus jamais je ne veux te revoir !

La voix de Baptiste trancha comme une lame effilée. Louison reçut le coup, chancela à son tour, se ressaisit.

— Baptiste, je t'en supplie…

— Non. Tu as donné à un autre ce que tu m'as toujours refusé.

Elle s'effondra en larmes. Louison, qui se savait forte dans la plupart des circonstances, était vide de volonté. Comment imaginer la vie sans Baptiste, sans ses caresses, ses étreintes rassurantes ?

— Baptiste, je t'aime !

C'était la première fois qu'elle disait ces mots, la première fois qu'elle exprimait un sentiment dont elle ne savait que peu de chose, et elle le regretta aussitôt. Il s'arrêta près de son vélo, hésita, comme si cet aveu l'avait touché. Puis il s'assit sur la selle et appuya sur les pédales.

Louison aurait voulu le rattraper, mais ses jambes restaient lourdes ; elle ouvrit la bouche pour l'appeler. Aucun son ne sortit de sa gorge nouée. Ses lèvres bougeaient, puis s'immobilisèrent, comme figées par une pensée trop douloureuse pour être exprimée.

Elle fit quelques pas dans le sentier entre les grandes herbes. Elle vit Servais Clément qui venait vers elle.

Il avait probablement assisté à la scène et entendu Louison avouer son amour à Baptiste. Ce fut sur lui qu'elle laissa éclater sa colère :

— Qu'est-ce que vous faites là ? Voilà que vous me surveillez ?

Louison ne s'était jamais permis de tutoyer ce pêcheur pas comme les autres. Son aisance, sa voiture, ses vêtements de belle tenue le plaçaient en dehors du petit cercle des braconniers. Et il était de Saint-Roch-Bas, presque un étranger.

Servais reçut le reproche comme une lanière de fouet en plein visage. Il trébucha, ses épaules s'abaissèrent, puis il s'approcha de la jeune femme. La profondeur de son regard n'échappa pas à Louison, qui se sentit gênée.

— Vous m'épiez tout le temps !

— Louison, tu peux dire ce que tu veux, tu ne m'empêcheras pas de t'aider, de rester près de toi dans l'ombre pour te retenir quand tu vas tomber, pour te sortir du ruisseau, pour te défendre des mauvaises gens qui ne voient en toi qu'une fille légère. Non, tu ne m'en empêcheras pas ! Parce que…

Il inspira profondément. En cet instant, Louison découvrait son visage, qu'elle n'avait jamais vraiment regardé ; il exprimait la réflexion, la sagesse intelligente et la retenue. Jusqu'à cet instant, elle n'avait vu en lui que l'homme aisé qui gaspillait son temps en futilités, elle le découvrait sincère et proche.

— Ecoute, reprit Servais, je pense à toi toute la journée. Ça me remplit la tête au point que je ne vois rien d'autre que ta belle frimousse, tes cheveux de feu, tes lèvres. J'en perds le nord et je me laisse surprendre par l'averse. Et depuis que j'ai compris pourquoi tes hanches s'alourdissaient… J'ai entendu ce que tu as dit à Baptiste. S'il t'aimait comme moi je t'aime, il ne t'aurait pas parlé comme ça. Ce qu'il veut, c'est te posséder, t'avoir pour lui seul, c'est lui qu'il aime, pas toi. Moi, je ne te demande rien, pas plus qui est le père de ton enfant que pourquoi il est là dans ton ventre. Je le prends avec toi. Il sera mon fils et la quincaillerie lui reviendra, tout comme le reste.

Elle ne sut quoi répondre après cette proposition inattendue. La sincérité de Servais rendait insupportable la moindre pensée de rejet. Pour la première fois de sa vie, Louison entendait un homme exprimer un amour dont elle rêvait mais qu'elle croyait impossible. Et il ne venait pas de n'importe quel traîne-savates, mais d'un bourgeois de Saint-Roch réputé pour sa retenue.

— Laissez-moi, murmura-t-elle. Je ne suis qu'une pauvre fille, une sauvageonne. Rien en moi ne doit vous arrêter. Je ne veux pas vous rendre malheureux !

— Qu'est-ce que tu racontes, Louison ? Les gens ici parlent sans rien savoir. Ils m'en veulent de jouer le rentier, mais pourquoi je travaillerais ? Pour avoir encore plus d'argent ? Je ne m'aime pas assez pour ça. Pourtant, si tu le voulais, ce n'est pas une quincaillerie qu'on aurait, mais deux, trois, dix dans les villes voisines…

— Non, Servais, c'est impossible !

Elle s'éloigna vivement, le laissant planté là. Servais n'était pas un coureur de femmes. Il était de ces hommes maladroits et mal dans leur corps qui n'osent pas certains gestes ou certaines paroles. Dans les bals, il ne dansait pas. Il restait près de la porte, regardait les couples tourner sur la piste. Fils unique, l'aisance de sa famille faisait de lui un parti intéressant et les filles ne le repoussaient pas, mais il avait la Loire dans la peau, et aucune femme n'avait su prendre la place du fleuve. S'encombrer d'une épouse l'aurait privé de sa liberté. Ainsi, sa situation matérielle n'avait pas grande importance ; ses biens lui suffisaient pour mener une vie sans but. Il entretenait une maîtresse à Orléans, qui le prenait quand il le souhaitait et ne lui faisait aucun reproche s'il ne se montrait pas de plusieurs semaines.

La première fois que Servais avait vraiment regardé Louison, c'était au printemps dernier et il avait compris que son errance avait un sens, que chacun de ses pas n'avait été que pour le conduire vers cette fille si lumineuse. Il l'avait déjà rencontrée, certes, il la croisait même tous les jours depuis qu'elle était toute gamine, mais ce soir-là, peut-être à cause d'une senteur d'herbe et de tilleul qui donnait des pensées de volupté, peut-être parce qu'elle marchait sans le moindre bruit, se coulait dans les ombres, entre les branches des arbustes qui ne bougeaient pas sur son passage, il avait cru à une apparition, à une de ces femmes aussi légères que la fumée, un démon femelle venu sur terre pour attirer les hommes et les conduire à leur perte. Il avait tremblé, son cœur s'était emballé. Servais Clément n'avait jamais connu un tel tapage dans sa poitrine. Depuis, la pensée de la jeune fille ne le quittait pas. Et avec cet instinct des hommes amoureux qui ne sont pas payés en retour, il avait été sûrement le premier à comprendre la démarche plus lourde de Louison, ses gestes qui manquaient de précision.

Malgré cette découverte, pas la moindre hésitation n'avait fléchi sa volonté. Louison était devenue le but de sa vie. Il saurait l'apprivoiser, il lui consacrerait tout son temps et son argent. Cet enfant à venir était une aubaine : qui voudrait de cette fille-mère dont on ne connaissait pas les origines et qui passait pour une sorcière ? Lui ne s'arrêtait pas à ces détails et se moquait de ce que les gens pourraient dire.

Louison rentra chez elle, essoufflée. Ce que lui avait dit Servais Clément la touchait d'autant plus que les paroles dures de Baptiste résonnaient encore dans son esprit. Comment imaginer l'avenir sans sa présence à ses côtés ? Ils avaient fait des projets : ils se marieraient au retour du service militaire du jeune homme et iraient s'installer à Sully-sur-Loire, où Baptiste ouvrirait un garage de mécanique et où elle deviendrait institutrice. Cette nouvelle vie chasserait les fantômes qui la hantaient depuis son enfance, des ombres sournoises qui peuplaient son sommeil, des cris de guerre, des visages mutilés, le vide profond que creusait le mystère de sa naissance et de ses origines. Pourquoi Marie ne lui avait-elle jamais dit la vérité ? Pourquoi Maubert ne lui parlait-il pas de Verdun, où il avait été médecin militaire ?

Elle avait plus que jamais le sentiment d'être seule. Le soutien de Servais ne la laissait pas insensible, mais elle ne pourrait jamais l'aimer : ils étaient trop différents. Baptiste était son double, elle se blottissait naturellement contre lui avec un désir profond. Pourquoi ne lui avait-elle pas cédé ? Il lui semblait que depuis la mort de sa mère quelqu'un caché dans l'ombre tirait les ficelles de son existence, la conduisant à son gré dans un sentier tortueux jusqu'à un gouffre dissimulé.

Elle sortit. L'image de Marie flotta devant ses yeux. L'infirmière des tranchées devenue couturière avait dû être très belle dans sa jeunesse. Tout le monde pensait que Charles Maubert avait été son amant, certains allaient jusqu'à dire qu'ils étaient mariés. La vérité, Louison la devait à une des rares confidences de sa mère d'adoption. Charles et Marie avaient soigné ensemble des malheureux de vingt ans dont la vie s'achevait dans la boue et la vermine. Ils n'avaient jamais voulu fonder un foyer, ni avoir des enfants. Ils avaient vu trop de douleur, trop de misère pour conserver le moindre espoir en ce monde. Ils en étaient arrivés à détester Dieu.

A mesure qu'elle s'enfonçait dans la forêt, Louison retrouvait son pas retenu, sa légèreté et son regard auquel rien n'échappait. Manot trottait devant elle, la truffe au vent, mais l'animal hésitait, se tournait fréquemment vers sa maîtresse pour en deviner les intentions. Elles franchirent un ruisselet qui gargouillait entre les grandes herbes, puis remontèrent une pente. Manot eut un mouvement des oreilles, s'arrêta. La jeune femme posa sa main sur le front de l'animal, qui, imperceptiblement, lui indiqua une direction. Au milieu de la clairière un grand cerf était là, qui somnolait en chassant les mouches. Pour l'instant, il n'avait rien à craindre des chiens d'Arnaud de Cressey, mais les bracos de la bande à Rochel lui avaient déjà tendu de nombreux pièges. Sa tête naturalisée avec ses douze cors valait cher, et les restaurants des environs attendaient sa viande.

Louison fit volontairement un peu de bruit. Le grand cerf tourna la tête et la vit. Un frémissement parcourut son poil fauve, puis il se leva lentement. Il connaissait la jeune femme. Depuis qu'elle l'avait sauvé des chiens d'Arnaud de Cressey, l'animal ne la craignait pas. Ils se croisaient en silence. Leur complicité se réduisait à un regard furtif.

— Comment tu vas, Douze Cors ? demanda-t-elle d'une voix douce.

Le cerf la regarda et sembla lui répondre en bougeant sa tête et son énorme ramure.

— Je ne vais pas pouvoir t'aider, l'automne prochain. Il faudra que tu sois bien prudent.

Elle s'éloignait quand elle entendit un coup de fusil. Ici, les armes à feu n'étaient utilisées que par les chasseurs du dimanche et la chasse était fermée. Les gardes ou les gendarmes ? Prise d'appréhension, Louison courut jusqu'à la petite maison en bordure de la forêt, qui se dessinait plus claire dans l'ombre. La chienne Bisette vint au-devant d'elle, et à son attitude elle comprit que quelque chose de grave venait d'arriver.

Louison poussa la porte entrouverte. L'intérieur de la maisonnette était sombre. Le feu qui mettait un peu de lumière dans ce fouillis négligé où trônaient au centre une table et deux chaises qui perdaient leur paille n'avait pas été allumé. Le silence qui régnait indiquait que Charles Maubert n'était pas là.

Elle sortit. Un grognement la surprit. Elle contourna le bâtiment en courant. Maubert gisait au milieu des orties, à côté de son fusil. La tête du vieil homme dépassait de la végétation, avec ses cheveux blancs qui lui faisaient une crinière, et sa barbe qui ne laissait paraître que ses lèvres rouges. Il tendit vers la jeune fille une main ensanglantée.

— Qu'est-ce que tu as ? demanda Louison, paniquée.

— Je ne sais pas comment je m'y suis pris. Je guettais le renard et j'ai fait un faux pas, le coup est parti…

Louison aida le vieil homme à se mettre sur ses jambes. Le sang imbibait sa chemise à la hauteur de la hanche. S'appuyant contre la jeune fille, il réussit à sortir des orties. Elle l'aida à marcher jusqu'au banc sous le tilleul de la cour. Il grimaçait.

— Il faut que tu m'emmènes à l'hôpital…

— Je vais appeler le docteur Grégoire !

— Non, je sais ce que je dis ! D'abord, tu vas faire un garrot pour arrêter le sang.

Le pas apparemment pesant de cet homme massif s'allégeait dès qu'il entrait dans la forêt. Ils faisaient une bonne équipe, Louison, légère, aussi insaisissable qu'une fumée, et lui, réfléchi, n'omettant aucun détail et capable de se dissimuler où d'autres n'auraient pas trouvé de place.

— Va dans l'armoire de ma chambre, prends un drap, découpe une longue lanière avec un couteau et apporte une serviette pour faire tampon.

Louison réussit à faire coucher le blessé sur le banc. Le sang continuait de couler abondamment de sa blessure. Il grimaçait toujours, ce qui enlaidissait son large visage. A la lumière rasante du crépuscule, il ressemblait à un de ces bustes d'empereurs, qu'on voyait dans les livres d'histoire. Elle alla chercher le drap et la serviette demandés. Allongé, la tête légèrement dressée,

Charles lui indiquait ce qu'elle devait faire. Sans perdre son calme, la jeune femme réussit à nouer le garrot à l'endroit précis et le sang cessa de couler. Elle posa la serviette mouillée sur la blessure, l'attacha avec des bandelettes récupérées dans un coffre.

— Va chercher la moto, maintenant.

Louison recula. La moto ? Mais elle ne savait pas la piloter.

— Eh quoi ! s'emporta Maubert. Tu sais bien monter à vélo !

Certes, mais ce n'était pas la même chose. Elle avait déjà pu constater combien l'engin était lourd et difficile à manœuvrer.

— T'en fais pas, ça va aller, la rassura Maubert, qui avait senti son hésitation. Fais vite.

Il réussit à se mettre sur ses jambes. Son pantalon était collé à la cuisse par un sang épais qui formait des grumeaux luisants.

— Saloperie ! murmura-t-il pendant que Louison approchait doucement la moto.

— On va se casser la figure, tu es trop lourd pour moi. Je ne sais pas faire…

— Allez, aide-moi à m'asseoir derrière toi sur le porte-bagages, et puis tu prendras le guidon. Je t'aiderai pour l'équilibre.

Il s'assit en poussant des grognements de douleur. Louison prit place sur la selle, l'homme entoura sa taille de ses gros bras solides et rassurants. Elle eut l'impression qu'elle ne risquait rien.

— Il faudra que tu t'occupes de Bisette pendant que je serai à l'hôpital. Allez, on y va.

Puis se tournant vers les deux chiennes couchées devant la porte, il ordonna :

— Restez là. Louison va revenir.

Puis il ajouta, à l'intention de Louison :

— J'allais oublier... Va chercher la boîte dans le placard, à côté de la cheminée.

Elle rapporta la boîte, il l'ouvrit et prit une liasse de billets.

— Pour payer l'hôpital, dit celui qui avait soigné tant de gens sans jamais rien demander en échange.

Louison fit démarrer la moto, enclencha une vitesse. Le véhicule partit sur le chemin caillouteux. Maubert poussait des grognements de douleur à chaque soubresaut, mais ne lâchait pas prise.

Après un grand nombre d'embardées, ils parvinrent à Sully-sur-Loire, où les passants s'étonnèrent de voir une jeune fille conduire une moto avec cet homme si imposant à l'arrière. A l'hôpital, Louison s'arrêta près de l'entrée des urgences. Maubert tenta de se mettre sur ses jambes, mais l'effort eut raison de ses dernières forces et il roula au sol.

Des infirmiers accoururent avec un brancard et aidèrent le blessé à s'allonger.

— Va t'occuper de nos chiennes, ordonna Maubert à Louison.

Elle s'approcha et lui glissa à l'oreille :

— Je ne te crois pas assez maladroit pour te tirer dessus. Dis-moi la vérité.

— Et pourtant si !

Il avait vaguement parlé de menaces pendant ses périodes d'apathie où il ne sortait pas de sa maison, mais Louison ne les avait jamais prises au sérieux.

Pourtant, elle était devant le fait accompli : qui pouvait en vouloir à Maubert au point de lui tirer dessus ? Rochel et ses viandards de Châteauneuf-sur-Loire ?

— Qu'est-ce que tu vas croire ? ajouta-t-il dans un souffle, puis, haussant la voix pour que les infirmiers l'entendent : J'étais en train de surveiller un renard quand j'ai glissé et le coup est parti !

Le médecin Bercet l'examina. Les plombs de gros calibre avaient traversé la cuisse, fracturé les os du bassin et tranché une artère. Il fallait l'opérer d'urgence.

— Ne me dites pas que vous avez fait ça tout seul ! Franchement, ce n'est pas de chance…

— Faites vite, fit Maubert en montrant sa liasse de billets. J'ai de quoi payer. Vous pouvez y aller, je suis médecin et j'ai soigné les pauvres malheureux dans les tranchées.

Il pensait aux hurlements de ces gosses que l'on amputait à vif dans la boue et la vermine. Il s'en était tiré avec quelques égratignures, et considérait depuis que cette chance devait se payer, qu'il avait une dette de douleur face à ses camarades et au destin. Maubert n'allait pas à la messe, mais il savait que l'essentiel de l'univers échappait à l'observation : des forces invisibles et apparemment illogiques régissaient chaque chose. Ses réflexions le conduisaient toujours à la même impasse : il n'était pas le maître de son avenir.

Le médecin sourit. C'était un bel homme encore jeune, qui devait beaucoup plaire aux femmes.

— Je ne suis pas un tortionnaire, je vais vous administrer un médicament contre la douleur. Vous allez dormir et quand vous vous réveillerez, ce sera terminé !

Devant le regard étonné du patient, le médecin se crut obligé d'ajouter :

— Ça nous vient d'Amérique.

— On parlait déjà de produits anesthésiants en 1917, à base de formol. Nous en avons essayé plusieurs dans les tranchées… avec les conséquences que vous connaissez sûrement.

Bercet attarda son regard sur la hure de Maubert. Cet homme mal vêtu, à la barbe qui manquait de netteté, à la voix rauque de quelqu'un qui boit, était bien médecin. Le fait qu'il ait opéré des blessés pendant la guerre en imposait à ce jeune citadin qui n'avait soigné que des blessures ordinaires.

— Ne vous inquiétez pas, nous avons fait beaucoup de progrès depuis.

— Ce qui n'empêche pas la rougeole de se répandre dans tout le pays.

— Certes, admit Bercet, c'est une bien curieuse épidémie ! Beaucoup plus virulente que d'ordinaire. Nous avons eu des cas d'adultes très gravement touchés !

4

Baptiste avait raconté son infortune dans les bistrots de Saint-Roch et tellement bu qu'il marchait dans les rues en titubant. Il passa devant la maison des Pèlerins, s'arrêta près des ruines de ce qui avait été autrefois le plus imposant bâtiment de Saint-Roch. Il hésita avant d'entrer dans le dernier bistrot, celui qui se trouvait au centre du village, en face de l'église.

La grande salle enfumée était bondée. Armand Joffre, le cafetier, avait disposé des tables et des chaises devant sa porte et les clients profitaient de la douceur exceptionnelle en buvant une bière ou un verre de vin blanc. Beaucoup de jeunes bavardaient, d'autres jouaient aux cartes. Les serveuses allaient de table en table. Il faisait vraiment bon vivre dans ce coin perdu de Sologne, malgré l'épidémie de rougeole. Pour éviter la contagion, les mères gardaient leurs enfants à la maison, les empêchant d'aller jouer dans la rue, mais cela ne changeait rien. Le docteur Grégoire ne savait plus où donner de la tête et tentait de rassurer de son mieux.

Ivre, Baptiste éprouvait le besoin de régler ses comptes. Il ne cessait de maudire Louison, qui l'avait si honteusement éconduit. Il parlait de se venger, de faire une action définitive qui allait vider son corps d'un amour transformé en haine tenace.

— Vous l'avez vue marcher dans la rue en roulant des hanches ! cria-t-il accoudé au comptoir après son deuxième verre. A attendre les hommes, à les attirer dans la forêt ! Paraît qu'elle y donne des fêtes où tout le monde est nu et prie le diable !

— Ah ça, reprit un client, je l'ai vue une fois dans l'étang des Grossit qui se baignait toute nue, si belle que je ne savais plus ce que je faisais. Puis quand elle est sortie de l'eau, elle a pris un crucifix dans son sac, elle a craché dessus. Elle l'a promené sur ses seins et plus bas aussi. Et puis un énorme chat est venu du bois et s'est frotté à ses jambes…

— Une sorcière ! renchérit un vieil homme assis sur la terrasse. C'est d'elle que viennent les malheurs. Elle a le mauvais œil, et la rougeole c'est à cause d'elle…

— Toi, mon pauvre Baptiste, dit un autre qui semblait sensé, tu viens de comprendre ! On en était malade de te voir te trémousser avec cette diablesse. Tu es beau garçon et les bonnes filles qui t'attendent ne manquent pas !

Baptiste avala un autre verre, d'un trait, et d'un pas mal assuré, s'approcha d'un groupe qui l'invita à trinquer.

— Et l'enfant qu'elle porte, c'est bien celui du diable. Va savoir qui en est le père puisque tous lui sont passés dessus, les Espagnols qui travaillent pour le comte et d'autres étrangers. Il faut la chasser, elle n'a plus rien à faire ici !

Baptiste s'écroula entre les chaises. Armand Joffre l'aida à se relever et lui dit :

— Rentre chez toi, tu as assez bu, tu déparles !

Baptiste n'insista pas. Il sortit et marcha lentement dans la rue en criant des insanités à l'encontre de Louison. N'était-il pas ensorcelé à son tour ? Le temps était venu de nettoyer le pays d'une menace toujours plus forte.

— Attends que son diablotin soit né ! s'écria-t-il. Et ils seront deux pour faire souffrir les pauvres gens !

Baptiste s'affala sur le bord de la route et, la tête sur les genoux, se mit à pleurer. Albert Duret, le garde champêtre, qui le surveillait de son perron, se porta à son secours.

— Il faut que tu dormes, maintenant. Demain, tout ira mieux.

Duret soutint Baptiste pour l'accompagner un bout de chemin. C'était un homme de forte corpulence que personne n'osait affronter.

— Tu as fait assez de bruit. Je ne veux plus t'entendre !

Louison rangea la moto dans le hangar et revint à la maison, où les deux chiennes l'attendaient. Elle leur caressa le museau.

— Il va revenir ! dit-elle à Bisette, qui ne cessait de regarder la porte.

Elle entendait les poules caqueter, preuve qu'un renard était venu rôder dans les parages. Maubert s'était-il vraiment blessé en glissant ? Elle devait l'admettre : Maubert avait bien quelques ennemis, mais pas un

– même Grobard, le garde des Eaux et Forêts, qui s'était juré de le coincer un jour – n'aurait tiré sur lui à bout portant.

La peine de Baptiste lui faisait toujours aussi mal, même si elle percevait sous ses cris un sentiment égoïste, possessif. Louison sortit devant la porte, puis appela les deux chiennes. La nuit était tombée. Elle prit sa musette pendue à un clou dans le hangar où Maubert rangeait son bois de chauffage et partit dans le sentier. Bisette ne semblait plus s'ennuyer et marchait près de Louison, qui s'arrêta au bord d'un étang où coassaient les grenouilles. La jeune femme n'alla pas plus loin. Elle était entrée dans le domaine des hommes et n'y trouvait plus sa place. L'enfant qui grandissait en elle la ramenait à sa nature de femme. Elle soupira et fit quelques pas en direction d'une prairie où les lapins viendraient bientôt brouter l'herbe tendre que la dernière pluie avait fait pousser. Pour se prouver qu'elle était toujours la même, elle disposa des collets dans les passages près de la haie, à deux doigts du sol comme elle avait appris à le faire, puis s'assit en retrait, attendant que les animaux se manifestent. Les chiennes, qui ne comprenaient pas ce comportement peu naturel, s'impatientaient. D'un geste de la main, Louison les fit s'asseoir près d'elle à contre-vent.

La lune éclairait la forêt, trahissant le moindre mouvement. Les premiers lapins s'aventurèrent à découvert, guettant autour d'eux car c'était aussi l'heure du renard. Comme rien ne bougeait, ils prirent confiance et se mirent à manger. D'autres arrivaient de la partie à l'ombre du pré. Tout à coup, Louison poussa un cri aigu et les lapins déguerpirent. La garçonne se dressa sous les regards étonnés des deux chiennes. D'ordinaire, quand on avait disposé les pièges, on les laissait travailler seuls toute la nuit.

Trois lapins, encore vivants, étaient prisonniers, et tentaient désespérément de se libérer du lacet coupant qui les étranglait. Louison en saisit un, lui dégagea le collet. Elle sentait les tremblements de l'animal sous son poil chaud, les contractions désordonnées de ses muscles. En temps ordinaire, Louison lui aurait brisé la nuque d'un geste rapide avec le genou, comme on casse une branche sèche, et elle aurait enfoncé le corps encore tremblant dans sa musette avec cette satisfaction indescriptible, ce contentement de toute sa chair, cette espèce de jouissance que procure la capture.

Ce soir, elle hésitait. Vaincu, l'animal qu'elle tenait par les pattes se livrait à son prédateur, selon une loi aussi ancienne que la vie. Ses mouvements étaient de moins en moins violents et rappelaient à la jeune femme l'agitation désordonnée de l'enfant dans son ventre. Elle souleva le lapin et croisa son regard stupide de rongeur, ses yeux ronds, étranges sous la lune. La vie n'était donc pas qu'une flamme sur laquelle on souffle pour l'éteindre. Une compassion inattendue lui fit ouvrir les mains, libérant la bête, qui détala dans le taillis. Puis elle détacha les deux autres et récupéra ses collets.

— Plus jamais ça ! murmura-t-elle, consciente d'être devenue une autre.

Une silhouette s'approchait sans bruit, elle poussa un petit cri de surprise. Les deux chiennes hérissèrent le poil. Elles aussi n'étaient pas dans leur état normal puisqu'elles n'avaient pas senti approcher l'importun. La lune éclairait son visage clair, ses cheveux ondulés, habitués au peigne, ses yeux lumineux, définissait les lignes de son visage.

— Louison, ce soir, tu marches comme une bergère derrière son troupeau.

— Laissez-moi, Servais.

Elle venait de l'appeler par son prénom ! D'ordinaire, elle ne l'appelait pas, considérant qu'il n'avait aucune place dans sa vie. Ou que la place qu'il aurait pu y occuper la dérangeait.

— Pourquoi me suivez-vous ? On a parlé, tous les deux. Nous n'avons plus rien à nous dire.

— Si ! On a beaucoup à se dire, mais tu ne veux pas m'écouter.

Elle ne répondit pas. Depuis sa rupture avec Baptiste elle découvrait des pensées restées informulées au fond de son esprit. Cette séparation qui aurait dû la détruire laissait apparaître un sentiment de libération qui l'ouvrait aux autres. Et, contrairement à ce qu'elle disait, la présence de Servais ne lui était pas désagréable.

— Ecoute, fit le jeune homme, en s'approchant, tu n'es pas en état. Et puis tu vaux mieux que ça ! La chasse, la pêche, c'était bien beau pour la gamine qui s'accrochait aux pas de Maubert, mais tu es une femme maintenant, et tu ne dois pas t'arrêter à ce qui est un défaut d'homme.

— Un défaut d'homme ? Ah bon ?

— Mais oui. Un défaut ! Moi, c'est la Loire. C'est une manière d'échapper aux remords, d'éviter de me regarder en face. C'est une maladie, comme la rougeole, et qui grossit jusqu'à t'emporter. Avant, je te considérais comme le vent, comme l'ombre, qui disparaissent et reviennent sans raison. Tu étais une image, rien de plus qu'une envie de sublime, mais maintenant, c'est différent.

Jamais personne n'avait parlé de la sorte à Louison. Servais avait raison : n'était-ce pas ce qu'elle avait ressenti et qui l'avait empêchée de briser la nuque du lapin ? Maubert, son père d'adoption, lui avait souvent dit qu'elle ne devait pas perdre son temps à une pratique qui faisait d'elle un animal parmi les autres animaux.

« Ce qui différencie l'homme du loup, lui disait-il, c'est la compassion.

— Mais toi, répliquait-elle, tu es donc un loup ?

— Avec ce que j'ai vu et ce que j'ai fait, je suis un monstre. Je n'ai plus ma place parmi les hommes. »

Il pensait, Charles Maubert, à ces gamins qui hurlaient de douleur et qu'il devait achever pour abréger leur martyre quand le médecin, au service de la vie, ne pouvait plus rien sinon s'allier avec la mort.

— Les gens d'ici regardent tout au niveau du sol, poursuivit Servais. Ils braconnent pour le plaisir de voler, de prendre ce qui n'est pas à eux, pour régler leurs comptes avec le destin, qui les a faits paysans et pauvres. Ils m'en veulent de passer la plupart de mes journées à traquer le brochet au bord de la Loire, et ils ont raison. Je ne suis pas digne de la situation que la naissance m'a donnée.

— Vous avez peut-être raison, Servais, mais il y a dans l'acte interdit une jouissance qu'on ne retrouve nulle part ailleurs. C'est le plaisir de ceux qui ne peuvent pas se permettre d'être oisifs. Et puis, je n'ai pas envie de parler de ça, je suis lasse. Depuis que ma mère, enfin Marie, est morte, je ne sais plus où diriger mes pas. La forêt, c'est un bel endroit pour se cacher.

— Ta manière de vivre contrarie les braves gens, parce que tu leur montres que la liberté est possible, mais eux, ils n'osent pas ! Et le curé leur souffle de fort mauvaises pensées. Avec l'épidémie de rougeole, certains se sont mis dans la tête que tu étais une sorcière, que tu étais enceinte du diable, tu comprends ?

Elle fit un pas vers Servais, comme pour se mettre sous sa protection. Elle inspira profondément.

— Je suis enceinte d'un homme qui m'a prise par la force, je vous le jure.

Le curé l'avait souvent montrée du doigt comme le pire exemple pour les jeunes filles bien élevées. Biars n'aimait pas les idées nouvelles, qui bouleversaient la société. Il y perdait son pouvoir ; les commandements divins étaient de moins en moins suivis. On ne comptait plus les filles-mères depuis la fin de la guerre, et dans le secret du confessionnal il avait mesuré le relâchement des mœurs, point de départ de toutes les hérésies.

— Louison, je suis de ton côté. Fais bien attention à toi. Il suffit de peu de chose pour qu'un feu de brindilles se transforme en un incendie destructeur.

Une semaine avait passé depuis l'hospitalisation de Maubert. Louison attendait de ses nouvelles ; une lourde appréhension la retenait. Plusieurs fois, elle avait été tentée d'enfourcher son vélo et d'aller à

Sully-sur-Loire, mais la peur d'une mauvaise nouvelle l'avait retenue. Le comportement de Bisette, debout près de la porte, poussant des gémissements plaintifs, annonçait un malheur. La jeune femme lui caressait le front en lui expliquant que son maître allait revenir bientôt, mais la bête était de plus en plus agitée. Un soir, la chienne disparut dans le noir. Louison avait eu beau l'appeler, Bisette n'était pas revenue. Avait-elle cédé à son instinct de chasseur ou était-elle allée chercher son maître ? En d'autres temps, la garçonne serait partie sur ses traces avec Manot et l'aurait sûrement retrouvée, mais ce soir-là elle était préoccupée par les pensées que Servais avait éveillées en elle. S'il avait été là, tout aurait été mieux.

Elle réussit à s'assoupir. Le soleil levant la réveilla ; les oiseaux chantaient sur les chênes près de la cour. Ce serait une belle journée de printemps. Elle sortit de la maison, fit quelques pas dans la prairie en direction de la forêt et appela encore Bisette. Louison redoutait quelque chose de grave. Elle commanda à Manot de retrouver sa trace, mais l'animal resta planté devant elle, comme s'il ne comprenait pas.

Pendant son sommeil, Louison avait entendu Maubert l'appeler avec tant de force qu'elle se demandait si ce n'était qu'un cauchemar. Depuis la mort de Marie, Maubert était son seul soutien. Le comte de Cressey venait parfois la voir, mais la jeune femme n'avait jamais osé se confier à lui.

Elle n'avait pas mangé depuis la veille à midi. Elle se rendit néanmoins chez Maubert et trouva Bisette couchée devant la porte fermée. L'animal lui fit la fête en poussant des petits gémissements. Avait-elle le même pressentiment que Louison ?

Une camionnette arriva. Deux hommes en blouse blanche en descendirent. Une boule d'appréhension paralysait la jeune femme.

— Louison Marchal, c'est bien vous ?

Elle ne broncha pas.

— M. Maubert a demandé qu'on le ramène chez lui et qu'on vous avertisse. Il a laissé ça pour vous.

Elle prit la boîte de Maubert, l'ouvrit et trouva une lettre qu'elle posa sur la commode. Les larmes roulaient sur ses joues. Charles était mort, lui si fort, si savant ! Elle voulut se réfugier dans la maison. Les hommes, en face, respectaient ses sanglots.

— Qu'est-ce qui s'est passé ? demanda-t-elle enfin, espérant encore un miracle.

— Une hémorragie. Et comme il avait déjà perdu beaucoup de sang… Mais il n'a pas souffert.

Les hommes ouvrirent les battants de leur véhicule et déchargèrent le corps allongé sur une civière, les mains croisées sur la poitrine. Le large visage auréolé de sa barbe blanche semblait dormir paisiblement. Louison eut la force de ne pas s'effondrer malgré la douleur qui la paralysait. Puis, son esprit se remit à fonctionner, lui soufflant ce qu'elle devait faire en pareille circonstance.

— Il a une sœur, murmura-t-elle. Je vais l'avertir.

Charles lui avait souvent parlé de Marthe, restée célibataire et terriblement acariâtre, maudissant le monde entier et dardant autour de son corps maigre un regard dur à qui rien n'échappait.

Louison étala une couverture sur les draps froissés du lit et les brancardiers y déposèrent le défunt. Elle était très pâle, s'acquittait des tâches indispensables à la façon d'un automate. Avait-elle réalisé que Charles était bien mort et qu'elle ne le reverrait plus assis sous le tilleul de la cour ? Il ne lui donnerait plus de conseils avisés ni ne lui parlerait de Verdun, où elle était née dans des circonstances qu'il n'évoquait jamais. Elle allait, mécanique, approchant la table de nuit, rangeant des vêtements posés sur une chaise.

Ils remportèrent le brancard dans la camionnette et partirent. Tout à coup le silence envahit la maison, mais ce n'était pas le silence d'un soir paisible, pas non plus le silence de la nature avant le premier coup de tonnerre, c'était le silence de la mort, inerte, presque minéral. Louison se laissa tomber sur une chaise et pleura. En moins d'un an, elle venait de perdre sa mère adoptive et celui qui lui avait fait office de père. Bisette gémissait au pied du lit. Louison voulut la caresser, l'animal lui montra les dents.

En quelques heures, tout le monde à Saint-Roch sut que Maubert était mort d'un coup de fusil accidentel. Les voisins rendirent une dernière visite au médecin braconnier qu'ils avaient beaucoup critiqué mais qu'ils appréciaient. Henri Grobard, le garde des Eaux et Forêts, vint aussi, vêtu de sa veste de velours qu'il ne quittait jamais, même au plus chaud de l'été. Il ne dit pas un mot, entra dans la chambre où, la casquette à la main, il se recueillit quelques instants, puis repartit.

Vers six heures de l'après-midi, Marthe Maubert arriva. Elle avait pris le car d'Orléans, qui l'avait déposée à moins d'un kilomètre de là. Elle portait un chapeau noir de circonstance. De son visage maigre, de son nez osseux et crochu, de son regard froid émanait une méchanceté palpable. Elle entra dans la maison et, avant d'aller se recueillir devant son frère, s'adressa à Louison :

— Je ne veux plus jamais vous voir ici.

Elle se planta au milieu de la pièce, semblant attendre que la jeune femme déguerpisse, et ajouta :

— Je sais que vous lui faisiez des courbettes. Sûrement pour qu'il vous fasse héritière de son bien, mais cette maison est à moi, désormais.

Quand Louison fut sortie, Marthe pénétra dans la chambre mortuaire.

Vers vingt heures, alors que le soleil descendait à l'horizon, Hubert de Cressey arrêta sa voiture devant la porte. A soixante-cinq ans, le comte était encore un bel homme, grand, svelte. Toujours vêtu avec soin, son veston sombre orné d'une pochette rouge, son élégance contrastait avec l'intérieur de la pièce.

Il salua Marthe d'un geste rapide et se tourna comme s'il cherchait quelqu'un. L'absence de Louison l'étonnait sûrement, mais il n'en dit rien et passa dans la chambre, tête baissée, car la porte était basse. Il en ressortit quelques instants plus tard et serra la main de Marthe.

— Votre frère était un homme généreux. Nous avons fait la guerre ensemble, je perds un ami.

Sans rien ajouter, M. de Cressey sortit, laissant Marthe étonnée, car elle avait toujours considéré son frère comme un marginal inintéressant. Quand on est médecin, on ne vit pas comme le dernier des Solognots ! Certes, il avait soigné des blessés dans des conditions horribles au fond des tranchées de Verdun, mais ce n'était pas une raison pour abandonner un métier pour lequel ses parents avaient fait tant de sacrifices !

5

L'enterrement eut lieu le lendemain après-midi. Le facteur avait colporté la nouvelle de maison en maison et beaucoup de monde s'était rassemblé devant la petite église dans une atmosphère suffocante. Le curé se préparait à prononcer l'homélie quand le comte Hubert de Cressey et son fils apparurent dans l'allée centrale pour aller se poster dans le petit espace entouré de barrières de bois sculpté réservé à la famille. Le comte, toujours très digne, la tête haute, marchait en regardant l'autel derrière le cercueil posé sur des tréteaux. Même s'il était bel homme, Arnaud de Cressey n'avait pas la distinction de son père. Plus robuste, le jeune homme, cavalier émérite, avait un large visage sanguin et un rictus des lèvres qui lui donnaient un air dédaigneux. Il aimait le luxe et multipliait les réceptions au château, invitant des personnalités parisiennes qu'il choyait pour faciliter ses affaires. Il ne s'entendait pas avec son père, ce n'était un secret pour personne. Les gens ne l'appréciaient guère et Louison, qui avait été sa compagne de jeu, le trouvait méprisant, hautain et inintéressant.

Baptiste était là, aussi. Le hasard avait voulu qu'il soit retenu au village pour réparer la voiture du docteur Grégoire. Louison sentit un long frisson la parcourir quand il passa près d'elle, mais son regard haineux la laissa indifférente. Depuis leur rupture, il était devenu un étranger. Elle avait oublié la douceur de sa peau et le bonheur de ses étreintes. Sans l'enfant qui grandissait en elle, ils se seraient sûrement mariés et la vie aurait coulé, aussi limpide que l'eau de la Loire. Leurs vies se seraient déroulées, tranquilles, sans qu'ils pensent un seul instant qu'elle aurait pu être différente. Leurs beaux rêves s'étaient écroulés et Louison s'étonnait de ne pas les regretter.

Après la cérémonie, le cortège se forma pour se rendre au cimetière. Louison marchait parmi la foule. Baptiste se tenait un rang devant et elle sentait sa présence lourde, obsédante malgré son effort pour penser à autre chose qu'aux danses endiablées qui avaient uni leurs corps dans les mêmes gestes, les mêmes sensations. Désormais, chaque jour la conduirait vers plus de solitude. Sans Charles Maubert, n'était-elle pas devenue une proie facile pour ceux qui la désignaient comme la fille du diable ? Devant elle, à côté de Marthe Maubert, le comte et son fils marchaient, leur chapeau à la main, comme des gens de la famille. Tout le monde admira la simplicité des deux aristocrates, qui se mélangeaient pourtant rarement aux villageois. On croisait souvent Arnaud sur son cheval noir, mais il se contentait d'un salut rapide et disparaissait dans les chemins poussiéreux de son immense domaine.

A la fin de la cérémonie, on se rassembla devant le cimetière. Le comte et son fils saluèrent les proches du défunt, Marthe et les cousins de Charles Maubert venus d'Orléans, puis montèrent dans leur voiture et s'en allèrent. La procession des condoléances se poursuivit. Quand Louison se trouva devant Marthe Maubert, un frisson parcourut l'assemblée. Elle était là, la rousse des bois, avec son pantalon, sa veste d'homme, elle n'avait même pas eu la délicatesse de s'habiller en femme pour l'enterrement de son protecteur ! Elle osait afficher son ventre rond, preuve de sa perversité, de ses relations intimes avec le diable et les esprits maléfiques de la forêt.

Un cri monta de l'assistance :

— Sorcière !

Et Baptiste, au centre d'un rassemblement, ajouta :

— Salope !

Des mots de haine fusaient dans le brouhaha des commentaires. Tous les malheurs ne pouvaient venir que de cette fille, qui après avoir craché sur le crucifix avait osé entrer dans l'église. N'était-elle pas à l'origine de l'épidémie de rougeole ?

Louison traversa la foule comme insensible à la haine et aux cris. Quand elle se fut éloignée, l'attroupement se dispersa : c'était le temps des fenaisons et le soleil puissant et lourd annonçait les orages. Louison sortit du village et s'arrêta à l'ombre d'un grand chêne, exténuée. Maubert, parce qu'il inspirait le respect aux combattants de Verdun, parce qu'il était généreux et qu'il soignait parfois gratuitement, la protégeait de la vindicte. Mais ce jour, Saint-Roch lui avait montré son véritable visage, replié sur lui-même, désireux de garder chacun à sa place, dans une tradition immuable.

Qu'une fille, rousse de surcroît – tout le monde savait que les roux portaient malheur –, suive un chemin différent des autres n'était pas acceptable. Le curé, qui voyait son influence diminuer au fil des années, dénonçait son comportement coupable. La louve de la nuit devenait une proie aisée.

Un bruit la fit sursauter. Servais Clément s'approchait d'elle. Il n'avait pas pris le temps de se changer et portait sa belle veste de velours, son col empesé et une cravate noire. Son visage grave sous son chapeau melon indiquait l'homme sûr de lui. Elle lui adressa un regard triste et résigné.

— J'ai entendu ce qu'ils disaient. Les affaires ne vont pas bien en ce moment, les veaux se vendent mal et ils manquent tous d'argent. Alors, c'est à toi qu'ils vont faire payer leurs malheurs parce qu'il leur faut quelqu'un sur qui taper.

— J'ai vu leurs regards pleins de haine. Mais qu'est-ce que j'ai fait pour ça ?

— Tu es une étrangère et tu n'as jamais marché dans le chemin des autres. Accuser le diable de leurs malheurs, ça les rassure, parce qu'ils espèrent ainsi que Dieu va les entendre. Le curé est avec eux. C'est un gros niais qui ne pense qu'à ses petits privilèges, et pour lui aussi les temps sont durs : les gens ne paient plus le denier du culte.

Louison se mit à pleurer. Depuis qu'elle était enceinte, les larmes lui venaient aux yeux pour un rien. Servais s'assit à côté d'elle et posa une main sur son épaule. Elle tourna vers lui son regard mouillé. Il en fut ébloui et l'admira un instant, silencieux.

— Je suis seule, murmura-t-elle entre deux sanglots. En six mois, j'ai perdu ma mère et Charles, qui me protégeaient. Je crois que j'ai peur !

— Je suis là, reprit Servais en braquant son regard dans le sien. Avec moi, ils n'oseront pas parce que je suis riche et ils savent que je connais beaucoup de monde. Alors, laisse-moi rester près de toi. L'enfant, je l'adopterai, ce sera mon enfant. Il grandira sans être montré du doigt.

— Vous êtes gentil, mais ce n'est pas possible ! Vous êtes un notable ! Et puis, je porte l'enfant d'un homme qui a abusé de moi. Je suis sale, indigne de vous…

— Ce que diront les gens m'importe peu. Beaucoup me doivent de l'argent et ne se risqueront pas à médire.

Il fit un pas à l'écart, la tête baissée. L'amour qu'il portait à Louison n'était-il pas le pire des boulets ? Il l'acceptait comme une fatalité.

— Et puis, poursuivit-elle, j'ai un cœur de pierre. Je n'aime personne, comprenez-vous ? Je ne peux pas faire semblant.

— Je sais que tu ne m'aimeras jamais, dit-il, désabusé, mais je ne te demande pas ça. Je te demande seulement d'accepter mon aide.

Elle lui tendit les bras et posa sa tête sur son épaule. Ce n'était pas un geste d'amour, mais cela y ressemblait, et Servais en fut réconforté, presque heureux.

— Les gens vous saluent avec respect dans la rue, même s'ils critiquent votre manière de vivre en oisif. La haine qu'ils me portent retomberait sur vous !

— Ce n'est pas mon souci ! fit-il avec un léger sourire. Tu es allée au collège, tu as le Brevet supérieur, et tu seras institutrice bientôt. Cela suffira à les faire taire. Tout ce que je possède est à toi et tu n'auras jamais à me dire merci.

Il pensait à son père qui, sur son lit de mort, lui avait fait jurer de se marier pour que la grande quincaillerie continue d'exister, pour que les maisons à Orléans ne soient pas vendues. Servais avait juré et aurait probablement obéi s'il n'avait pas croisé la route de Louison.

— Je ne te demanderai jamais d'être ma femme, ajouta-t-il après un long silence. Crois-tu que j'oserais porter la main sur toi ? Non, je te salirais, moi aussi. J'aurai le plaisir de te voir vivre, de te regarder et de te gâter, de faire de bonnes affaires pour t'acheter de beaux vêtements et payer la meilleure école pour ton enfant. Je ne te demande rien, seulement de me laisser te faire tout le bien que je pourrai !

Touchée malgré elle, Louison ne sut quoi répondre. Elle s'éloigna, de sa marche un peu lourde. Servais la rattrapa.

— Surtout, sois prudente. Le comte te protège, pour des raisons que j'ignore, mais il vit reclus dans son château et ne voit pas tout.

Elle poursuivit seule son chemin. Le ciel s'assombrissait. L'orage éclaterait dans peu de temps. Les anguilles allaient sortir de leurs abris sous les berges. C'était le moment d'aller tendre des lignes de fond avec une limace pour appât. Louison chassa cette pensée d'autrefois, s'enferma chez elle. Elle aperçut l'enveloppe signée de Maubert. Charles avait-il eu la force d'écrire sur son lit d'hôpital ? Louison allait-elle y découvrir ses origines et les circonstances qui l'avaient amenée ici, bébé, avec Marie en 1919 ?

Elle hésita avant d'ouvrir le pli, redoutant quelque vérité qui allait la détruire. Elle en tira une feuille que l'écriture anguleuse de Charles remplissait toute. Elle commença à lire :

Ce 18 mai 1937, Marie Bertaude a été enterrée dans le caveau qu'elle s'est fait construire à Saint-Roch. La mort a été si brutale qu'elle n'a pas eu le temps de te parler, alors, je le fais à sa place. Tu trouveras cette lettre après ma propre mort parce que je ne veux pas que tu me poses la moindre question.

Marie était infirmière en 1917, sur le front. Elle était de ces femmes courageuses qui apportaient un peu de réconfort à ces pauvres enfants qu'on tuait à bout portant. J'étais médecin et nous faisions équipe. Marie s'était liée d'amitié avec Henri et Alice Marchal, deux Canadiens venus en 1914, avant la déclaration de guerre, retrouver les origines de leur famille émigrée au Québec en 1832 et s'installer en Lorraine. Pendant les hostilités, Henri travaillait dans une usine d'armement et Alice chez de riches bourgeois de Verdun. Pourquoi je te raconte cela ? Parce que ce sont tes parents. Tu es née le 25 juillet 1917. Six mois plus tard, tes parents sautaient sur une mine, ton père fut tué sur le coup. Ta mère survécut, mais elle était terriblement handicapée. Alors Marie décida de s'occuper de toi.

Nous avons rencontré le comte de Cressey en mai 1916, au début de la bataille de Verdun. Commandant d'infanterie, c'était un homme droit, avec un profond sens de l'honneur. Nous étions de la même région et nous échangions les nouvelles de Sologne quand elles nous parvenaient. Il parlait avec amertume de son épouse, Amélie, à la santé mentale fragile, de son fils Arnaud, qui allait sur ses deux ans.

A la fin de la guerre, nous sommes revenus au pays. Ta mère, amnésique, très handicapée ne pouvait pas rester seule. Le comte, toujours généreux, n'avait pas voulu l'abandonner dans un de ces établissements où l'on entassait les blessés et les laissés-pour-compte de la guerre, et décida de l'accueillir dans son château à Saint-Roch. Il l'avait présentée au personnel et aux gens du village comme une cousine issue de la famille alsacienne de son arrière-grand-mère, sous le nom d'Alice Brenheim. Tu comprends maintenant que nous soyons restés assez proches.

Ta mère est morte en 1931, après douze années de vie au château où, malgré les bons traitements, elle n'avait jamais pu retrouver la mémoire. Tu l'as souvent vue quand tu jouais avec Arnaud, mais personne, surtout pas le comte, ne pouvait te dire la vérité. Elle repose au cimetière de Saint-Roch, dans une concession que M. de Cressey a achetée pour elle. Sur la stèle est écrit le nom sous lequel le comte l'avait présentée.

Si Marie ne t'a jamais parlé de cela, c'est qu'elle ne voulait pas te troubler pendant ton enfance et nuire à tes études puisque tu étais brillante. Elle envisageait de le faire le 25 juillet 1938, le jour de tes vingt et un ans et de ta majorité. Elle t'aurait aussi parlé longuement de ta mère, avec qui elle était amie. Elle n'en a pas eu le temps.

La mairie de Saint-Aulaire, située près de Verdun, ayant brûlé lors d'un bombardement, il ne reste qu'une preuve de ce que je viens de t'apprendre, un acte de naissance déposé avec quelques autres papiers te concernant chez maître Lauriet, notaire à Orléans. Tu pourras les consulter au lendemain de ta majorité.

Louison, la bouche sèche, leva les yeux au plafond. Ce qu'elle venait d'apprendre la bouleversait. Elle était canadienne ! Les vastes espaces du Québec, l'hiver qui n'en finissait pas, les forêts giboyeuses… Cette révélation la transformait, faisait d'elle une étrangère à elle-même. Ses parents s'appelaient Henri et Alice, des inconnus dont elle ne saurait jamais rien ! Pourquoi Marie ne lui avait-elle rien dit ? Et le comte de Cressey avait-il ramené sa mère au château uniquement par charité chrétienne ? Elle pressentait derrière tout cela une vérité difficile à avouer, un secret qui la concernait.

Elle passa une très mauvaise nuit. Le lendemain, alors que les coqs chantaient dans les fermes voisines, elle sortit devant sa porte. Les oiseaux faisaient leur tintamarre habituel. Depuis quelques jours, elle sentait le bébé de plus en plus remuant. Elle enferma sa chienne dans la maison et partit à pied vers Saint-Roch-Bas, situé à quelques centaines de mètres de sa maison. Le cimetière se trouvait sur une petite colline orientée à l'est et le soleil du matin l'inondait de sa lumière rasante. Déjà dans les prairies voisines les faucheurs s'activaient. Ils avaient compris, au sens du vent, au niveau de la rivière qui était monté, que le beau temps allait durer et ils en profitaient pour terminer de faucher le foin avant d'entamer les moissons car les blés étaient en avance cette année-là.

Elle poussa le portail de fer qui grinçait et chercha la tombe d'Alice Brenheim, proche de celle de Charles.

Elle resta longtemps recueillie devant la stèle de granit bleu poli. Sa mère était là, sous son nom d'emprunt, cette mère qu'elle avait imaginée en princesse et qui n'était autre que cette cousine handicapée d'Arnaud qu'elle croisait dans les couloirs du château et dont elle avait peur. Louison se souvenait de ses grognements d'animal et de ses cheveux roux, si semblables aux siens. Arnaud prenait un malin plaisir à la bousculer ou à cacher ses cannes. Louison se jura qu'un jour elle la réhabiliterait en dévoilant son véritable nom et ferait transporter ses restes au Québec. Mais en aurait-elle les moyens ?

Une profonde tristesse embrumait son regard. Elle se sentait tout aussi étrangère qu'Alice Brenheim sur cette terre du centre de la France. Enfin, elle alla cueillir un bouquet de fleurs sauvages dans la prairie à côté du cimetière, le déposa sur la stèle, se signa et sortit. Le crissement de ses pas sur le gravier griffait son âme.

Elle retourna chez elle où, après plusieurs heures de solitude, Manot s'impatientait. Libérée, la chienne partit explorer les pistes des animaux qui avaient erré autour de la maison pendant la nuit puis revint auprès de sa maîtresse. Louison prit ensuite la direction du château en passant par le bois de la Borne et alla se dissimuler près du grand étang. Le comte venait là chaque jour, en début d'après-midi, marcher autour de cette pièce d'eau où pullulaient les canards, les bécassines et les hérons cendrés. Elle s'assit dans le taillis, faisant patienter sa chienne, qui avait flairé un lièvre, et attendit. L'aristocrate arriva, vêtu d'un costume clair, un chapeau de paille sur la tête, qui donnait à sa silhouette un aspect plus commun, accessible. Il s'arrêta devant le miroir lisse de l'eau, puis alla s'asseoir sur le banc de planches qu'il avait fait installer à l'ombre des aulnes.

Louison sortit de sa cachette. L'homme recula son chapeau, découvrant son haut front clair, et esquissa un léger sourire.

— Louison. Te voilà encore à courir les bois… Le pauvre Charles te dirait lui-même qu'il est temps d'arrêter !

Dans le même temps, il parcourait du regard le corps de la jeune fille et s'arrêta sur son ventre. La grossesse la déformait et lui donnait l'aspect d'une paysanne ordinaire. Devait-il croire les rumeurs qui couraient au village et que lui avait rapportées Louise, sa servante de confiance ?

— J'étais au cimetière, ce matin, et après m'être recueillie sur la tombe de Charles je suis allée sur celle d'Alice Brenheim…

Le comte redressa la tête, ses yeux plongèrent dans ceux de Louison, comme pour y découvrir sa pensée.

— Alice Brenheim, qui s'appelle en réalité Alice Marchal, ma mère, murmura Louison.

Hubert de Cressey inspira, posa son chapeau sur ses genoux. Ses cheveux blancs ajoutaient à son autorité naturelle une force que n'avaient pas les hommes du village.

— Donc, tu sais. C'est Charles qui t'en aura parlé avant de mourir. Tout ceci est consigné dans les papiers te concernant chez le notaire Lauriet, à Orléans. Tu en auras la confirmation au lendemain de tes vingt et un ans.

Il ne pouvait détacher ses yeux de la lourde silhouette de Louison. Pourquoi Dieu infligeait-il une telle humiliation aux femmes qui portaient la vie ?

— Je ne voudrais pas qu'il t'arrive un malheur, précisa-t-il. Je sais ce qui se trame au village. Surtout, sois prudente.

Il prit son chapeau, se leva et partit lentement dans le sentier. Louison eut envie de le rattraper, de lui demander toute la vérité, car elle pressentait qu'il n'avait pas abordé l'essentiel et qu'il fuyait pour éviter des questions auxquelles il n'avait pas envie de répondre. Mais elle resta là, les bras ballants, comme si cette vérité pressentie risquait de la détruire.

6

L'été fut en avance, en cette année 1938. Un peu de pluie au mois de mai avait permis aux blés de pousser haut, puis la chaleur de juin avait mûri les épis lourds de beaux grains. Le temps de la moisson se rapprochait ; chaque matin, les paysans surveillaient le ciel, redoutant l'apparition de quelque orage destructeur.

La rougeole persistait. Le docteur Grégoire constatait là une évolution bizarre de la maladie, laquelle, d'ordinaire, ne durait pas plus d'un mois. Saint-Roch était particulièrement affecté ; l'épidémie ne se contentait pas de toucher les écoliers, mais s'en prenait aussi aux adultes. Comme les vacances d'été commençaient, le docteur Grégoire, en tant que maire du village, avait demandé aux familles d'isoler leurs enfants et surtout de les empêcher de se rendre dans des maisons où la maladie sévissait. Mais cela ne changeait rien, l'air était empoisonné. Devant l'impuissance du médecin, les commentaires allaient bon train. Le curé Biars lui-même, constatant que ses prières n'étaient pas entendues par le ciel, ne cachait pas son avis : Dieu exprimait ainsi sa colère. Un grand nombre de Saint-Rochois, qui n'allaient pas à l'église, se moquaient du vieux prélat, mais d'autres acceptaient ses explications à la lettre. Ainsi Biars profitait-il de l'aubaine pour ramener ses ouailles à de bons sentiments. Un dimanche après-midi, on sortit la statue en bois doré de saint Roch et on la promena en tête de cortège dans les rues. Communistes et socialistes s'étaient rassemblés en nombre pour huer ce curé bedonnant entouré d'une assemblée de vieilles femmes et de bigots qui bêlaient un cantique.

Au château de Cressey, les préparatifs allaient bon train pour la fête qui allait durer plusieurs jours à l'occasion des fiançailles d'Arnaud de Cressey et de la douce Elodie Marteret. Celle-ci n'était pas noble, mais la fortune de sa famille remplaçait avantageusement la particule. Le huitième comte, Hubert de Cressey, avait été contraint de léguer son château à son fils, espérant malgré tout que ce legs allait lui « mettre un peu de plomb dans la cervelle ». C'était une des conditions de Gustave Marteret pour qu'il accordât la main de sa fille à cet hurluberlu d'Arnaud. La fortune de ce commerçant en vin serait bien utile pour restaurer l'antique demeure, dont les toitures se déplumaient un peu plus à chaque coup de vent. Plusieurs fermes du domaine étaient vétustes au point que le propriétaire n'osait pas réclamer son dû aux fermiers. Les écuries ouvertes à tous les vents n'accueillaient plus qu'un cheval poussif, celui d'Arnaud.

Hubert de Cressey se serait bien passé de cette alliance, mais comment faire autrement ? Gustave Marteret était grossier, vulgaire, totalement inculte, mais tellement riche ! Et la future comtesse de Cressey, petite et ronde, manquait d'élégance. Son visage ingrat parsemé de taches de rousseur, son sourire niais n'attiraient pas les prétendants. Arnaud s'était pourtant réjoui : le panier percé qu'il était lorgnait la dot qui lui serait versée le lendemain même du mariage. Il vivait essentiellement à Paris, où il n'avait nullement l'intention d'emmener sa jeune épouse, qui resterait au château, et s'occuperait de sa nouvelle maison. Le comte était encore valide, mais son épouse, Amélie, avait perdu la raison. Elle passait toutes ses journées enfermée dans sa chambre, maudissant le monde entier et invoquant des fantômes d'un autre temps. Pour les grandes fêtes religieuses, le curé Biars venait au château dire une messe dans la chapelle délabrée, où la démente pouvait communier. Le reste du temps, on la laissait avec ses démons. Pourtant, entre ses périodes de folie, elle retrouvait parfois la raison et un esprit terriblement clairvoyant. Tout le monde en prenait pour son grade, le comte en premier, à qui elle reprochait d'avoir ramené au château une prétendue cousine handicapée qui n'avait rien à y faire.

Le personnel l'appelait « la folle » parce que, dans ses moments de crise, elle ne cessait de raconter des histoires graveleuses. Souvent, la nuit, ses cris réveillaient tout le monde. Comme elle n'était pas présentable, sale, ébouriffée, le regard vide, capable de sortir des monstruosités, Hubert la gardait enfermée dans « ses appartements », qui se réduisaient à une chambre où les servantes ne faisaient jamais le ménage. Il y régnait une odeur fétide qui ne gênait pas l'occupante.

Cet après-midi-là, Hubert de Cressey avait demandé à Arnaud de se joindre à lui pour la promenade. Arnaud avait une tête de moins que son père et surtout une silhouette massive, semblable à celle des paysans du village. Son visage n'était pas laid mais manquait de distinction. A vingt-trois ans, il commençait à prendre de l'estomac car il s'empiffrait, sous les regards réprobateurs de son père. Il avait hérité cette faim chronique de sa mère, toujours préoccupée par ses repas.

Arnaud marchait d'un pas lourd à côté de son père, silencieux, toujours aussi élégant. Parvenu à l'étang, le comte, scrutant l'eau, remarqua la présence d'un gros brochet sous la surface. Il ne se lassait pas d'admirer les animaux dans leur habitat. Le brochet, qui ne l'avait pas vu, ondulait lentement vers un petit poisson, sa large queue couleur de bronze frémissant. Tout à coup, dans un éclaboussement de gouttes blanches, il bondit sur sa proie et disparut dans les profondeurs.

— Où en sont tes affaires ? demanda alors Hubert de Cressey tout en continuant de regarder l'eau troublée par l'attaque du poisson.

Arnaud pinça les lèvres. Il s'attendait à cette question et cherchait une réponse convenable. Ses affaires n'allaient pas bien. Il avait investi des sommes importantes dans une entreprise d'importation de bois précieux qui avait mal tourné. Et ses réceptions lui coûtaient si cher ! Mais il devait tenir son rang, sous peine de perdre la confiance de ses commanditaires et financiers. Cela, son père pouvait-il le comprendre ?

— Je sais, reprit le comte, le bateau a coulé. Mais cela ne suffit pas. Ce matin, j'ai reçu les comptes et le montant de ta dette chez un hôtelier parisien où tu as pris pension pendant huit jours avec tes amis…

— Ce ne sont pas des amis, mais des relations de travail. Je ne peux pas attendre d'eux des conditions favorables si je ne les reçois pas bien.

— Certes, mais cette dette s'ajoute aux autres. Tu réalises qu'à ce rythme le château que je t'ai cédé va y passer !

En prononçant ces paroles, Hubert de Cressey pensait à Amélie qui, avant de sombrer dans la démence, s'était mise à dépenser sans compter pour des babioles. Arnaud, son fils unique, ne serait-il pas en train de suivre le même chemin ? Et il y avait cette rumeur, qui le tracassait.

— Tu as sûrement entendu ce qui se dit dans le village et les alentours ?

— Ce sont des gens malintentionnés qui colportent ces ragots parce que personne n'a oublié que Louison et moi sommes des amis d'enfance !

— Elle est enceinte, et ce n'est pas l'opération du Saint-Esprit, trancha Hubert de Cressey. Les gens n'apprécient pas tes manières de te promener à cheval, d'effaroucher les troupeaux et surtout de ne jamais les saluer.

— Père, je vous jure que… D'ailleurs, cette fille, ce garçon manqué, court les bois toutes les nuits, braconne notre gibier, pille nos étangs, et elle n'en a jamais assez. Que quelqu'un ait profité de la nuit pour la prendre par surprise ne m'étonne pas.

— Si, moi ça m'étonne. Cette fille, comme tu dis, a la ruse du renard. Jamais aucun garde n'a pu la surprendre parce qu'elle entend tout, qu'elle voit tout dans la nuit la plus épaisse. Alors non, ce que tu dis n'est pas vrai.

— Père, vous n'allez pas penser que je serais capable d'une telle horreur ! s'exclama Arnaud à court d'arguments.

Le comte ne répondit pas. Il savait à quoi s'en tenir et connaissait la hauteur morale de son rejeton. Plusieurs affaires de ce genre avaient égratigné l'honneur des Cressey et il avait fallu des sommes d'argent conséquentes pour faire taire les plaignantes. Arnaud avait aussi hérité des défauts de son arrière-grand-père, le comte Hubert V, jouisseur impénitent, dont les bâtards conçus au hasard de ses promenades étaient nombreux dans la région. Il avait commis tant de crimes odieux qu'il avait dû fuir la justice pourtant complaisante envers un membre de la plus vieille noblesse. Il avait monté une affaire en Algérie d'où il était revenu riche après avoir épousé une certaine Ingrid Brenheim, d'origine alsacienne. Ingrid s'était beaucoup ennuyée à Saint-Roch, mais personne ne s'occupait de ses états d'âme. Après avoir donné naissance à Antoine de Cressey, elle avait eu la bonne idée de mourir dans l'indifférence générale.

— Je comprends que Louison donne envie, avec sa chevelure rousse et sa beauté diabolique. J'ai pu l'observer dans les sentiers, elle a la souplesse des chats. Elle est si libre que l'ombre et la lumière l'acceptent dans leur jeu. Elle provoque le désir, c'est certain. Mais elle n'appartient à personne. Alors, celui qui lui a fait cet enfant n'a pu la prendre que par la force.

— Vous ne m'avez jamais dit pourquoi vous tenez tant à elle, répliqua Arnaud. Enfant, j'étais jaloux des attentions que vous lui portiez. Je n'ai jamais cru que c'était parce qu'elle était la fille adoptive de Marie…

— Je l'ai toujours trouvée très belle, cela te suffit ? Et puis, nous l'avons ramenée de Verdun, nous l'avons sauvée de l'enfer. C'est un symbole d'espoir !

Arnaud n'insista pas, car il savait à quoi s'en tenir. Son père ne lui disait pas toute la vérité. Il avait enquêté sur cette cousine Brenheim et avait découvert que le dernier représentant alsacien de la famille avait disparu depuis soixante-douze ans. Alice, la muette amnésique, n'était donc pas sa cousine. Pourquoi alors Hubert de Cressey l'avait-il ramenée au château ?

— Il faut que tu fasses cesser les rumeurs, ajouta le comte. Imagine que ton beau-père, Marteret, l'apprenne ? Tu sais combien ce balourd est attaché aux principes religieux. S'il accepte de te donner sa fille, et sa fortune, c'est qu'il rêve d'un titre de comte pour sa descendance. On a beau avoir fait la révolution, s'être habitué à la république et au suffrage universel, la nostalgie des armoiries persiste. Ce n'est pas un crime d'en profiter.

A cet instant, Hubert pensait à Alice Brenheim, atrocement mutilée, dont le mutisme faisait mal. Parfois, elle sombrait dans une dépression profonde et passait ses journées, assise derrière une fenêtre à regarder le parc, à rêver de terres lointaines, probablement son Canada d'origine que le comte imaginait immense et froid.

— La rumeur est tenace. Le curé Biars en a encore parlé, ce matin. Il assure qu'un homme des environs dit avoir assisté à la scène du viol.

— C'est faux, je vous jure que…

— Ne jure surtout pas. Deux hommes poursuivaient Louison : ils l'ont attachée, bâillonnée, et l'un d'eux a profité d'elle. Il dit t'avoir reconnu, malgré le gros foulard qui cachait ta figure.

— Enfin, père, vous n'allez pas croire de telles calomnies ! Donnez-moi le nom de ce menteur et je le poursuivrai devant la justice !

— Même si c'est faux, il ne faudrait pas que cette rumeur fasse échouer un mariage dont tu as besoin… Mais le plus grave n'est pas là ! ajouta le comte d'une voix sombre.

La promenade ne les avait pas conduits très loin. Ils avaient fait le tour de l'étang Neuf, qu'on appelait ainsi parce qu'il avait été creusé par le grand-père d'Hubert pour y garder de grosses carpes. Les grenouilles faisaient un tel tintamarre que les deux hommes décidèrent de s'arrêter.

— Rentrons, dit Hubert. Le soleil est trop fort et je suis parti sans mon chapeau.

Ils marchèrent jusqu'au château sans échanger un seul mot, tous deux occupés par leurs pensées d'apparence éloignées et qui pourtant se rejoignaient. Arnaud se demandait comment faire cesser la rumeur. Il s'était vanté d'avoir obtenu les grâces de Louison, un soir qu'il avait trop bu et cherchait à se mettre en valeur devant des forestiers crédules. Mais pourquoi une telle parole en l'air avait-elle pris autant d'importance ?

Sûrement parce que Louison n'était pas une fille comme les autres !

— Oui, répéta Hubert de Cressey, le plus grave n'est pas là. Nous en parlerons ultérieurement.

7

Arnaud de Cressey attendit la tombée de la nuit. Ce qu'il devait faire lui semblait impossible en pleine lumière. Il laissa son cheval noir à l'écurie, hésita à prendre sa voiture achetée à Paris l'année passée. Cette décapotable d'un modèle unique dans le pays y faisait sensation. Arnaud aimait qu'on le regarde, qu'on l'envie.

Il partit à pied par le chemin de pierres qui conduisait à la petite maison en bordure de forêt, formant une enclave dans son domaine. Il devait traverser le bosquet épais où la nuit persistait même en plein jour. Arnaud n'aimait pas cet endroit. Il imaginait des voleurs, des coupeurs de jarrets cachés dans les taillis, des braconniers qu'il avait fait arrêter. Il se mit à courir, son fusil battant son flanc droit. Parvenu à la petite cour devant la maison où une fenêtre était éclairée, il s'arrêta devant Manot, qui se mit à tourner autour de lui en grognant. La chienne se plaça devant la porte, comme pour l'empêcher d'entrer. Louison, qui l'avait vu venir, se montra. Arnaud l'embrassa sur les deux joues. Même s'ils ne se voyaient que rarement, les deux jeunes gens avaient gardé une attitude familière l'un envers l'autre.

La jeune femme fut troublée par son étrange odeur, au point qu'elle recula. Une multitude d'insectes volaient dans l'air chaud du soir. Un hibou poussait son cri strident quelque part dans les noyers.

— Louison, il faut que je te parle…

Elle se ressaisit très vite et se planta devant lui. Manot se tenait près d'elle, retroussant les babines.

— J'ai entendu ce qui se raconte au village. Je ne sais pas qui a fait courir cette rumeur, mais il faut qu'elle cesse.

— De quelle rumeur parles-tu ? demanda Louison, qui avait gardé l'habitude de tutoyer le futur comte de Cressey.

— On murmure que c'est moi le père de l'enfant que tu portes. Nous avons été de bons amis d'enfance, tu te souviens comme on jouait bien et que je te défendais quand Jacques Labrenne te faisait des misères !

— Tu m'as peut-être défendue une fois ou deux, mais le plus souvent tu étais avec lui !

— J'étais moins costaud que lui et il m'obligeait à le suivre. Mais on était bien ensemble, on fabriquait des moulins en bois sur le ruisseau et toi, tu allais cueillir des épis de blé parce qu'on voulait faire de la farine… Tu te souviens des premières vacances après notre entrée au collège ?

Elle avait treize ans et lui quinze. Les jeux d'enfants au bord du ruisseau ne les intéressaient plus. Ils se promenaient dans la forêt en se donnant la main, sans se parler, n'osant pas céder à l'élan nouveau de leur cœur. Ils avaient échangé un premier baiser la veille de leur départ…

— Je n'ai pas oublié, Arnaud. Ce sont de bons souvenirs. Et sache que je n'ai prêté aucune attention à la rumeur !

Le flirt n'avait duré qu'un été. L'année suivante, Arnaud revint très peu au château, et il fuyait Louison.

— On est partis chacun de notre côté, mais ce n'est pas une raison pour se faire du mal ! Je vais bientôt me marier, poursuivit le jeune homme. Il ne faudrait pas que cela parvienne aux oreilles de ma future épouse. Si c'était le cas, je devrais lui apporter la preuve que ce n'est pas vrai. Alors, au nom de notre amitié, je te demande de me signer un papier par lequel tu dis la vérité, à savoir que je ne suis pas le père de ton enfant. C'est tout ce que je te demande.

Elle pensait à sa mère, Alice, qui avait passé douze années au château, et se dit qu'elle avait une dette envers la famille de Cressey. Mais Louison était très mal à l'aise. Elle avait approché plusieurs fois Arnaud depuis la nuit terrible du viol. Pourquoi n'avait-elle jamais senti auparavant sur lui cette odeur très particulière, indéfinissable mais facilement identifiable ? Pourtant, ce n'était pas une preuve. Louison avait la certitude que le violeur était plus grand et plus costaud que le fils du château.

— Trouve qui était le violeur et son complice, fais-les arrêter et je te ferai cette lettre sans hésiter.

— C'est le travail des gendarmes ! Et je ne crois pas que tu aies porté plainte. Tu dis que tu as été violée alors que tu te donnes aux uns et aux autres, la nuit.

Maintenant, tu me ferais volontiers accuser pour que ton rejeton ait des droits sur l'héritage des Cressey…

Son père lui avait légué le château, mais avait exclu de la donation les hameaux de Vallet, Marton et Bechères, ainsi que plusieurs centaines d'hectares de bonnes terres dans l'Orléanais. Une fois les hypothèques remboursées, Arnaud supposait qu'il resterait encore une belle somme, qu'il ne souhaitait partager avec personne.

— Comment peux-tu parler ainsi ? s'emporta Louison. Je ne me suis jamais donnée à personne, pas même à Baptiste, avec qui j'étais si bien ! Celui qui m'a violée le paiera très cher ! Maintenant, laisse-moi tranquille.

Comprenant que l'évocation des souvenirs d'enfance n'amadouerait pas Louison, Arnaud se fit menaçant. Ce garçon, plutôt étroit d'esprit, allait toujours d'un extrême à l'autre, ce qui lui avait souvent valu de nombreux ennuis dans ses affaires.

— Fais bien attention, Louison, tu ne me fais pas peur. Si ces mensonges venaient à faire capoter mon mariage, sache que je te le ferais payer !

— Tu ne me fais pas peur.

Il sortit son dernier argument, celui qui devait emporter la décision :

— Je sais que mon père te protège pour des raisons que lui seul connaît. Mais il ne voit pas tout. Je te répète, je ne te le pardonnerai jamais !

Le futur comte de Cressey la regarda d'un air menaçant, il hésita un long moment dans la cour, insensible aux bruits des grillons et des insectes de nuit, puis finit par s'éloigner. Il regrettait d'être venu, il savait en effet que la meilleure manière de faire taire Louison n'était pas l'intimidation. Il reprit le sentier sombre entre les taillis immobiles. La peur l'étreignait. Il rentra chez lui en courant, conscient d'avoir commis une erreur. Cette visite l'accusait.

Au château, il se rendit directement dans la bibliothèque, où il s'étonna de trouver son père assis à son bureau. Il demeura un instant debout en face de lui, comme pour parler, puis rebroussa chemin sans un mot. Le comte sortit d'un tiroir une photo floue qui représentait une jeune femme tenant un bébé dans les bras. Emu, il alla ouvrir la fenêtre. L'odeur de cuir de cheval que répandait Arnaud lui déplaisait, à cette heure.

— Je suis indigne de mon rang ! murmura-t-il en regardant la nuit.

Il rangea la photo, ferma le livre posé sur le maroquin et se prit la tête entre les mains. Il était las, Hubert de Cressey, las de sa vie ratée, et à mesure que les années passaient ses erreurs de jeunesse le tourmentaient de plus en plus. Il poussa un profond soupir, passa les doigts de sa main droite dans ses cheveux très courts et raides comme du poil de brosse. Il était plongé dans une longue méditation quand la porte s'ouvrit. Une énorme femme vêtue d'un peignoir gris entra. Les cheveux en désordre, la figure large et couperosée, elle dardait son regard bovin sur l'homme en face d'elle. Ses yeux exorbités étaient parcourus de veines rouges. Mme de Cressey avança d'un pas lourd vers son mari.

— Hubert, je viens de voir sortir Arnaud de chez vous. Il semblait de fort mauvaise humeur. Que se passe-t-il ?

— Ne vous occupez pas de ça, Amélie. Retournez dans votre appartement, vous allez prendre froid.

Tout en parlant, Hubert de Cressey contemplait son épouse informe qui se tenait devant lui. Elle n'avait jamais été vraiment belle et le comte n'avait aimé que sa dot ! C'était probablement pour cette raison qu'entre ses six repas par jour et ses deux bouteilles de vin Amélie délirait, passait la plus grande partie de son temps à converser avec des fantômes.

— Votre mère ne cesse de m'importuner. Dites-lui de me laisser en paix.

Le comte se dressa, le regard fixé sur sa femme, qui s'appuyait contre la porte tant la station debout lui était pénible. Voilà qu'elle parlait d'Henriette de Cressey, morte depuis vingt-cinq ans !

— Taisez-vous, Amélie ! Vous dites n'importe quoi et ce n'est pas le moment !

— Mme Henriette me dit qu'elle a entendu une dispute entre Marie Bertaude et sa fille, vous savez, la belle rousse qui danse avec le diable, et que vous aimez bien. Il y a eu des cris, et puis plus rien. Quelques instants plus tard, la fille s'est enfuie dans la forêt. Et quand Charles Maubert est arrivé, une ou deux heures après, il a trouvé Marie morte. Comme il a été médecin, il l'a examinée et a conclu à une crise cardiaque.

— Taisez-vous, vous feriez pendre des innocents avec votre langue de vipère !

— Et puis votre mère qui voit tout, qui entend tout ce que racontent les domestiques, m'a dit aussi que votre protégée rôdait autour de la maison de Charles Maubert juste avant qu'il ne se blesse avec son fusil ! Mais pourquoi je vous dis cela ? Ce sont des petites gens qui ne vous intéressent pas, même si vous prétendiez être l'ami de Charles Maubert et qu'il m'a guérie d'une fièvre contre laquelle le docteur Grégoire n'avait trouvé aucun remède.

Dans un geste de colère le comte se leva, saisit le bras de sa femme et la poussa vivement vers le couloir.

— Cela ne vous plaît pas que je vous parle de votre mère ! Je comprends car vous n'avez pas été très délicat avec elle. Comme vous ne l'avez pas été avec moi en nous amenant votre prétendue cousine…

Elle avait appuyé sur les syllabes de ce mot avec une voix pleine de rancœur. Ce propos revenait chaque fois qu'Amélie, à moitié saoule, était de mauvaise humeur.

— Cessez de déparler, je vous prie !

Il claqua la porte de sa chambre et retourna s'asseoir à son bureau. Ainsi, des rumeurs couraient, insinuant que Marie et Charles Maubert avaient été assassinés. Il en aurait le cœur net.

Le lendemain, vers dix heures du matin, le comte se rendit au village chez Albert Duret, le garde champêtre, qui représentait la loi et restait en contact direct avec la gendarmerie de Sully-sur-Loire. Il gara sa voiture sous les grands platanes de la place. Les gens le saluaient, il demanda des nouvelles des uns et des autres et s'inquiéta de ce qui tracassait tout le monde et épargnait encore le château :

— L'épidémie de rougeole est-elle en train de reculer ?

— Elle n'a jamais été aussi virulente. Le curé a pourtant célébré plusieurs messes, mais cela n'a rien fait. Les deux garçons de Jeanine Sidonat, vous savez, elle habite sur la route de Vierzon, sont à l'hôpital dans un état grave. Les médecins ne savent pas s'ils réussiront à les sauver…

— Quelle drôle d'époque vivons-nous ! se désola M. de Cressey. Autrefois, la rougeole incommodait les enfants pendant quelques jours puis on n'en parlait plus. Et voilà qu'elle menace de les tuer ! S'il y a une prière collective, faites-moi avertir, je viendrai.

Il tourna les talons et se dirigea vers la maison du garde champêtre, située au fond de l'impasse des Lézards, juste à côté de l'entrée délabrée de la maison des Pèlerins. Albert Duret dirigeait quatre employés municipaux chargés de faire régner l'ordre dans la commune pendant les fêtes, les foires et toutes les autres manifestations publiques ; une sorte de police municipale avant l'heure.

Il accueillit le comte avec respect. C'était un homme imposant, à la figure large et rouge. Il fit entrer son visiteur dans ce qu'il appelait son bureau, une sorte de débarras où il eût été bien difficile de loger une table et deux chaises. Duret prenait son rôle très au sérieux et ne transigeait jamais avec la loi. Il dirigeait son équipe d'une main de fer et savait se faire respecter par les ivrognes qui fréquentaient les six bistrots du village.

Après avoir parlé du temps, beaucoup trop chaud pour durer, de l'épidémie de rougeole et de la foire aux petits pois qui se tenait chaque année à la mi-juillet, il demanda au comte l'objet de sa visite.

— Je me fais du souci pour Louison Marchal. Vous savez que je suis son tuteur depuis la mort de Charles Maubert et en attendant sa majorité, le 25 juillet prochain. J'ai cru comprendre que l'enfant qu'elle porte serait le fruit d'un viol.

— On le dit, en effet, on murmure des noms. Mais comment voulez-vous y voir clair ? Cette fille n'a jamais été comme tout le monde. C'est un vrai garçon manqué !

Le comte se taisait. A la mort de Marie Bertaude, il avait été question de placer la jeune fille dans une institution en attendant sa majorité. Ce fut lui, Hubert de Cressey, qui s'y opposa, car Louison avait menacé de s'enfuir si on l'enfermait.

Albert Duret braqua ses petits yeux aux lourdes paupières sur l'homme très digne assis en face de lui.

— On dit que c'est une sorcière inspirée par le diable, et le curé ne dément pas. On l'aurait vue en train de caresser un chat sauvage aux yeux qui lancent des flammes ! On murmure aussi que la rougeole est une punition de Dieu !

— Vous n'allez pas croire ces niaiseries ! fit M. de Cressey en haussant le ton.

— Les gens croient ce qui les sert, le contra Albert Duret. Dieu ne leur a jamais rien donné, mais le diable leur a souvent tout pris !

Le garde champêtre se racla la gorge, posa ses mains sur son bureau et précisa :

— Les Saint-Rochois sont excédés, alors il faut bien qu'ils trouvent un coupable.

— Je veux que vous sachiez que Louison est un peu ma fille. Je ne supporterai pas qu'on s'en prenne à elle.

Duret comprit l'avertissement : M. de Cressey connaissait beaucoup de monde à Paris, et le garde champêtre ne voulait surtout pas être accusé de la moindre faiblesse. Il avait le sens de l'honneur et accomplissait son devoir avec une détermination sans faille.

— Soyez sans crainte, je suis là ! dit-il d'une voix assurée.

8

La nouvelle tomba en milieu d'après-midi, ce 12 juillet 1938. L'épidémie de rougeole venait de faire ses deux premières victimes, Alain et Daniel Sidonat, âgés de huit et dix ans. L'air torride oppressait les poitrines. Le ciel pesait sur Saint-Roch comme le couvercle d'une bouilloire. Il fallait pourtant mettre à l'abri les foins secs, rentrer les gerbes des premiers blés, mais on n'avait pas le cœur à l'ouvrage.

Un cri strident retentit, puis d'autres, venant d'une petite maison aux volets bleus près de l'auberge Saint-Clair, qui louait des chambres aux marchands forains une fois par mois. Les gens sortirent sur le pas de leur porte malgré l'ardeur du soleil. Et les cris, devenus lamentations, n'en finissaient pas.

— C'est la Jeanine Sidonat ! dit quelqu'un en courant vers la maison aux volets bleus.

Devant la porte, Alfred Sidonat lançait autour de lui un regard vide. L'hôpital avait donné la nouvelle par téléphone à son employeur de la cartonnerie. Il avait appris la mort de ses deux fils sans broncher, avec un aplomb qui faisait penser à de l'indifférence. Il était là, devant la porte, comme absent, pendant que Jeanine poussait des hurlements qui s'entendaient à l'autre bout du village. Il rentra chez lui sans un mot. On aurait aimé l'entendre se lamenter, maudire le ciel et la terre. C'était un solide gaillard, que les tâches les plus rudes ne rebutaient pas. Plusieurs femmes s'empressaient auprès de la pauvre mère. Albert Duret et ses hommes étaient déjà là, n'osant pas intervenir. Alfred s'assit à sa place à table, posa ses grosses mains sur la toile cirée et resta ainsi, immobile. A côté, soutenue par plusieurs voisines, Jeanine avait cessé de hurler et sanglotait sans larmes. Tout son corps était secoué de spasmes qui contractaient sa figure en une horrible grimace.

Vers dix-huit heures, une ambulance de l'hôpital ramena les deux petits Sidonat. Le maire, Georges Grégoire, et quelques-uns de ses conseillers étaient là aussi. Duret donna un coup de main aux ambulanciers pour porter les petits corps sur leur lit, l'un à côté de l'autre. Alors, Alfred bougea. Tout son corps tremblait ; il claquait des dents. Jeanine s'évanouit. Une voisine lui tapota les joues, une autre rafraîchit sa figure avec un linge mouillé. Le curé Biars les rejoignit, suant, essoufflé. Il sortait rarement par grande chaleur, car il se disait de santé fragile. Il bénit les défunts et voulut parler à Alfred, qui le renvoya d'un revers de main.

— Gardez vos boniments pour vous ! gronda-t-il.

Certaines femmes très croyantes se signèrent. Membre de la puissante section du parti socialiste, Sidonat ne fréquentait pas l'église. Jeanine, au contraire, fut sensible à la main moite du curé posée sur son épaule. Tout à coup, elle se dressa, les yeux exorbités, et s'écria :

— C'est elle ! La fille du diable, je l'ai vue rôder autour de la maison ! C'est elle !

— De quoi parlez-vous ? demanda le curé, qui avait compris.

— Louison ! Vous la protégez tous, et vous la laissez porter le malheur !

Au même moment, des gens affligés défilaient devant les deux petits corps. On échangeait des regards tristes et fatalistes. Pourquoi la rougeole était-elle devenue mortelle ? Le docteur Grégoire expliqua :

— La rougeole peut tuer. Même si c'est rare, dit-il. Les garçons étaient asthmatiques. Souvenez-vous, le fils Bartelle, juste après la guerre. La rougeole n'est pas une maladie bénigne, il ne faut surtout pas le croire.

Le curé vit qu'il n'était pas utile et, après avoir béni de nouveau les deux corps, s'en alla. Il ne s'entendait pas avec le docteur Grégoire, une forte personnalité qui détestait ce prélat mou et surtout préoccupé de sa propre personne. Le médecin s'entretint avec le garde champêtre, avec Alfred Sidonat, qui avait retrouvé ses sens, et décida que l'inhumation aurait lieu le lendemain matin. Jeanine se mit de nouveau à gémir. On voulait se débarrasser de ses pauvres martyrs, tourner bien vite la page ! Le docteur eut beau lui répliquer que c'était à cause de la chaleur, la seule pensée que ses fils allaient pourrir sous la terre la rendait folle. Albert Duret se rendit lui-même chez le menuisier Antoine Legrand pour commander les cercueils. Celui-ci saisit l'urgence de la situation et accepta de travailler toute la nuit.

Un bref orage éclata dans la soirée, arrachant aux platanes plusieurs grosses branches qui tombèrent près des maisons mais ne firent aucun dégât aux toitures. Albert Duret et deux cantonniers creusèrent la tombe à la lampe électrique, sous des déluges de pluie. Pendant ce temps, des bonnes volontés s'occupaient des modalités. Alfred ne voulait pas du curé, mais Jeanine y tenait absolument. On décida qu'il y aurait une bénédiction dans l'église et qu'on se rendrait aussitôt au cimetière.

Le lendemain matin, la pluie avait cessé et le soleil chauffait de nouveau, aspirant des colonnes de brume. Tous savaient ce que cela signifiait, et pensaient à leurs récoltes. Le menuisier arriva avec sa camionnette et déchargea les deux cercueils fabriqués pendant la nuit. Il n'était pas mécontent de son travail fait à la va-vite. Il entra dans la maison sans saluer personne et déposa au pied du lit les deux caisses qui sentaient le vernis. Les cris de Jeanine retentirent à nouveau dans le silence recueilli. Elle dardait un regard vide sur ses voisines. Ses cheveux hirsutes lui donnaient l'apparence d'une folle. Deux gendarmes de Sully-sur-Loire vinrent pour assister, comme la loi l'exigeait, à la mise en bière. C'étaient des étrangers au pays ; leur présence gênait tout le monde.

Quand les deux petites dépouilles furent placées dans les cercueils, Alfred, qui jusqu'alors avait tenu le coup, s'effondra en larmes. Ses collègues de travail s'empressaient autour de lui. Mais que pouvaient-ils contre le chagrin de cet homme capable de terrasser un bœuf, assis là, sur sa chaise, ses mains posées sur la table, aussi vulnérable qu'un enfant ?

Puis le cortège se dirigea vers l'église. La foule était immense. Cette mort touchait tout le monde et Alfred était apprécié. Derrière les deux cercueils, portés par des cousins qu'on avait avertis le matin même, marchaient les parents soutenus par des voisins, et les proches accourus des alentours. Le comte de Cressey était là également, grave, recueilli. Sa présence ne laissa personne indifférent et toucha surtout Alfred, qui pourtant n'aimait pas les aristocrates.

Louison aussi était parmi la foule. Elle avait fait l'effort de mettre une robe assez ample pour cacher son ventre et cela transformait tellement sa silhouette que beaucoup ne l'avaient pas reconnue.

A la fin de l'enterrement, les gens s'attardèrent devant le cimetière. M. de Cressey salua la famille avec sa distance habituelle et monta dans sa voiture garée à côté. La foule retournait sur la place située à moins de cent mètres. Quand Jeanine Sidonat reconnut Louison en retrait, elle poussa un cri aigu qui surprit tout le monde. Elle se jeta brusquement sur la jeune femme, qui eut le réflexe de protéger son ventre, se recroquevillant sous les coups qui pleuvaient. Un attroupement se forma. Le garde champêtre et ses hommes intervinrent :

— Laissez-la ! cria Albert Duret.

L'intervention ramena tout le monde à la raison. Seule Jeanine continuait de hurler qu'elle tuerait la sorcière. Alfred la retenait dans ses bras puissants, lui soufflant de garder son calme.

— Les sorcières, on les brûle ! hurla encore Jeanine.

Duret et ses hommes dispersèrent la foule, mais Jeanine assura qu'elle n'en resterait pas là. Entourée de quelques voisines, elle ne cessait de vociférer et d'évoquer les bûchers qu'on allumait autrefois pour se débarrasser des êtres diaboliques.

— Faudra-t-il attendre que nos enfants meurent tous pour faire quelque chose ? hurla-t-elle à l'intention d'Albert Duret, le visage déformé par la haine.

L'après-midi, alors que le calme semblait être revenu avec la chaleur assommante, plusieurs villageoises se rassemblèrent chez Jeanine pour la soutenir. Elles se sentaient plus concernées que les hommes par son immense chagrin, et redoutaient que la rougeole s'en prenne à leurs propres enfants. Toutes détestaient Louison. Sa beauté sensuelle était une insulte pour ces pauvres paysannes au corps déformé par les grossesses répétées et un travail éreintant. L'enfant qu'elle portait ne pouvait être que celui du diable ! Le curé Biars ne l'avait pas dit, certes, mais il n'avait pas démenti non plus !

Aucun ordre ne fut donné. Quand Jeanine sortit de son épicerie, les autres la suivirent. Son mari Alfred assis en bout de table ne réagit pas. Peut-être était-il d'accord avec elles, cet homme au fond du désespoir… Son calme apparent cachait un volcan en éruption.

Elles étaient une dizaine à traverser la place sans parler, bravant le feu du soleil qui les éblouissait au point de figer leurs pensées. Elles passèrent devant l'entrée de la maison des Pèlerins et poursuivirent leur marche sur le chemin de Saint-Roch-Haut. Elles arrivèrent sans encombre devant la maison de la garçonne, qui se reposait au frais à l'intérieur. La porte était ouverte. Jeanine fit irruption dans la pièce et saisit violemment la jeune femme. Les autres l'aidèrent à la maîtriser. Louison, affolée, tentait de se défendre, de protéger son ventre, mais les mégères avaient la force que donnent la haine et l'envie d'en découdre.

— A la croix du Diable ! cria Jeanine.

Ligotée, bâillonnée, Louison fut emportée comme un sac par des dizaines de pinces agrippées à ses vêtements.

La croix du Diable se trouvait dans une clairière, à la croisée d'anciens chemins qui ne conduisaient plus nulle part. Elle était là depuis des temps immémoriaux. Taillée dans le granit gris, elle représentait grossièrement un Christ crucifié. Quand l'ancien maire, M. Dessy, avait voulu l'enlever, il s'était heurté à la résistance populaire. Il aurait pu passer outre, mais des historiens d'Orléans avaient mis en avant la grande ancienneté de cette croix, monument du haut Moyen Age qu'il fallait préserver. Depuis, elle était devenue célèbre et beaucoup de visiteurs venaient l'admirer et frissonnaient en écoutant son histoire. Autrefois, on y brûlait des sorcières, qui pullulaient dans cette région de forêts profondes, d'étangs perdus, et de châteaux hantés.

Hystériques, les femmes traînaient Louison sur le sentier. Ces bonnes mères de famille, toujours attentives aux autres, avaient franchi le mur du raisonnable. Elles agissaient, mues par une volonté du groupe qui les dépassait. Elles rassemblèrent des branches mortes, sans parler. Louison, la bouche serrée dans un foulard, ne se défendait plus. Elle avait posé les mains sur son ventre et ne réagissait pas aux coups qui pleuvaient sur elle.

Bientôt, le tas de branches sèches fut suffisant. Jeanine y mit le feu ; les flammes montèrent à l'assaut des arbres pendant que d'autres femmes apportaient encore du bois. C'était le moment d'y précipiter Louison et de se réjouir de ses contorsions quand les flammes mangeraient son joli visage et ses cheveux roux.

Tout à coup, un homme sortit du fourré, le fusil à la main, et se plaça devant le brasier.

— Qu'est-ce qui vous prend ? hurla-t-il. Vous êtes devenues folles ?

Elles s'arrêtèrent net, pétrifiées, horrifiées par elles-mêmes.

— Marguerite, qu'est-ce que tu fais ? demanda encore cet homme qu'elles connaissaient. Tu as laissé ton enfant pleurer dans son berceau pour ça ? Et vous, Mélanie, votre époux vous attend et il a faim ! Croyez-vous que la prière commence par des cris de haine ?

Servais Clément braquait le canon de son arme. Honteuses, la tête basse, elles tentaient de s'échapper discrètement. Seule Jeanine continuait de hurler et se jeta sur Servais, qui l'écarta d'un coup d'épaule. Puis il libéra Louison, qui se redressa difficilement.

— Rentrez toutes chez vous ! murmura-t-il. Vous avez de la chance que je sois intervenu à temps.

Jeanine s'éloigna en vociférant des menaces. Le feu montait haut dans la clairière, répandant une chaleur insoutenable. Il n'y avait pas de risque d'incendie, les premiers buissons étaient à plusieurs mètres et le vent ne soufflait pas. Servais et Louison frappèrent les brindilles et attendirent en silence qu'elles s'éteignent totalement.

Puis Servais emmena Louison chez lui. Elle marchait difficilement et, la gorge nouée, ne pouvait prononcer le moindre mot. Il lui tenait toujours la taille et ce contact la gênait, non qu'il lui déplût, mais elle se sentait sale et indigne de lui.

La maison de Servais était voisine de la grande quincaillerie qui donnait sur la place, face à l'église. C'était une des plus belles maisons anciennes du village, une des rares à avoir deux étages sous une toiture d'ardoises surmontée de deux lourdes cheminées carrées en briques rouges. Un portail en fer forgé s'ouvrait sur une cour assez étroite où Servais garait sa voiture. Cette maison, plus importante que celle du médecin, était la marque d'une réussite de trois générations de commerçants.

— Viens ! dit-il à Louison en ouvrant la porte d'entrée qui donnait sur un vestibule où régnait une agréable fraîcheur.

Une vieille femme aux cheveux d'un blanc immaculé, très droite, avec la peau claire de celles qui ne se brûlent pas le visage au soleil, arriva d'une pièce voisine. Simone Clément était froide et distante. On ne la voyait que le dimanche matin quand elle se rendait à la messe. Louison reconnut dans son visage sérieux les traits de son fils Servais.

— Qui nous amènes-tu ? demanda-t-elle, bourrue.

Sans répondre, Servais fit entrer Louison dans un salon et lui présenta un fauteuil. La jeune femme, toujours sous le choc, grimaçait de douleur en tenant son ventre. Simone lui apporta un verre d'eau. Louison but à petites gorgées ; la fraîcheur du liquide lui remit les idées en place. Des griffures sur son visage étonnaient Simone debout, en face d'elle.

— Je vous remercie, murmura Louison. J'ai eu si peur.

Simone tourna un regard interrogateur vers son fils, qui s'était accroupi près de Louison.

— Il ne faut pas que tu retournes chez toi. Elles sont assez folles pour te faire encore du mal.

Louison secoua la tête.

— Non, je vais rentrer. Elles ont agi comme ça à cause de l'enterrement. Maintenant, je ne risque plus rien.

— Tu te trompes. Je vais aller trouver le maire et lui demander de te faire protéger.

Elle lui sourit et lui prit la main, ce qui le toucha. Simone demanda à nouveau ce qui s'était passé. Elle connaissait depuis longtemps le sentiment de son fils pour cette garçonne qu'elle voyait de près pour la première fois. Elle la trouva très belle, remarqua que son regard n'était pas mauvais. Si elle n'avait pas été enceinte d'on ne savait qui, la vieille femme l'aurait volontiers acceptée comme bru, tant il devenait urgent que Servais donne un héritier à la famille Clément.

Le silence de cette pièce richement meublée était difficile à supporter pour Louison, qui s'y sentait à l'étroit, comme prisonnière. Et le regard insistant de Mme Clément la gênait.

— Merci pour tout, dit-elle en se levant. Je vais rentrer chez moi.

— Veux-tu que je t'accompagne ?

— Non, ce n'est pas la peine, Servais. Je n'ai plus peur.

Elle sortit, Servais la laissa partir seule. Il avait son idée et ne voulait pas la contrarier. Il allait avertir le garde champêtre de ce qui s'était passé, et si personne ne voulait protéger la jeune femme, il le ferait lui-même.

Louison remonta la petite rue qui conduisait au bistrot de Pollu, puis emprunta le sentier à travers le bois jusque chez elle. Des gémissements lui firent presser le pas. Elle courut aussi vite qu'elle put dans le sentier et découvrit l'horreur : Manot, muselée par une solide corde, les pattes attachées, gisait dans une mare de sang. On lui avait coupé les oreilles et la queue, une plaie en forme de croix avait été ouverte de chaque côté sur ses flancs. Le sang coagulé attirait une nuée de mouches noires. Louison demeura un moment incrédule. Enfin, elle libéra sa chienne, qui n'eut pas la force de se mettre sur ses pattes.

— Ma Pauvre Manot ! s'écria-t-elle en serrant la chienne contre sa poitrine malgré le sang qui imbibait son poil.

Ceux qui avaient fait ça ne méritaient aucune pitié. Elle pensa à se rapprocher de Servais pour les retrouver. Il fréquentait les bistrots et entendait tout ce qui se disait. Les lâches devaient payer leur forfaiture, mais pour la justice des hommes le supplice d'un chien était peu de chose. Et comment les retrouver ? Elle adressa une prière muette à ce Dieu en qui elle persistait à croire.

Les larmes roulaient sur ses joues. Elle tenait toujours Manot dans ses bras, laissant le sang rouler sur ses vêtements. L'homme qui arriva alors ne se trouvait pas là par hasard. Il avait été averti des événements survenus après l'enterrement. Le comte de Cressey avait traversé le bosquet pour rejoindre Louison.

— Des monstres ! lâcha-t-il en découvrant la chienne. Nous ne pouvons plus rien pour ce pauvre animal…

Louison avait envie de crier, de hurler sa haine contre ceux qui avaient torturé sa plus fidèle compagne. Elle déposa la chienne sur l'herbe. Le regard intense et triste de Manot, qui ne pouvait plus soulever sa tête, était insoutenable.

M. de Cressey attira la jeune femme dans ses bras ; elle qui n'avait jamais osé approcher cet homme distant sentait son odeur de linge propre.

— Ils paieront !

Il s'écarta doucement de Louison, qui ajouta :

— Cette pauvre bête, nous ne pouvons pas la laisser ainsi.

Louison le savait : Manot ne survivrait pas plus d'une journée à de si terribles blessures.

— Je peux le faire ! dit le comte d'une voix neutre.

— Non, répliqua Louison les yeux secs, c'est à moi de le faire.

Elle alla chercher son fusil et se plaça devant la chienne, qui levait vers elle un regard suppliant. Pâle, Louison baissa le canon qui ne tremblait pas. Le coup partit, énorme, se répercutant sur la frondaison des arbres. Manot s'immobilisa.

Louison jeta le fusil sur l'herbe et s'écroula en sanglots. Le comte se rapprocha d'elle.

— On peut tuer par amour, murmura-t-il. Mais seules les âmes fortes en sont capables.

Il l'aida à se relever et la reconduisit chez elle. Comme la porte était restée fermée, la maison avait gardé un peu de fraîcheur.

— Je vais m'occuper de ce pauvre animal, dit-il après l'avoir aidée à s'asseoir.

— Non, trancha Louison. C'est moi qui vais l'enterrer, elle ne comprendrait pas que ce soit autrement.

— Ça ira ?

Elle fit oui de la tête, essuya son visage avec son mouchoir. Le comte l'observa un instant. Il avait l'impression de se trouver face à Alice Marchal, quand il l'avait vue pour la première fois à Verdun. Il baissa les yeux pour que Louison ne voie pas l'émotion qui embrumait son regard et comprimait sa poitrine.

— Si tu as le moindre besoin, n'hésite pas. La porte du château sera toujours ouverte pour toi.

Elle esquissa un léger sourire en guise de remerciement, écrasée par le poids du silence.

Elle resta prostrée tout l'après-midi. Elle ne pleurait plus, mais son esprit était vide de pensées. Vers dix-huit heures, une voiture s'arrêta. Servais en sortit, examina le cadavre de Manot, puis s'approcha de la porte restée ouverte. Il garda le silence un long moment, en face de la jeune femme au visage blême. Son regard exprimait la consternation.

— Les salauds !…

— Laissez, répondit Louison, qui retrouvait son aplomb.

Elle alla chercher une pelle et une pioche dans la remise voisine et se dirigea vers le fond du potager, où la terre était encore un peu humide. Servais voulut l'aider, elle le repoussa.

— C'est mon affaire. Je veux être seule. Laissez-moi.

Il n'insista pas et, la mort dans l'âme, remonta dans sa voiture. Louison chercha un endroit, près d'un prunier, et commença à creuser. Son ventre lui faisait terriblement mal et les forces lui manquaient. Pourtant elle s'obstinait, et au bout d'une heure d'effort le trou fut assez profond. Elle prit une brouette et y disposa le corps de Manot, avec beaucoup de précaution, comme elle l'aurait fait d'un enfant endormi. Elle plaça la brouette près du tas de terre sombre et mit le chien au fond du trou, posa un tissu sur sa tête pour protéger ses yeux. Quand ce fut fait, elle s'agenouilla.

— Tu étais la plus douce, la plus docile des chiennes. Tu étais mon double. Toi et moi on ne faisait qu'un quand on allait en forêt à la nuit tombée. Jamais je ne te remplacerai !

Elle jeta rageusement des pelletées de terre sur le cadavre. Quand ce fut terminé, après s'être longuement recueillie, elle rentra à la maison. Sa douleur au ventre était si vive qu'elle peinait à se tenir debout.

Elle n'avait pas faim et s'allongea, mais elle avait toujours mal et redoutait de perdre l'enfant qu'elle voulait désormais tant voir vivre.

Le lendemain matin, Servais, soucieux, vint lui rendre une nouvelle visite et la trouva allongée, le visage figé par la douleur.

— Je vais aller chercher le médecin !

— Non. Je préfère aller à l'hôpital.

Le docteur Grégoire n'était pas aussi discret que sa profession l'exigeait. Et surtout Louison ne voulait pas que cet homme qu'elle croisait souvent l'ausculte et l'examine dans son intimité. Elle préférait que ce soit un inconnu.

— Comme tu veux. Je vais t'y emmener en voiture.

A l'hôpital d'Orléans, un médecin et deux sages-femmes l'examinèrent et en déduisirent que ses douleurs étaient dues à l'effort mais que l'enfant n'était pas en danger. Rassurée, Louison retrouva un peu de sérénité. Tout à coup, elle avait faim et Servais l'invita à manger dans un bon restaurant proche de l'hôpital.

— Quel jour sommes-nous ? demanda-t-elle tout à coup.

— Le 16 juillet.

— Dans neuf jours j'aurai vingt et un ans. Je vais enfin être libre d'agir à ma guise, sans demander la permission à personne.

9

Louison supportait mal l'absence de sa chienne. Bisette avait disparu, et elle n'avait pas la force de la chercher. Elle ne sortait plus le soir. La forêt ne l'attirait plus. Sans Manot, une partie d'elle-même avait disparu. L'année était sèche, malgré quelques orages brefs qui tassaient la terre. Le potager que Louison entretenait avec soin manquait d'eau. Elle n'avait plus la force de porter les arrosoirs et ses légumes dépérissaient.

Elle n'osait plus descendre au village acheter des provisions et refusait les travaux de couture qu'on lui proposait. Pour éviter tout risque d'accident, elle restait confinée chez elle, s'asseyait à l'ombre de son tilleul et laissait filer le temps. Servais avait compris cela et venait chaque jour lui apporter de quoi manger. Quand elle voulait le remercier, il protestait : « Surtout, ne dis rien. »

Ce matin du 19 juillet, elle trouva clouée à sa porte une feuille de papier avec inscrit, en grosses lettres : *ON AURA TA PEAU, SALE SORCIERE*. Cette haine l'excédait. Louison était devenue une proie facile pour un ennemi sournois et sans visage. Sa maison était isolée du village et personne n'entendrait ses cris si quelqu'un venait lui faire du mal. Elle ne pouvait pas demander à Servais d'être tout le temps à ses côtés. Sans sa chienne pour lui signaler l'approche des visiteurs, elle était vulnérable, fragile.

Dans la matinée, Hubert de Cressey arrêta sa voiture devant sa porte. Cette visite lui fit beaucoup de bien. Le comte constata que le visage de Louison portait des signes de fatigue. Il se racla la gorge et dit :

— Je reviens du village et mes domestiques me rapportent tout ce qui se trame là-bas. Tu n'es pas en sécurité, seule ici.

— Je n'ai pas peur, mentit la jeune femme.

— Ces mégères attendent la première occasion pour te tomber dessus. Et ceux qui s'en sont pris à ta chienne s'en prendront bientôt à toi. Viens au château, où personne n'osera venir te chercher.

— Au château ? s'étonna Louison.

— Oui, il y a un pavillon, qui était autrefois celui de l'intendant du domaine. Il est inoccupé. Tu vas l'habiter. Les gens n'oseront pas te poursuivre jusque-là et réaliseront qu'en voulant te faire du mal, c'est à moi qu'ils auront affaire.

— Je ne peux pas accepter... Qu'est-ce qu'on va raconter ?

— A mon âge, cela n'a plus d'importance. Ils peuvent médire autant qu'ils veulent, je suis le seul à connaître la vérité. Alice, ta mère, nous regarde en ce moment et elle m'en voudrait si je t'abandonnais. Prépare tes affaires, je reviendrai te chercher en début d'après-midi.

Vers onze heures arriva le facteur Plat, qui faisait sa longue tournée avec une vieille bicyclette qui grinçait à chaque coup de pédale. Il eut du mal à gravir la petite côte sur le chemin empierré. En posant pied à terre, il recula son képi, s'essuya le front avec la manche de sa veste et ouvrit son énorme besace qui sentait le cuir et le papier journal. Louison aimait bien cet homme, passionné de pêche, qui partageait de longues heures en compagnie de Charles Maubert. Il sortit une lettre qu'il tendit à la jeune femme.

— Un recommandé qui vient d'un notaire, maître Lauriet, d'Orléans. Vous devez signer là.

Elle signa, intriguée par ce pli qu'elle n'attendait qu'au lendemain de sa majorité. Le facteur, qui buvait un verre de vin dans chaque maison, n'osa pas dire qu'il avait soif. Il venait rarement jusqu'ici et savait qu'il se rattraperait dans les fermes voisines. Il salua Louison, replaça son képi et se laissa emporter par la descente.

Louison entra dans la maison dont elle ferma la porte avec précaution, comme si elle redoutait que quelqu'un puisse lire le contenu de sa lettre par-dessus son épaule. Il s'agissait d'une convocation pour le 25 juillet. Le notaire allait procéder à l'ouverture du testament de Marie Bertaude et lui donner des informations sur sa famille et les biens dont elle héritait.

Louison resta un instant immobile, la feuille de papier tremblant entre ses doigts, le regard tourné vers la fenêtre fermée. Il faisait très chaud dans cet intérieur réduit. Elle alla ouvrir de nouveau la porte et respira l'air de l'extérieur, chargé d'odeurs de foin sec. Que contenait ce testament ? Quelles informations le notaire allait-il lui apporter qu'elle ne connaissait pas, que Charles Maubert ne lui avait pas apprises ? Elle pensait à sa mère, Alice Marchal, présentée par le comte comme la cousine Alice Brenheim.

Hubert de Cressey la rejoignit chez elle vers dix-sept heures, pénétra dans la maison, où il semblait plus grand encore et plus svelte. La légère pénombre qui y régnait augmentait l'austérité de son visage. Louison, qui avait eu le temps de rassembler quelques effets dans un sac posé près de la porte, lui sourit.

— Allons-y ! dit-il en prenant le sac.

Elle le suivit jusqu'à la voiture, puis se tourna vers sa maison. Le château était à moins de dix minutes à pied, pourtant elle se demanda si elle avait raison de quitter l'endroit où elle avait grandi. Mais elle se sentait rassurée d'être sous la protection de cet homme puissant.

— Nous allons faire un détour par le village, précisa le comte. Pour leur montrer que celui qui s'en prend à toi s'en prend à moi.

Tout en roulant sur le chemin empierré, il ajouta, avec un léger sourire qui arrondissait son visage anguleux :

— Ils n'ont pas fini de jaser, d'inventer n'importe quoi, mais cela n'a pas d'importance ! Les fiançailles d'Arnaud et d'Elodie Marteret se sont bien passées, le contrat de mariage a été signé. Ils peuvent dire ce qu'ils veulent, cela me laisse indifférent.

La voiture roula le long de la rue principale, traversa la place sous le regard ébahi des badauds.

Cressey souriait comme heureux du mauvais tour qu'il jouait à ces curieux, friands de nouvelles graveleuses. C'était la première fois que Louison voyait cet aristocrate si réservé se laisser aller ainsi à ce qui pouvait être une confidence. Cela dévoilait un aspect inattendu, libre et fantaisiste, qui colorait ce personnage gris et apparemment insensible.

Ils arrivèrent au château. La voiture franchit la cour entre les écuries et d'autres bâtiments, puis suivit une allée bordée de grands tilleuls. Elle s'arrêta devant une maison très coquette aux formes anciennes.

— C'est ici chez toi, maintenant !

Il aida Louison à descendre, puis, saisissant son sac, il alla ouvrir la porte.

— Ce n'est pas très grand, mais cela suffira.

Louison monta les marches du perron et s'arrêta dans l'entrée. L'intérieur était superbement agencé de lourds meubles à l'odeur de vieille cire.

— Pourquoi faites-vous cela ? demanda-t-elle.

— Parce que ce n'est pas possible autrement.

En présence du comte, Louison pensait à cette femme infirme qui se traînait dans les couloirs du château. Elle ne s'était jamais sentie à l'aise dans la belle bâtisse, même au temps où Arnaud l'emmenait au grenier jouer à cache-cache parmi les vieilleries poussiéreuses. Devant cette table imposante en chêne brun, en face des tableaux accrochés aux murs qui représentaient des ancêtres dont on avait oublié les noms, elle éprouvait la même gêne.

— J'ai demandé aux cuisines qu'on t'apporte tes repas chaque jour, l'informa Hubert de Cressey en se dirigeant vers la porte. Dans ton état, il faut que tu te nourrisses correctement.

Elle ne pensa pas à le remercier. Il partit ensuite à ses occupations. Quelques instants plus tard, Arnaud arriva. Louison sentit de nouveau cette odeur particulière qui accompagnait le fils du comte depuis quelque temps. Elle plissa les narines, il s'en aperçut et sourit :

— C'est le nouveau produit que j'utilise pour la selle de mon cheval. Je suis d'accord avec toi, ce n'est pas le meilleur des parfums… Ainsi, tu es parvenue à tes fins, poursuivit-il sur le ton du reproche. Tu as séduit mon père qui, malgré son âge, est encore sensible aux belles femmes.

— Je n'ai rien demandé à personne ! répondit Louison.

— Tu sais pourquoi il fait tout ça ?

Louison secoua négativement la tête.

— Parce qu'il a aimé ta mère.

Cet amour entre son père et celle qu'on appelait Alice Brenheim, la cousine alsacienne, n'avait pas échappé à Arnaud. Depuis longtemps, il avait fait le lien avec Louison, qui lui ressemblait tant. Le moment était venu d'agir.

Louison releva la tête, surprise.

— Qu'est-ce qui te fait dire une telle énormité ? Les propos de ta mère quand elle a bu deux bouteilles de vin ?

— Non, des lettres que j'ai trouvées dans son bureau.

Il s'éloigna sans rien ajouter. Il avait planté la première banderille, d'autres viendraient en temps utile.

Louison n'osait pas explorer les autres pièces de ce lieu qui ne l'attirait pas. Elle se sentait prisonnière d'un filet invisible. Elle sortit sur le perron. Des ouvriers étaient en train de ramasser les branches d'un châtaignier qu'ils venaient d'élaguer.

Louison les regarda travailler un instant, se demandant quel argument elle allait trouver pour retourner chez elle, quand son regard s'attarda sur un homme d'assez grande taille qui dirigeait l'opération en compagnie d'Arnaud, et tendait une main pour donner un ordre. L'index manquait à cette main ouverte. Cet homme était donc le complice de son agresseur ! Un instant, elle eut la tentation d'aller parler à son camarade d'enfance, puis elle renonça. Tremblante, elle rentra dans la maison, prit son sac et sans réfléchir traversa le parc en marchant aussi rapidement que possible. La présence de celui qui l'avait maîtrisée et ligotée la conduirait au coupable, mais elle hésitait, redoutant une mauvaise surprise !

Elle s'enfonça dans la forêt qu'elle connaissait bien à cet endroit. Charles Maubert lui avait souvent dit que le braconnage s'inscrivait dans la lutte sociale, que c'était une revanche des démunis sur les possédants. Il aimait la politique et recevait un journal qu'il lisait avec attention chaque après-midi. Ce solitaire misanthrope s'intéressait au monde : « Hitler monte. Il s'apprête à mettre l'Europe à feu et à sang, disait-il, et personne ne se dresse en travers de son chemin ! » Le docteur Grégoire était aussi de cet avis.

Une fois chez elle, Louison se demanda ce qu'elle pourrait bien raconter au comte pour justifier sa fuite. « Je lui dirai que je suis venue chercher des vêtements et que je me suis fait surprendre par la nuit. » Elle sourit : la nuit était son domaine et M. de Cressey ne serait pas dupe, mais il aurait l'élégance de ne lui poser aucune question. Elle barricada sa maison de l'intérieur et s'installa sur un fauteuil en velours dans lequel Marie aimait se reposer. Elle écoutait le silence, analysant les moindres bruits. Elle finit par s'endormir.

Le 25 juillet, jour de la convocation, elle se réveilla très tôt, tenaillée par la faim. Elle mangea du pain sec, du fromage, et sortit, le fusil en bandoulière. Le jour d'été naissait dans une lumière blanche sans ombre. Il n'y avait pas un nuage au ciel. Les premiers rayons du soleil rasaient la cime des arbres. Les oiseaux chantaient. La journée serait magnifique.

Elle se prépara pour son rendez-vous. Ses gestes étaient maladroits. Louison n'était plus qu'un corps informe. Elle aurait pu y aller à vélo, mais son ventre la gênait pour pédaler. Elle s'essoufflait vite et n'aurait pas assez de force pour parcourir les vingt kilomètres. Elle décida, malgré le risque de croiser certains villageois, de prendre le car, dont l'arrêt se trouvait dans la rue principale de Saint-Roch.

Elle s'y rendit à pied. Les regards s'attardaient sur elle, mais personne ne proféra la moindre injure. Elle fut pourtant soulagée en montant dans le véhicule.

A Orléans, le car s'arrêta près de la cathédrale. L'étude du notaire Lauriet était située dans une rue adjacente, très animée à cette heure matinale. Elle franchit un portail en fer forgé, traversa une petite cour gravillonnée et sonna à une lourde porte en chêne clair.

Une femme tout en noir, au visage sévère, la reçut et la fit entrer dans une pièce meublée de sièges rembourrés et d'une table couverte de journaux. Malgré ses douleurs aux jambes, Louison n'osa pas s'asseoir.

Elle n'eut pas longtemps à attendre. Une secrétaire, vêtue d'une étroite robe rouge, vint la chercher en lui adressant un sourire engageant. Louison eut l'impression d'être gauche et ridicule près de cette jolie fille dont le frais parfum flottait dans le couloir.

Elle pénétra dans un immense bureau où régnait une odeur de vieux cuir. Les étagères des hauts meubles cirés étaient couvertes de bibelots. Le notaire, petit, maigre, se leva de son large fauteuil noir pour saluer Louison. Sa grosse tête osseuse était hérissée d'une brosse de cheveux gris, les prunelles de ses yeux noirs agrandis par des verres pour grand myope augmentaient l'étrangeté de son visage. Il eut du mal à cacher sa surprise en voyant la jeune femme au ventre proéminent avec un pantalon froissé, tenu par des bretelles. Elle devait être magnifique avant sa grossesse, avec ses cheveux roux, ses grands yeux gris-vert et son visage aux courbes harmonieuses. Quelle idée de mettre un pantalon dans cet état ! Le notaire Lauriet comprit à ce détail qu'il ne fallait rien changer à l'ordre du monde et que la jeunesse avait besoin de discipline. Il lui présenta une chaise matelassée, puis s'assit derrière son vaste bureau.

— Je vais donc procéder devant vous à l'ouverture du testament de Mme Bertaude Marie au lendemain de vos vingt et un ans, comme elle l'a demandé elle-même.

Il ouvrit une grosse enveloppe, fit sauter les scellés et en retira une liasse de feuilles. Louison reconnut l'écriture ronde de « sa mère » et en fut émue.

— Mme Bertaude a tenu à ne rien vous révéler sur vos origines avant votre majorité, afin que vous puissiez prendre les décisions que vous souhaitez. En résumé, vous êtes la fille d'Alice et Henri Marchal, tous deux canadiens. Vous héritez d'eux d'une immense propriété située au nord de Montréal. Sur cette propriété se trouvent trois bâtiments vétustes dont une maison d'habitation en mauvais état. Je vous précise que le terme « immense » n'a de sens que pour la surface. Cette propriété de quelque mille cinq cents hectares est composée de collines rocheuses, de quelques rivières, de landes et de bosquets inexploitables. C'est pour cette raison qu'ils avaient décidé de venir en France. Mme Bertaude signale qu'ils possédaient aussi un pécule en pièces et lingots d'or qui leur aurait permis de s'établir dans de bonnes conditions, mais qu'après la guerre, à leur mort, ledit pécule avait disparu.

Sa voix était grave, pleine de cette autorité des hommes de loi jamais contestés. Louison était sous le choc. Elle héritait d'une propriété au Canada ! Dans ses rêves de petite fille, elle s'était souvent imaginée courant à travers des landes sans nom, au bord de rivières bouillonnantes… Finalement, ce n'était pas une bonne nouvelle. Que pourrait-elle faire de ces terres stériles, gelées une grande partie de l'année ?

— Je dois ajouter que la propriété se trouve à côté de la réserve des Indiens Montagnais, poursuivit le notaire. Ils sont pacifiques, mais ils ne connaissent pas de frontières et continuent de chasser sur votre domaine. Le commerce des peaux rapporte beaucoup.

Un instant, elle se vit en train de disposer des lignes de pièges dans la neige. Puis elle fit la moue. Le piégeage au Québec n'était pas celui de Sologne. Il y avait des ours, des loups et des tas d'autres animaux. Les distances à parcourir étaient immenses… Pourtant, un vent de liberté avait soufflé en elle, et sa fraîcheur, son mystère l'attiraient.

Le notaire prit le temps de tourner plusieurs pages, puis ajouta :

— Vous héritez en pleine propriété de la maison de Mme Marie Bertaude et du terrain attenant, à savoir un potager de mille trois cents mètres carrés, un bosquet de six ares trois et une prairie de douze ares actuellement exploitée par M. Vigot. Elle vous lègue enfin la somme de six mille huit cents francs déposés à la banque Georges et qui sont immédiatement à votre disposition.

Puis il revint à la propriété du Canada :

— Je comprendrais que des terres aussi lointaines ne vous intéressent pas. Plusieurs offres de rachat ont été présentées, mais il n'a pas été possible de leur donner suite durant votre minorité. L'acheteur le plus sérieux est la Société des mines du Nord-Québec. Ils exploitent des carrières à Schefferville, à l'est de votre bien, et souhaitent y constituer une réserve, le propriétaire de cette société étant un grand chasseur. Si cela vous intéresse, dites-le-moi et je lui en ferai part.

Ensuite, Lauriet demanda à Louison de signer une série de papiers en précisant que les droits d'héritage avaient été réglés par Mme Bertaude.

Une demi-heure plus tard, elle était dehors et longeait la Loire. Elle éprouvait le besoin de marcher pour mettre de l'ordre dans ses pensées. Devenue propriétaire d'une terre plus vaste encore que celle du château de Cressey, elle imaginait ces paysages sous plusieurs mètres de neige, puis en plein été, dans la luxuriance éphémère d'une végétation boréale. Non, elle n'avait pas l'intention de vendre ce qui lui venait de ses parents.

Elle attendit le car et rentra à Saint-Roch en milieu d'après-midi. Le village dormait sous un soleil pesant ; les rues étaient désertes. Elle remonta à sa maison avec difficulté. La marche lui était de plus en plus pénible. Elle s'assit sous le grand tilleul et épongea sa figure en sueur. Le bébé s'agitait, chacun de ses mouvements brusques arrachait un petit cri de douleur à la future mère. Elle approchait de son terme ; la douleur de l'enfantement l'angoissait. Elle avait assez d'argent pour subvenir aux premiers besoins de son enfant, pourtant, celui qu'elle avait décidé d'appeler Henri (car elle était persuadée que ce serait un garçon) aurait besoin de bien d'autres choses pour devenir un homme. Elle s'imaginait marchant avec lui dans la forêt. La louve et son louveteau ! Cette image lui plut, puis elle la rejeta : depuis qu'elle était enceinte, la chasse la rebutait.

Elle était là, à écouter le bruissement de l'été, quand une voiture s'arrêta en contrebas, sur le chemin pierreux. Arnaud, vêtu d'une chemise blanche, claqua la portière et monta le raidillon en souriant.

— Je passais par là, dit-il. Mon père n'a pas compris pourquoi tu es partie.

— Parce que je préfère rester ici. Je ne crains personne. J'ai un fusil et je sais m'en servir aussi bien qu'un homme.

Visiblement, il avait envie de s'asseoir sur le banc à côté de Louison, mais n'osait pas. Il cherchait ses mots, hésitait.

— Il faut que je te parle.

— Je t'écoute ! répondit-elle sèchement.

— Mon père est intransigeant. Il croit toujours avoir raison et ne supporte pas qu'on lui tienne tête. Il est le centre du monde. C'est pourquoi je vis surtout à Paris…

— Avec moi, il a toujours été très gentil et plein de bonnes intentions, répliqua Louison.

— Avec moi, il est détestable ! s'emporta Arnaud.

Louison lui jeta un regard intrigué. Pourquoi lui parlait-il de la sorte ? Elle le connaissait trop bien pour ne pas en déduire qu'il cherchait à se la concilier.

— Je vais partir, ajouta-t-il. Avec ma fiancée nous avons décidé de couper les ponts. Il a voulu ce mariage pour l'argent. La toiture du château de ses ancêtres a besoin de réparations, raison pour laquelle il me l'a donné.

— Ça ne me regarde pas !

— Si, cela te regarde, reprit Arnaud en sautillant d'une jambe sur l'autre car la position debout lui était pénible. Tu sais que mon père et ta mère ont vécu une grande histoire d'amour…

— Tu me l'as déjà dit !

Elle ne voulait pas l'admettre, même si la voix du comte lorsqu'il parlait de sa cousine Alice Brenheim avait une intonation douce et chaude qui laissait supposer des relations autres que celles dictées par la compassion. Marie ne lui en avait jamais rien dit, pourtant sa manière de cacher la vérité, chaque fois que la fillette évoquait l'handicapée muette qu'elle croisait dans les couloirs du château, laissait imaginer une réalité inavouable. Elle en avait bien conscience, maintenant.

— Il dit que ma mère est folle, qu'il ne faut surtout pas l'écouter, mais moi, j'entends à sa voix quand elle dit vrai, poursuivit Arnaud. En ce moment, il ne cesse de lui répéter que tu es sa fille et qu'il doit te reconnaître. Alors, ça change tout. Si tu es une de Cressey, une partie du domaine te revient !

— Je n'en veux pas.

— Mais la loi t'obligera à accepter les dettes, tu comprends ?

Sûr de son effet, le visiteur regagna sa voiture, dont le moteur démarra dans un panache de fumée bleue. Louison écouta le bruit du véhicule jusqu'à ce qu'il se mélange à la rumeur des feuilles qu'un léger vent faisait frémir. Les pensées se bousculaient dans son esprit. Que cherchait Arnaud ? Voulait-il lui faire engager son héritage pour combler ses énormes dépenses ?

Un profond écœurement, comme une envie de vomir, lui nouait la gorge et lui retournait l'estomac. Et cette pensée qui la hantait : Arnaud serait-il son demi-frère ? Et s'il avait abusé d'elle, comme le murmurait la rumeur, cette révélation devenait monstrueuse. Non, elle ne pouvait pas le croire : Arnaud aimait l'argent et les filles, mais il n'aurait jamais osé s'en prendre de cette manière à son amie d'enfance ! Dans un geste de révolte, elle se griffa le ventre jusqu'au sang.

Un animal brun traversait le pré entre les grandes herbes qui n'avaient pas encore été fauchées. Il remonta la pente, en boitant, sauta dans le chemin et courut vers Louison, en tirant la langue et remuant la queue.

— Bisette ! Te voilà enfin ! Comme je suis contente !

La chienne lui léchait les mains en poussant des petits gémissements. Elle avait disparu depuis l'enterrement de Charles et revenait vers la seule personne en qui elle avait confiance.

— Viens, je vais te donner à manger.

A son comportement, Louison sentit que l'animal n'était pas affamé. Pour lui, la forêt était un garde-manger à ciel ouvert. Bisette, qui cherchait inlassablement son maître, pénétra dans la maison dont la porte était restée ouverte et ressortit. La chaleur était accablante. La jeune femme aurait aimé se baigner dans l'étang, comme elle le faisait les années précédentes, mais la peur de faire du mal à son enfant la retenait. Elle se contenta de se laver avec une bassine d'eau froide. La fraîcheur du gant sur sa peau lui procura une sensation de bien-être qui lui fit oublier momentanément la lourdeur de son corps.

Quand le jour commença à faiblir, elle décida de se préparer à manger. Elle avait des œufs et du pain, ce serait suffisant pour ce soir. Bisette avala les deux œufs en deux coups de mâchoire. Louison lui tendit un croûton de pain que l'animal alla mastiquer sous la table.

La nuit était tombée, claire, bruyante et chaude. La lune s'était levée. Tout à coup, Bisette hérissa le poil et se mit à grogner. Qu'avait-elle senti ? Louison alla chercher son fusil posé à l'entrée. La chienne disparut dans la nuit en aboyant. Un coup de fusil retentit, Bisette poussa un cri aigu. Louison trouva la fidèle compagne de Charles Maubert étendue sur les herbes sèches.

Louison regarda autour d'elle. L'agresseur n'était probablement pas loin, mais elle se sentait trop lourde pour l'approcher en renard comme elle savait si bien le faire avant. Elle rebroussa chemin vers sa maison, verrouilla la porte à double tour et s'assura que personne ne pouvait entrer par l'étroite ouverture qui donnait sur la forêt. Elle ferma toutes les fenêtres puis, épuisée, se laissa tomber sur un fauteuil, son fusil à portée de la main. Les larmes roulaient sur ses joues. Autrefois, avant sa grossesse, Louison ne pleurait pas ; ses yeux étaient secs. A peine si son visage avait blêmi quand Marie était morte à ses côtés ! Depuis que son enfant bougeait dans son ventre, elle n'avait plus aucune retenue.

Le silence était plein de menaces. Celui qui avait tiré sur la chienne lui lançait un avertissement. Pourquoi ? Etait-ce l'homme à l'index coupé, qui l'avait reconnue au château ? Arnaud, qui ne supportait pas l'idée de partager le domaine avec sa demi-sœur ? Les gens du village ? Non, l'épidémie de rougeole touchait à sa fin. Baptiste ? Il était passé à autre chose, il avait trouvé une nouvelle cavalière pour danser le dimanche, mais celle-ci n'avait pas la grâce de Louison.

Les heures passaient sans que la jeune femme puisse trouver le sommeil. Dans son ventre son enfant s'agitait, comme s'il était sensible à son angoisse.

Tout à coup, la nuit explosa. Le silence se brisa en une multitude d'éclats de verre qui tombèrent sur le plancher. Louison se dressa, son fusil braqué devant elle. Puis, sans réfléchir, elle tira à son tour dans la nuit par le trou béant de la vitre. Le silence retomba, trop épais. Les insectes s'étaient tus, les feuilles ne bruissaient pas sous la brise. Seule la lune, grosse, montait au-dessus des chênes.

Louison n'osa pas sortir et poussa son fauteuil contre le mur, à un endroit où aucune balle tirée de l'extérieur ne pouvait l'atteindre. La main posée sur la crosse de son fusil, elle épiait le moindre bruit. Elle hésita à éteindre la lumière, puis renonça pour bien montrer qu'elle était sur ses gardes.

Au petit matin, quand le ciel s'éclaircit, elle n'était toujours pas rassurée. Devait-elle retourner chez le comte ? Elle n'aurait su dire pourquoi, mais elle ne se sentait guère plus en sécurité dans l'enceinte du château, où planait comme une menace sournoise, le poids d'un regard épiant chacun de ses gestes.

Quand le soleil fut levé, la jeune femme alla chercher le corps de la chienne. Elle eut beaucoup de mal à le tirer sur l'herbe jusqu'au potager derrière la maison. Il aurait fallu l'enterrer près de Manot, sa fille, mais comment creuser le trou ? Une violente douleur au ventre la fit se courber en deux. Un tiraillement intense, comme si des lames brûlantes tailladaient sa chair. Elle s'assit en grimaçant. La douleur s'apaisa un instant puis recommença, toujours plus vive. Elle avait l'impression qu'on la coupait en deux, que son corps allait se disloquer.

Elle parvint difficilement à se mettre sur ses jambes et, profitant d'un instant de répit, rentra à la maison. Le soleil brûlait sa peau. La journée serait encore très chaude. Elle s'assit sur son fauteuil ; un liquide chaud coulait de son bas-ventre. Les cisaillements de douleur étaient de plus en plus fréquents ; était-elle en train de perdre son enfant ?

La peur l'étreignait. Elle appela Servais, tendit l'oreille, espérant sa voix rassurante, ses pas pressés sur les cailloux de l'allée. Le liquide chaud continuait de couler entre ses cuisses, ses mollets, se répandait sur le plancher. Elle voulut regagner son lit dans la chambre voisine, dont la porte était ouverte, mais ses jambes refusèrent de la porter. Elle tomba sur le parquet en gémissant.

Servais Clément s'était encore disputé avec sa mère, qui lui reprochait de ne pas s'occuper suffisamment de ses affaires. Que faisait-il de toutes ses journées au lieu d'être là où il devait être, dans le petit bureau attenant à la quincaillerie, à faire ses comptes et à chercher le meilleur placement pour ses bénéfices ?

« C'est le patrimoine de la famille que tu disperses, lui assenait-elle. Les Clément sont ici depuis trois générations et grâce à la quincaillerie ils sont devenus ce qu'ils sont ! »

Mais le véritable motif de la querelle n'était pas là. Simone Clément ne comprenait pas que son fils se soit amouraché d'une garçonne enceinte d'un autre.

« Les Clément sont des gens honorables ! insistait-elle. Cette fille, avec son beau minois, n'a qu'une pensée en tête, ton argent ! »

Cela faisait sourire Servais, car qui moins que Louison s'intéressait à l'argent ? D'ailleurs, il savait qu'elle n'était pas dans le besoin : Marie lui avait laissé de quoi vivre en attendant sa place d'institutrice.

« Ce ne sont pas les filles qui manquent. J'en connais et des fort belles qui n'attendent que toi ! Et travailleuses, économes, soucieuses de fonder une famille et d'élever de beaux enfants. Qu'est-ce qu'il te faut de plus ? »

Servais n'entendait pas les bonnes raisons de sa mère. Louison accaparait toutes ses pensées.

Un cauchemar le réveilla en sursaut au petit matin. La jeune femme était seule, entourée de monstres, et là, devant sa maison, face au soleil qui montait sur les toits, il entendait un cri au fond de lui, un lointain appel au secours. Louison était en danger ! A force de vivre au bord de la Loire, il avait acquis l'instinct des animaux : il sentait la montée de l'orage quand le ciel était sans nuages, il pressentait si la journée serait bonne ou mauvaise sans qu'il puisse y changer quoi que ce soit. Et ce matin, il entendait Louison qui l'appelait… Il se leva, s'habilla à la hâte, traversa la cuisine sans un mot pour sa mère offusquée, se rua à sa voiture et démarra en trombe.

Chez Louison, il s'étonna de trouver la porte entrouverte. Des gémissements venaient de l'intérieur, il se précipita et trouva la jeune femme étendue sur le sol. Elle tendit la main vers lui.

— Je vous ai appelé et vous voilà !

Elle sanglotait en grimaçant. Il la prit à bras-le corps et la souleva avec d'infinies précautions. Il l'allongea sur son lit, où elle se recroquevilla de douleur.

— Il faut appeler le docteur Grégoire ! dit Servais.

Il connaissait sa réticence, et se crut obligé d'insister :

— On ne peut pas faire autrement !

Il courut à sa voiture, s'éloigna dans le chemin poussiéreux. La chance voulut que le médecin soit encore chez lui, s'apprêtant à rendre visite à une vieille dame atteinte de rhumatismes. Comme l'épidémie de rougeole s'était calmée, le médecin avait un peu plus de temps pour s'occuper de sa commune et de politique, la grande affaire de sa vie. La puissance de Hitler et de l'Allemagne le préoccupait de plus en plus. Contrairement à beaucoup d'autres élus de droite, cet ancien officier de la guerre de 14-18 redoutait un nouvel embrasement de l'Europe : « Hitler profite des lacunes du traité de paix de 1918 et rêve de revanche pour son pays. Il ne reculera pas devant le sacrifice de millions de personnes ! »

Servais le salua, l'homme se méprit sur la raison de sa visite :

— Votre mère est malade ?

— Non, c'est Louison, répondit Servais en baissant la tête pour cacher sa gêne. C'est urgent. Il faut que vous veniez la voir.

Grégoire eut une pensée pour la superbe jeune fille qu'il aimait regarder traverser la place. Il était au courant de l'agression de Louison après l'enterrement des enfants Sidonat, et il redoutait la bêtise méchante des bigotes. Grégoire entretenait de bonnes relations avec le comte de Cressey, qui se disait descendant de Philippe le Bel. Cela lui valait souvent l'animosité des ultra-gauchistes, qui faisaient de lui le suppôt des riches et des privilégiés, mais le poussait à avoir de la considération pour la garçonne.

— J'arrive !

En moins d'un quart d'heure il fut au chevet de la jeune femme et après un examen rapide déclara :

— Vous êtes en train d'accoucher.

Brûlante, respirant très fort, Louison se tordait de douleur. Oubliant la moindre pudeur, elle qui fuyait toujours le contact avec les autres, ne broncha pas quand le docteur, du bout des doigts, mesura l'ouverture du col de l'utérus et ordonna à Servais :

— Faites chauffer de l'eau, un plein chaudron !

Servais alla ramasser du petit bois et rapporta des bûches. Les flammes montèrent dans la cheminée. Une lourde chaleur se répandit dans la pièce. Suant à grosses gouttes, il plaça le chaudron sur l'âtre. Il ne réfléchissait pas, il obéissait au médecin, conscient de son rôle indispensable. Louison était en train de perdre son enfant, il aurait pu en être heureux. Il en éprouvait au contraire une peine qui alourdissait ses gestes.

Servais agissait en automate, insensible aux minutes qui défilaient. Il posa les seaux d'eau bouillante à la porte de la chambre, qu'il n'osait pas franchir.

— Venez m'aider maintenant ! fit Grégoire, qui avait retroussé les manches de sa chemise.

Il lui tendit un linge humide, lui demandant de le poser sur le front de Louison pour la rafraîchir. Servais n'osait pas lever les yeux du plancher, face à la jeune femme aux jambes écartées découvrant son bas-ventre au médecin penché sur elle, la tête à la hauteur de ses genoux. Fébrile, il s'agitait en gestes inutiles et maladroits.

— Ecartez-vous ! ordonna le médecin.

Servais se planta au milieu de la pièce, n'osant toujours pas regarder la scène, son linge humide à la main, ne sachant s'il devait sortir ou rester.

Enfin, un cri aigu, identique à celui d'un lièvre pris au piège, le fit sursauter. Le docteur tenait à bout de bras un bébé qui agitait ses membres minuscules.

— C'est un garçon, dit Grégoire, mais il est bien trop petit. Cela m'inquiète.

Il pria Servais de remplir une bassine d'eau tiède et commença à laver le nouveau-né. C'était étonnant de voir cet homme, d'ordinaire si distant et distingué, s'occuper ainsi de tâches réservées aux femmes. Cela rendait le docteur Grégoire sympathique.

— Donnez-moi quelque chose pour l'envelopper… Des serviettes, du drap, n'importe quoi. On a de la chance d'être en été !

Puis il examina de nouveau le petit corps posé sur un tissu sur la table de la cuisine.

— Sept mois et demi, c'est vraiment trop tôt. Et son cœur m'inquiète.

Le bébé ne criait plus. Grégoire l'ausculta encore et décida :

— Il présente des anomalies graves. Son rythme cardiaque est trop rapide.

Se tournant vers Servais, figé au milieu de la pièce, il ajouta :

— Vous allez les emmener à l'hôpital. Je vous accompagne pour intervenir en cas de besoin.

Grégoire aida Servais à installer Louison à l'arrière de son véhicule. La jeune mère ne criait plus. Elle avait perdu beaucoup de sang et restait insensible à ce qui se passait autour d'elle. Elle n'avait demandé aucune nouvelle de son bébé pourtant posé près d'elle. Le docteur continuait de lui rafraîchir le visage avec un linge humide. Servais remarqua combien ses gestes étaient délicats et prévenants. Dorénavant, il ne regarderait plus jamais Grégoire, qui n'hésitait jamais à remettre vertement en place ses adversaires à la mairie, comme il l'avait fait jusque-là.

— Comment allez-vous l'appeler ? demanda le docteur à Louison.

— Henri, en mémoire de mon père que je n'ai pas connu.

A l'hôpital de Sully-sur-Loire, Louison fut prise en charge par des brancardiers. Puis une infirmière emporta le nourrisson. Il était si fragile, avec son visage grimaçant et ridé de minuscule vieillard.

— Un prématuré ? s'enquit l'infirmière. C'est toujours compliqué…

— Il doit avoir près de huit mois, répondit le médecin. Mais ce n'est pas ça qui m'inquiète, c'est son cœur.

Il suivit sa collègue dans les couloirs de l'hôpital. Comme personne ne se préoccupait de lui, Servais, resté dehors, chercha un coin d'ombre et attendit.

Au bout d'une heure qui lui avait paru une éternité, le médecin revint enfin.

— Pour Louison, ça devrait aller, annonça-t-il, grave, mais l'enfant est atteint d'une malformation du cœur. Je doute qu'il survive au-delà de trois jours.

Servais monta dans sa voiture surchauffée par le soleil, s'assit au volant et ramena le docteur Grégoire à Saint-Roch. De tout le trajet ils n'échangèrent pas un mot. De retour au village, quand il ouvrit la portière, le médecin s'étonna :

— Comment se fait-il que vous étiez chez Louison quand l'accouchement s'est déclenché ?

— Je passais par là et j'ai entendu des cris. Je pourrai aller la voir bientôt ?

— Oui, demain elle ira mieux.

La nouvelle de l'accouchement de Louison fit le tour du village. Chacun savait que Servais ne s'était pas trouvé auprès de la jeune femme par hasard. De là à imaginer qu'il était le père de l'enfant, il n'y avait qu'un pas que quelques-uns franchirent... On pensa aussi à Baptiste, qui se défendit vivement : Louison était une femme aux mœurs légères, n'importe lequel de ses nombreux amants pouvait être le père.

Dans la soirée, Servais remonta chez Louison et enterra Bisette à côté de Manot. Le comte, que la promenade conduisait souvent près de la maison de sa protégée, lui demanda de ses nouvelles. Quand Servais lui apprit que le bébé était atteint d'une maladie cardiaque, l'aristocrate ne s'en étonna pas.

— Il y a des choses inévitables ! dit-il, énigmatique.

— Qu'entendez-vous par là ? demanda Servais en se dressant face au comte qui le dominait d'une tête.

— Les maladies se transmettent d'une génération à l'autre. On ne peut pas y échapper !

Le lendemain dans l'après-midi, Servais se rendit à Sully-sur-Loire. Le temps changeait. Le vent avait tourné à l'ouest et des nuages menaçants s'amoncelaient sur l'horizon. Servais était oppressé par l'angoisse. Un malheur se préparait, il en avait la certitude. Ce n'était pourtant pas la mort probable du nouveau-né qui l'inquiétait.

Quand il demanda à voir Louison Marchal, le médecin qui s'était occupé d'elle le pria de le suivre dans son bureau.

— C'est vous qui l'avez amenée hier. Vous êtes de sa famille ?

Servais fut surpris par la question et ne put que bredouiller. L'homme en blouse blanche ajouta :

— La fièvre est montée cette nuit. Ce n'est pas bon du tout !

— Et l'enfant ?

— Il est mort ce matin à huit heures. Nous ne l'avons pas encore dit à la mère.

10

A Saint-Roch, on ne parlait plus que de l'accouchement de Louison et de la mort de son bébé. Baptiste n'avait pas de mots assez durs contre celle dont il était sûrement encore amoureux. Il fréquentait assidûment les bistrots, oubliait parfois de se rendre à son travail, ce qui faisait dire aux bigotes que « ce gentil garçon » était une nouvelle victime de la sorcière.

« C'est la putain du diable ! criait Jeanine Sidonat. D'ailleurs, vous savez ce qu'on dit sur son avorton ? »

Personne n'avait vu l'enfant, sauf Servais, qui n'en parlait pas, et le docteur Grégoire, qui s'emportait contre la bêtise et l'ignorance. Le curé laissait dire en affichant un petit air entendu qui signifiait : « Je vous l'avais bien dit ! »

« Paraît qu'il était noir avec des oreilles en pointe et du poil sur tout le corps, ce bâtard du diable ! » s'emportait Baptiste, de son côté.

Le maire donna la permission à Servais de l'enterrer de nuit dans la tombe de Marie Bertaude. Celui-ci demanda à un employé municipal connu pour sa discrétion de l'aider en lui promettant une compensation.

Le menuisier avait fabriqué une petite boîte qui ressemblait plus à une caisse à bois qu'à un cercueil. L'enfant y fut enfermé comme on l'aurait fait d'un animal. Servais le déposa dans le caveau, près de l'ancienne infirmière, qui, ainsi, se sentirait moins seule.

Le lendemain, à l'occasion d'une visite près de Sully-sur-Loire, Grégoire se rendit au chevet de Louison. Celle-ci, en proie à une grosse fièvre, délirait ; pourtant, quand le médecin lui annonça que son petit Henri serait enterré à côté de Marie, la malade se dressa, tout à coup lucide, puis se rallongea, épuisée.

— C'est bien comme ça ! murmura-t-elle.

Ce même jour, on vit le comte aller au cimetière et se recueillir devant le tombeau qui venait juste d'être refermé. Il avait le visage grave en marchant dans les rues du village, répondant distraitement aux saluts des gens. Devant la maison des Pèlerins, il admira le monument magnifique en songeant que la mairie avait tort de ne pas le faire restaurer, puis il entra dans l'église. Il savait qu'à cette heure le curé prenait son petit déjeuner et qu'il y serait seul. Il s'avança dans l'allée centrale, marcha jusqu'aux marches de l'autel puis s'agenouilla.

— Comment avez-vous permis une telle monstruosité ? murmura-t-il. Pour me punir, pour me faire payer ma faute ?

Il resta longtemps recueilli, absorbé par sa prière. Le bruit de la porte de la sacristie le fit sursauter, il se leva prestement et sortit sans se retourner ni répondre au bonjour du curé Biars.

L'état de Louison ne s'améliorait pas. Les médecins étaient bien démunis pour lutter contre l'infection. On parlait depuis peu des découvertes de Jacques et Thérèse Tréfouël à l'institut Pasteur, mais leurs travaux sur les antibiotiques n'en étaient qu'à leurs débuts. Il ne fallait pas s'attendre à une expérimentation sur des humains avant plusieurs années. Il ne restait donc qu'à espérer que la jeune femme serait plus forte que l'infection.

Chaque jour, Servais se rendait à l'hôpital pour prendre des nouvelles de la malade. Quand enfin il put la voir, il la trouva très amaigrie. Elle ne le reconnut pas. En plein délire, elle évoquait un homme toujours bien vêtu et une femme qui ne parlait pas et marchait avec des béquilles.

— Ce n'est pas possible, dit-elle en se dressant en face de Servais, je ne suis pas sa fille ! Vous comprenez que ce n'est pas possible !

Elle délira encore, parla de son goût pour la braconne, de son envie de s'identifier à Charles Maubert parce que Marie l'aimait, de sa chienne Manot, qu'on avait lâchement abattue.

Au moment où il allait quitter la chambre, elle ouvrit de grands yeux et le dévisagea un long moment. Elle avait retrouvé ses esprits.

— Ce que j'ai vu était horrible, lui confia-t-elle. Des bombes pleuvaient. Dans une maison, juste à côté de mon berceau, il y avait un homme et une femme qui faisaient l'amour sans la moindre retenue. L'homme, vous le connaissez, c'était un officier, et la femme…

Elle inspira, ferma les yeux.

— La femme me ressemblait.

Les larmes roulaient sur le visage maigre de la malade. Servais serrait sa main :

— Tu as fait un mauvais rêve, Louison. Ce n'est rien.

— Peut-être, poursuivit la jeune femme, mais je me souviens très bien de les avoir vus sortir de la maison. Le bombardement s'est arrêté, pourtant une bombe a explosé de nouveau. Quelques instants plus tard, l'homme élégant rentrait à la maison en portant la femme inanimée qui saignait abondamment. Il l'a posée sur le lit où ils avaient fait l'amour quelques instants plus tôt. Puis il est sorti et il est revenu un peu plus tard en compagnie d'un homme que j'ai tout de suite reconnu. C'était Charles Maubert…

Elle ferma de nouveau les yeux et tourna la tête. Servais tenait toujours sa main chaude et humide. Il ne trouvait pas les mots pour la rassurer, mais il était persuadé que des propos si précis ne pouvaient pas avoir été inventés. Alors, il lui demanda :

— Et toi, tu étais où ?

Elle tourna la tête vers Servais, qui soutint son regard. Elle hésita, puis finit par dire :

— Je ne sais plus… Peut-être dans le berceau. Cela semble invraisemblable, alors ce n'est qu'un mauvais rêve… A moins que…

— Que quoi ?

— A moins que le bébé que j'étais n'ait gravé cette scène dans sa mémoire !

La fièvre dura une dizaine de jours. Puis Louison se rétablit, lentement. Elle commença alors à parler de son petit Henri. Cet enfant auquel elle n'avait fait aucune allusion pendant son délire et pendant les premiers temps de sa maladie était devenu le centre de ses préoccupations. Elle regrettait tellement de ne pas l'avoir vu. Servais l'écoutait avec beaucoup de patience :

— On était déjà si bien, tous les deux. Je le sentais dans mon ventre. Quand je lui parlais, il bougeait pour me montrer qu'il avait entendu, et quand il n'était pas d'accord il me donnait un petit coup de pied... La belle paire qu'on aurait pu faire !

La garçonne sanglotait. Pourquoi ce Dieu auquel elle croyait toujours avait-il refusé la vie à ce petit être, à cet Henri qui portait le nom de son père et en était un peu la réincarnation ?

— Avec lui, j'aurais pu pardonner à celui qui m'a prise par la force. Oui, j'aurais pu lui pardonner, mais maintenant je me dis que je n'aurai aucune pitié.

Elle se complaisait à évoquer sa vengeance ; Servais savait que ce n'était pas des paroles en l'air. Il tentait de la convaincre de ne pas se faire du mal pour un acte passé qu'elle aurait raison d'oublier.

— Non, l'oubli est impossible. Mais je ne tuerai pas celui qui m'a violée. Ce serait trop doux pour ce monstre. Je le ferai dépérir exactement comme une plante que l'on n'arrose pas. Je veux qu'il se traîne à mes genoux pour me demander pardon.

Elle souriait tristement, toute à sa pensée et à la manière dont elle allait faire souffrir son agresseur.

Au moment de quitter l'hôpital, personne ne demanda à Servais comment Louison allait payer les soins et le séjour. Cela l'étonna beaucoup, et il en parla au directeur de l'établissement, qui précisa :

— Ne vous faites aucun souci. Tout est réglé. Un homme très distingué est venu l'autre jour et a payé.

Servais conduisit Louison chez elle et lui apporta quelques provisions en attendant qu'elle soit assez forte pour descendre seule au village. Il lui rendait visite tous les jours et quand il était en retard elle se surprenait à l'attendre. Elle retrouvait ses forces et surtout l'agilité de son corps. Elle redevenait elle-même ; à la nuit tombée, elle partait en forêt épier les animaux. Mais ne posait plus ses pièges.

Souvent, Thibaut, le chat sauvage, la rejoignait. Ils se déplaçaient tous deux sans bruit, l'animal marchant devant, avec souplesse et cette force mesurée qui plaisait tant à Louison. Dire que le chaton aux yeux à peine ouverts qu'elle avait recueilli était devenu ce magnifique chasseur ! Pourquoi l'avait-elle appelé Thibaut ? Au collège à Orléans, son professeur de mathématique s'appelait Thibaut Leblanc. Elle le trouvait très beau, il était jeune et Louison rougissait quand il la regardait parce qu'elle avait bien vu dans ses yeux que lui aussi la trouvait belle.

Au bout de quelques pas, Thibaut disparaissait, si vite que Louison aurait été incapable de dire quelle direction il avait prise. Mais les visites de cet animal insaisissable lui faisaient beaucoup de bien. Elle comprenait ainsi qu'un acte de charité, de compassion, était toujours payé en retour alors que la haine continuait d'occuper son esprit. Elle allait souvent près du château, où elle avait aperçu l'homme à l'index coupé, ne le revit pas.

Le comte lui fit plusieurs visites. Il ne lui proposait plus de venir habiter au château et ne faisait plus aucune allusion aux dangers qui pourraient la menacer. Il s'asseyait sur le banc sous le tilleul, près d'elle et restait souvent silencieux.

Un soir, Louison lui confia :

— Je sais que vous avez payé l'hôpital pour moi. Je peux vous rembourser, j'ai un peu d'argent !

— Ne t'occupe pas de ça.

Au début du mois de septembre, l'été sombra dans une période de pluies froides. L'automne s'approchait à grands pas avec les premiers champignons et la proche ouverture de la chasse à courre. Chez elle, Louison ne se sentait plus à sa place. De ses jours de délire, elle conservait des souvenirs comme antérieurs à sa propre vie. Elle avait ainsi visité un pays de collines couvertes d'arbustes. Une large rivière tumultueuse coulait entre les rochers et des hommes au visage sombre y pêchaient de grands poissons brillants.

Servais venait souvent la voir. Elle éprouvait un certain bien-être près de lui, consciente qu'il était fort et juste, que rien de mal ne pouvait lui arriver en sa présence. Elle retrouvait confiance dans l'avenir. Etait-ce cela, l'amour ?

Mais elle s'ennuyait. La maison de Marie, où elle avait tous ses souvenirs d'enfance, la rejetait. Louison n'était pas d'ici. Un appel profond résonnait en elle, celui d'un ailleurs où étaient les racines de sa famille.

— Je crois que je vais partir ! déclara-t-elle un soir à Servais.

Il se dressa vivement, la prit par les épaules. C'était la première fois qu'il perdait son sang-froid.

— Partir ? Mais où veux-tu aller ?

— Au Canada. J'ai là-bas une propriété que je veux connaître. Je m'y installerai, peut-être définitivement.

— Mais tu n'y penses pas !

Il se leva et se mit à marcher de long en large. Louison allait partir ! Il ne la reverrait plus ! C'était plus que sa générosité ne pouvait en supporter.

— Je serai trop malheureux ! Et là-bas, tu n'auras personne pour t'aider…

— Je me débrouillerai !

Il inspira longuement et déclara, d'une voix tremblante :

— Louison, je n'ai jamais aimé personne comme toi !

Il s'éloigna. L'amour de Servais touchait Louison, plus qu'elle ne le montrait. Avait-elle été aimée une seule fois dans sa vie avec autant d'abnégation ? Pourtant, sa décision était prise. Elle s'était ancrée dans son esprit pendant ses journées de délire entre la vie et la mort. C'était une nécessité dont elle n'aurait su donner les raisons.

Elle devait avertir le comte, et partit en direction du château en prenant le raccourci par la forêt. Hubert de Cressey, dans le parc avec son jardinier, l'aperçut et vint à son devant. Chaque fois qu'il s'approchait de Louison, son visage perdait un peu de sa dureté.

— Quel plaisir de te voir de nouveau en pleine forme ! la salua-t-il en souriant.

Il laissa le jardinier, occupé à tailler un massif, et emmena Louison au château. Son bureau était au rez-de-chaussée, dans la bibliothèque aux murs couverts d'étagères lourdes de livres. Il invita Louison à s'asseoir en face de lui.

— Je pensais à toi, ces derniers temps. Tu dois oublier tout ce qui s'est passé. L'avenir te sourit. Tu es une belle femme, je connais beaucoup de jeunes hommes qui seraient heureux de t'épouser.

Louison se contracta. De quoi se mêlait-il ? Etait-ce là la preuve de leur proche lien de parenté qui obligerait le comte à lui trouver un mari ? Ses doutes seraient-ils fondés ?

— J'aimerais te présenter mon arrière-neveu, un Cressey-Morny. Très belle apparence, ingénieur dans l'armée de l'air et pilote de chasse. Il a presque trente ans et n'a pas encore trouvé la femme idéale… Si tu acceptais de le rencontrer…

Qu'est-ce qui poussa Louison à sourire ? Elle n'avait nullement l'intention d'épouser ce nobliau descendant d'une branche latérale liée à Hubert de Cressey par son arrière-grand-père. Si sa décision de partir au Canada était certes irrévocable, elle découvrait pourtant que rien n'était urgent. Cherchait-elle à prendre sa revanche sur les villageois et la mauvaise réputation qu'ils lui avaient faite en paraissant au bras de cet homme de la belle société ? Au fond, elle ne savait pas trop ce qu'elle voulait. Le comte poursuivit :

— Après Arnaud, Philippe de Cressey-Morny est l'héritier du titre de comte que je porte actuellement. Dimanche, nous organisons une petite réception. Un déjeuner dans le parc, avec des amis. C'est pour cette raison que Roger, le jardinier, nettoie l'endroit et taille les arbustes. Je serais heureux si tu acceptais d'y participer.

— C'est d'accord, répondit-elle avec un sourire.

Le comte la remercia puis, une fois debout, il précisa, en prenant des précautions :

— Je ne suis pas gêné par ta tenue, sans laquelle tu ne serais pas la Louison que je connais, mais il y aura des vieilles femmes austères, attachées aux principes. Ce serait bien si exceptionnellement tu portais une robe…

Louison prit congé sans avoir annoncé le réel motif de sa visite. Un détail la préoccupait : elle n'avait pas de robe convenable ! Elle en avait cousu des dizaines pour les clientes de Marie, mais n'avait jamais pensé à en fabriquer une pour elle. Elle n'avait pas de tissu et elle avait peu de temps pour réaliser une tenue présentable. Elle devait donc se rendre à Orléans faire les boutiques, ce qu'elle détestait.

Après une nuit agitée, Louison se rendit à vélo à l'arrêt du car. De retour de la pêche, Servais l'aperçut et lui demanda où elle allait.

— Je vais m'acheter une robe ! fit-elle, espiègle. Pour participer à une réception au château.

Elle s'était exprimée assez fort pour que tout le monde l'entende. On parlait beaucoup de ces réceptions qui rassemblaient des gens venus de Paris, des politiciens, des artistes… Maurice Chevalier lui-même était venu à Saint-Roch. Jamais aucune personne du village n'y avait été conviée, pas même le docteur Grégoire, qui en voulait au comte de ne pas le considérer comme un des siens.

— Je croyais que tu avais décidé de partir au Canada ?

— Cela n'empêche pas ! Je vais partir, c'est certain.

Le car était arrivé. Servais, seul sur le trottoir, eut la certitude que c'en était fini de cette belle complicité qui suffisait à son amour dans la mesure où elle n'avait pas d'autres prétendants.

Le soir, elle rentra, chargée d'un gros paquet. Elle espérait ne pas être trop ridicule parce qu'elle ne savait pas porter les vêtements féminins ; elle n'avait aucun sens des belles manières en société. La sauvageonne si à l'aise dans la forêt était terriblement maladroite devant des personnes distinguées !

Depuis qu'elle avait presque retrouvé ses belles formes, Baptiste, qui regrettait de l'avoir éconduite, la guettait dans le village. Il la rejoignit alors qu'elle enfourchait son vélo.

— Que dirais-tu d'une petite balade dans ma voiture ? proposa-t-il avec un sourire engageant.

— Non, mon vélo me suffit. Je rentre à la maison, j'ai à faire.

— Louison, je te demande pardon pour tout ce que j'ai pu dire et faire. J'étais si malheureux. Je t'en prie, recommençons comme avant !

Elle s'arrêta, tenant sa bicyclette par le guidon et le regarda bien en face :

— Non, Baptiste. Tu m'as montré ce que tu étais au fond de toi. Et tu m'as rendu service. D'ailleurs, ça n'a plus d'importance puisque je vais quitter la région !

Elle enfourcha son vélo et s'éloigna. Baptiste, vexé, lui cria des injures. A la maison, elle sortit la robe de son paquet et l'enfila après avoir fermé la porte, comme si elle redoutait que quelqu'un la voie ainsi déguisée. Elle se planta devant la glace de la grande armoire, fit la grimace. La robe n'allait pas à ce garçon manqué qui ne savait pas marcher en fille. Elle serait ridicule à la réception du comte de Cressey ! Elle enleva la robe et dans un geste de colère la froissa et la jeta à l'autre bout de la pièce.

Elle passa dans sa chambre, observa les papiers que le notaire lui avait confiés, son acte de naissance, les cartes d'identité de ses parents et le titre de propriété de sa terre située dans le nord du Québec, proche de la rivière George. Elle n'avait pas envie de penser aux difficultés qui l'attendaient. Elle rangea quelques effets dans un sac et sortit dans la cour. Le soleil éclairait une campagne luisante d'humidité. Malgré la pluie, on pouvait attendre de belles journées d'automne pendant le mois d'octobre. Ce serait alors le temps des perdreaux de l'année, bien dodus, si faciles à capturer au fil. Elle pensait aux merveilleuses heures passées à disposer des tapettes à grive sous les hêtres. Mais Louison n'avait plus la tête à chasser. Sa première nature avait fui son être pour céder la place à une femme plus indécise mais viscéralement attachée à la vie, au moindre souffle de vie.

Elle s'éloigna en direction du château, qui l'attirait aussi. Qu'allait-elle chercher dans ce lieu d'histoire ?

Elle entra dans le parc par une saignée du mur, marcha avec la souplesse retrouvée et le silence des animaux. Des bribes de voix la firent se dissimuler dans un taillis. Le cœur battant, elle vit marchant dans un sentier deux hommes, l'un assez épais qui allait devant et donnait des ordres, l'autre, maigre et de grande taille. Le premier expliquait au second qu'il faudrait abattre un marronnier au tronc pourri qui risquait de tomber sur une gloriette construite voilà près d'un siècle et demi par un de ses ancêtres.

Louison sursauta quand elle vit la main levée de l'homme maigre : un index lui manquait. Son comparse, qui portait un large chapeau dont l'ombre lui dissimulait le visage, se tourna. Elle remarqua le lacet sous le cou qui attachait sa chemise claire. Louison retint un cri de stupeur. Pourquoi n'y avait-elle pas pensé plus tôt ? Le détail du lacet lui revenait tout à coup en mémoire. Le choc de l'agression lui avait fait oublier ce signe irréfutable. Elle se souvenait très bien de l'avoir senti contre elle. Avec l'odeur particulière, c'était une preuve absolue. Se pouvait-il que son violeur soit son demi-frère ? Elle avait refusé d'y croire, pour échapper à l'horreur. Elle serra les dents, se mordit la lèvre inférieure au sang et s'éloigna sans bruit. Comment Arnaud de Cressey avait-il pu trahir d'une manière aussi odieuse leurs beaux souvenirs d'enfance, leurs premiers émois d'adolescents ? Elle était accablée et comprenait à ce détail qu'elle avait gardé pour lui un véritable sentiment qui n'avait pas de nom.

Les derniers insectes de la saison crissaient dans la nuit qui tombait. Ce n'était plus une de ces nuits de juin, courtes et frénétiques, mais une nuit apaisée, tranquille, d'où la mort semblait absente. Louison vit tout à coup deux grands yeux luisant dans l'ombre. Elle appela Thibaut, qui s'approcha, vint se frotter à ses mollets en ronronnant. Puis le chat s'éloigna.

L'obscurité était son royaume, et Louison prenait conscience que ce n'était plus le sien.

De retour chez elle, elle ferma la porte et décida de s'allonger un peu. Quelque chose l'appelait par-delà l'océan, une autre Louison l'attendait là-bas, toute propre, sans les miasmes du passé. Le temps était venu de la rejoindre.

Le bruit d'un moteur dans la cour la fit se lever. Elle courut à la porte. C'était Servais, le gentil, le doux, le patient Servais, qui venait aux nouvelles comme chaque soir. Il entra sans frapper, salua Louison de la tête.

— J'étais à Orléans. J'ai acheté un local où je souhaite installer un autre magasin de quincaillerie. Tu n'as besoin de rien ?

— Ça va, merci, Servais.

Ce soir, peut-être parce qu'elle avait reconnu son violeur sans le moindre doute possible, peut-être aussi à cause de Baptiste, qui l'avait invitée à faire un tour de voiture, elle lui prit la main et l'attira contre lui. Elle le garda ainsi, un instant, l'embrassa, puis recula.

— Merci pour tout ce que tu as fait pour moi ! murmura-t-elle, comme s'ils allaient se séparer pour toujours.

C'était la première fois qu'elle le tutoyait. Il en fut touché au point de ne pouvoir prononcer une seule parole.

— Je t'en serai toujours reconnaissante !

— Cela... veut dire que tu t'en vas ? demanda-t-il d'une voix tremblante.

Puis sans attendre de réponse il s'éloigna. Louison regarda les phares de sa voiture dans le chemin. Elle se coucha, mais ne réussit pas à trouver le sommeil. Le lendemain, elle termina sa valise, prit ses papiers, partit de bonne heure avec son vélo. La jeune femme ne voulait pas prendre le car au centre de Saint-Roch et se rendit à Sully-sur-Loire. De là, en début d'après-midi, elle monta dans un train en direction de Paris et La Rochelle.

Elle n'était plus d'ici.

Deuxième partie

QUAND J'ÉTAIS BELLE

11

Saint-Roch était en effervescence, en ce mois d'août 1947. La guerre était passée par là. Loin des grandes villes, le village n'avait pas été bombardé mais gardait les traces des luttes fratricides. Plusieurs maisons et bâtiments avaient été incendiés, dont la quincaillerie de Servais Clément, reconstruite en 1946. Mais le plus grave n'était pas le visible. Les plaies restaient béantes. Certains avaient profité de l'envahisseur pour régler leurs comptes et en finir avec d'anciennes querelles, des rivalités de famille. Résistants et collaborateurs s'étaient livré une guerre sans merci. Après la Libération, la chasse aux vaincus avait aussi fait ses victimes, dont certaines innocentes. Comment tourner la page, même si la vie avait repris son apparence d'autrefois ? Les lettres anonymes, les menaces de représailles n'en finissaient pas d'empoisonner le quotidien, et le maire, le docteur Grégoire, toujours en fonction, n'y pouvait pas grand-chose.

Pourtant en ce matin du 9 août, les habitants s'attardaient sur la place pour échanger les nouvelles, il y avait plus de monde que d'habitude dans les nombreux bistrots. L'événement était de taille : celle qu'on appelait « l'Américaine » arrivait.

Qui était-elle ? Personne ne le savait, et les supputations allaient bon train. Tout avait commencé à la fin de la guerre, quand un homme au fort accent anglais, au teint mat, un certain M. Maurice, avait proposé d'acheter, pour le compte d'une riche Américaine, l'ancien prieuré, honte de Saint-Roch-Bas, la maison des Pèlerins. L'immense bâtisse s'effondrait lentement, rongée par le lierre et les arbres qui bousculaient les murailles. Les ardoises avaient été arrachées les unes après les autres par le vent dominant d'ouest, la charpente pointait, nue, comme les os d'un monstre pourrissant.

Quand M. Maurice proposa d'acheter cette ruine dont personne ne voulait, le maire s'empressa d'accepter. Les socialistes et les communistes, très nombreux, s'y opposèrent par principe. Finalement, le bon sens l'emporta et l'affaire fut conclue. Au lieu d'un tas de pierres inutiles, de murs éventrés, de ronciers, cette construction qui datait de la fin du Moyen Age embellirait le village. Mais n'était-ce pas trop beau pour être honnête ? Que cachait cet achat inespéré ? Quelles étaient les intentions de l'Américaine ? Elle ne devait pas oublier que malgré tout son argent elle ne serait jamais chez elle à Saint-Roch !

Après une année de travaux, la maison des Pèlerins avait un peu retrouvé l'aspect qu'elle devait avoir au temps de sa splendeur. Le parc de trois hectares, débarrassé de ses ronces et des aubépines, avec ses allées tirées au cordeau, ses statues en marbre blanc, était devenu un fleuron local dont on parlait jusqu'à Orléans.

Donc, en ce 9 août, les habitants de Saint-Roch se pressaient sur la place et le long de la route pour accueillir la propriétaire. Vers midi, le facteur Plat assura que le cortège venait de passer Lamotte-Beuvron, mais personne ne le crut, car le préposé, bien avant la fin de la matinée, voyait double et entendait des voix.

Les commentaires allaient bon train. On s'interrogeait surtout sur les intentions de cette étrangère, et les supputations ne manquaient pas. Les uns pensaient qu'elle venait en éclaireur pour permettre à une foule de Canadiens de s'installer au pays et de prendre le travail des autochtones ; d'autres, au contraire, assuraient qu'elle avait l'intention de créer une usine de traitement du bois et que ce serait une très bonne chose pour les jeunes de la région.

Des remous gagnèrent peu à peu l'assistance. Une première voiture arriva, qui se dirigea vers la maison des Pèlerins, puis une deuxième apparut, et enfin trois autres. Un camion fermait le cortège qui disparut dans le parc. Les curieux étaient déçus.

— Tu l'as vue ?

— Non, mais ce doit être quelqu'un d'important pour avoir autant de voitures et de domestiques !

Chacun rentra chez soi, sauf les enfants, qui allèrent rôder du côté de l'ancien prieuré, cherchant à apercevoir la mystérieuse propriétaire. L'un d'eux rapporta qu'il avait aperçu une femme donner des ordres et cette même femme, vêtue d'une longue robe bleue, portait un chapeau avec une voilette, bleue également, qui cachait son visage.

Cette nouvelle fit le tour du village. On dit que c'était une musulmane et qu'on ne voulait pas de ça ici.

On raconta que cette femme riche se cachait parce qu'elle était probablement recherchée par la police de son pays. On dit tout et son contraire, avec le plaisir malsain de chercher l'inavouable sous l'apparence d'un beau conte de fées.

Pendant ce temps, une grande agitation régnait dans la maison des Pèlerins. Des domestiques, aux ordres de M. Maurice, s'activaient dans les écuries remises à neuf. On attendait les six chevaux achetés récemment, car la maîtresse des lieux aimait l'équitation. Des meubles, rapportés du Nouveau Monde et aussitôt déchargés du camion, étaient transportés dans la maison, où ils s'ajoutaient aux nombreux autres achetés à Orléans et à Paris. Tout le monde s'étonnait qu'il soit possible d'être aussi riche. Certes, on disait qu'en Amérique il suffisait de soulever un caillou pour trouver de l'or, mais c'était beaucoup de dépenses pour un but qui échappait à tous. Que venait chercher ici, au cœur de la Sologne, cette femme qu'on ne pouvait voir ? La chasse, si réputée dans les forêts voisines ? Au Canada, le gibier était autrement abondant, avec des animaux de grosse taille comme les caribous, les ours bruns et les orignaux. La tranquillité ? Là-bas, après l'Atlantique, on pouvait parcourir des centaines de kilomètres sans rencontrer âme qui vive. On ne comprenait pas.

Le soir, un des ouvriers qui avaient travaillé l'après-midi à l'aménagement de box pour les chevaux rapporta au bistrot que la femme en bleu se faisait appeler Mme Boisset. Ce nom n'était pas inconnu dans la région, il y avait des Boisset à Salbris, d'autres à Lamotte-Beuvron. Etait-ce par un lien de parenté que cette Américaine avait découvert la région et choisi Saint-Roch, qui était, comme chacun le savait, le plus beau village de Sologne ? On discuta fort tard dans les différents bistrots, pour le plus grand bonheur des revendeurs de bière et de vin blanc.

Il avait fait très chaud et Servais prenait le frais devant la porte de sa maison. Il avait entendu tout le bruit qui se faisait autour de celle qu'on appelait désormais l'Américaine. Servais avait subi la guerre de plein fouet. Les Allemands avaient brûlé sa quincaillerie, qu'ils considéraient comme un repaire de résistants. Lui, membre de l'armée secrète aux côtés du comte de Cressey, avait été capturé et torturé. L'homme robuste qu'il avait été se traînait désormais avec sa canne. Celui qui passait ses journées au bord de la Loire était devenu cet homme taciturne qui allait de sa maison à la quincaillerie. Les gens le respectaient, conscients de son sacrifice. Le maire, qui avait combattu à ses côtés, lui avait proposé de rentrer au conseil municipal, mais il avait refusé. Sa mère était morte en 1943, il avait embauché une servante, la douce et assez belle Marguerite Pellon, veuve de Georges Pellon, ancien forestier écrasé par la chute d'un arbre. Marguerite faisait sa cuisine, lavait son linge et entretenait sa maison. On racontait beaucoup de choses sur ce couple, car il fallait bien que les mauvaises langues trouvent à parler. Servais, qui sortait rarement de chez lui, laissait dire. C'était aujourd'hui un homme triste qui prononçait à peine dix mots par jour.

Pourtant, ce soir, comme l'air était doux et qu'il régnait une certaine agitation dans le village, poussé par un lourd pressentiment, il décida d'aller faire un tour sur la place.

Il marchait difficilement en s'appuyant sur sa canne. Ses cheveux avaient blanchi prématurément mais son visage restait jeune et grave. Comme il ne sortait pas, il négligeait son apparence ; ses vêtements n'étaient jamais très propres ni bien repassés. Marguerite avait beau lui en faire la remarque, il n'y prêtait pas attention. Pour lui, la vie était finie. Il n'attendait rien de l'avenir. Et la mort pouvait le frapper d'un instant à l'autre, cela le laissait indifférent. Il avait assez joué avec elle pour la redouter. Sa quincaillerie reconstruite, il continuait de gérer ses biens, mais l'essentiel lui manquait. Il ne pouvait plus aller à la pêche sur les berges de sa chère Loire et traquer la bécasse dans les queues des étangs. L'absence de ces petits plaisirs lui rappelait les bonheurs d'avant-guerre, quand il était valide. Une silhouette s'imposait à sa mémoire, celle d'une fille aussi souple qu'une liane, aussi légère qu'une bulle et capable de surprendre les animaux les plus méfiants : Louison, l'amour de sa vie, morte au Canada, tuée dans le déraillement d'un train. Quand l'acte de décès parvint à la mairie, comme il n'avait pas été possible de rapatrier le corps, on avait apposé une plaque sur la tombe de Marie Bertaude. Servais y apportait lui-même des fleurs deux fois par mois, et cette fidélité ajoutait au sérieux de sa personne une touche de fatalité émouvante.

L'Américaine intriguait Servais. Il imaginait que cette Mme Boisset n'était pas venue ici par hasard. Il se plaisait à croire qu'elle avait connu Louison, que celle-ci lui avait parlé de son village et de la maison des Pèlerins. Devant le portail en fer forgé, il observa un instant le va-et-vient des véhicules puis poursuivit sa promenade jusqu'au bistrot de Joffre, où il s'assit à une table. C'était si inhabituel qu'il fut rejoint aussitôt par plusieurs anciens camarades de Résistance, qui constatèrent que de sa table Servais pouvait surveiller la maison des Pèlerins.

— Pourquoi elle se cache la figure, cette Mme Boisset ? demanda l'un d'eux. A-t-elle peur qu'on la reconnaisse ?

Servais était lui aussi étonné par ce détail qui lui faisait espérer l'impossible. Un des ouvriers menuisiers, qui se trouvait en pause au café, déclara :

— J'y étais cet après-midi, pour aménager l'écurie. Un de ses domestiques m'a dit que c'était parce qu'elle était très laide !

— Ah bon ? fit Joffre derrière son comptoir, plein d'étonnement car il n'avait jamais pensé qu'une femme aussi riche puisse être laide.

— Oui, elle a failli mourir dans un incendie. Elle a eu le corps brûlé à de nombreux endroits et la figure mangée par les flammes. C'est un miracle qu'elle s'en soit sortie !

— Elle est seule ? Elle n'a pas de mari ?

— On n'en sait rien.

Servais écoutait, la tête baissée. Un tumulte agitait son être. Il n'en connaissait pas la raison, mais le souvenir de Louison en redevenait brûlant. Il but d'un trait le verre qu'on venait de lui apporter et se leva lentement de sa chaise. Il positionna sa canne et entreprit de sortir en se faufilant entre les tables. Joffre s'étonna :

— Voilà que tu pars déjà ?

— Marguerite se ferait du souci.

Il traversa de nouveau la place, en proie à des pensées contradictoires. Il aurait voulu croire que celle dont il fleurissait la tombe était vivante et revenait vivre au pays. Mais c'était impossible, puisque Grégoire lui avait montré l'acte de décès. Et Mme Boisset était très riche, alors que Louison avait hérité d'une propriété sans valeur.

Rentré chez lui, il s'assit sur son fauteuil habituel et soupira. Ses pensées s'ordonnaient. Mme Boisset avait sûrement connu Louison, aussi devait-il la rencontrer pour raviver le souvenir de celle qui avait été derrière toutes ses pensées, tous ses actes pendant la Résistance, celle qui lui avait donné le courage de combattre. Pour souffrir, aussi, car c'était préférable à l'indifférence. Il pensa lui écrire un mot qu'il ferait porter par Marguerite, mais il renonça : Mme Boisset avait autre chose à faire qu'à le recevoir.

De son côté, le docteur Grégoire, en sa qualité de maire, décida d'aller se présenter à la nouvelle venue. Après son dernier patient, il prit la peine de se changer et ajusta sa cravate. Le docteur avait aussi joué un grand rôle pendant la Résistance. La chance avait voulu qu'il ne soit jamais capturé, mais son goût pour la politique n'avait cessé de croître et il lui arrivait de négliger son rôle local pour s'en aller militer à Orléans, aux côtés des gaullistes.

Il se rendit à la maison des Pèlerins reconstruite. Tout avait été aménagé avec soin. Une vaste cour pavée entourée de bâtiments, où les nouvelles constructions ne se différenciaient pas des anciennes ; un parc planté d'essences inconnues, qui donnait à l'ensemble un exotisme qui ne laissa pas le médecin indifférent.

Il fut accueilli par M. Maurice et aussitôt introduit auprès de la maîtresse de maison. Vêtue d'une longue robe bleue, un chapeau sur la tête qui tendait un tissu bleu devant son visage, elle boitait légèrement, ce qui rehaussait sa distinction. Le mystère de son voile lui ajoutait de l'autorité et les employés allaient et venaient en silence.

— Bonsoir, docteur, commença-t-elle d'une voix rayée, la voix que lui avaient laissée les flammes et qui surprit Grégoire. Pardonnez-moi de paraître ainsi devant vous. Vous devez le savoir puisqu'on ne parle que de cela à Saint-Roch, j'ai été victime d'un grave accident et les flammes ont mangé mon visage ; je ne veux imposer à personne le désagrément de ma laideur.

Le docteur pensa furtivement que Louison Marchal avait elle aussi été victime d'un accident, de train celui-là. Décontenancé, il se contenta de formules de bienvenue et insista sur le fait que les Saint-Rochois étaient honorés d'accueillir une personne de sa qualité.

— Si je suis ici, vous devez en connaître la raison, poursuivit Mme Boisset. C'est grâce à ma grande amie Louison Marchal, qui m'a tant parlé de son village. Naturellement, je ne resterai pas ici tout le temps, il faudra que je retourne dans mon pays pour mes affaires. Je compte bien pourtant faire de longs séjours dans cette Sologne pleine de mystères et de fantômes…

— Louison ? répéta le maire, incrédule. Elle est morte !

— Nous étions ensemble dans le train qui a déraillé. Elle n'a pas eu ma chance. Figurez-vous que dans la propriété dont elle a hérité et qui d'apparence ne valait rien, on a trouvé un gisement de fer ! C'est moins romantique que l'or ou l'argent, mais le fer s'est fort bien vendu pendant cette période de guerre…

La voix profonde et étrange intriguait le médecin, qui y reconnaissait des intonations, des accents déjà entendus et dont il n'aurait su dire l'origine. En même temps, il était impressionné par la force qui émanait de cette étrangère. Ses propos incisifs montraient qu'elle avait l'habitude de commander.

— Je donne une fête samedi prochain, reprit Mme Boisset. Je souhaite que tous les villageois y participent afin de me présenter et de faire connaissance avec eux. Je ferai apporter les invitations par le facteur.

— Je ne suis pas certain que tous viendront, répondit Grégoire. La guerre a laissé des traces. Beaucoup se haïssent encore et s'évitent.

— Eh bien ce sera l'occasion de réconcilier tout le monde ! conclut Mme Boisset.

Le docteur s'apprêtait à prendre congé quand elle l'attira dans une pièce attenante, sorte de petit salon occupé par un canapé et une table, sur laquelle s'empilaient des livres. Les volets étaient fermés et il y régnait une pénombre fraîche qui sentait le tissu neuf. Elle alluma la grosse lampe murale et se planta devant lui.

— Il faut que vous sachiez… Mais pas devant mon personnel.

Elle ôta son chapeau, souleva son voile bleu, et Grégoire découvrit un visage ravagé. La peau était fripée, mais les yeux gardaient leur éclat, clairs, pailletés d'or. Le docteur ne put retenir un cri de surprise, car ce visage ne lui était pas inconnu. Elle sourit, il hésita :

— Ne me dites pas que…

Elle acquiesça de la tête. Ses beaux cheveux roux, malgré l'ingratitude du visage, ne pouvaient mentir.

— N'en parlez à personne, s'il vous plaît. Je n'ai rien oublié de ce que vous avez fait pour moi, lors de la naissance de mon petit Henri. Tout le monde croit que je suis morte dans cet accident de train. Mais les Indiens Montagnais m'ont sauvée…

— Et votre fortune ?

— Le minerai de fer dans ma propriété est une formidable rente. Vous êtes le seul à savoir qui je suis. Je vous demande de garder le secret. C'est très important.

— Vous pouvez compter sur moi, Louison, lui assura le docteur en s'éloignant, mal à l'aise.

12

Le facteur avait déposé une invitation dans chaque maison. Les Saint-Rochois étaient flattés d'être ainsi conviés dans la plus belle demeure de la région. A côté de ce que Mme Boisset avait fait des ruines, le château du comte de Cressey n'était qu'une masure. La dot de son épouse, qui aurait dû servir à restaurer l'ancienne demeure, avait filé entre les doigts légers d'Arnaud de Cressey et il n'en était resté qu'une petite partie pour la toiture.

Ce samedi-là, après plusieurs jours de grisaille, le soleil brillait de nouveau et les gens se pressaient sur la place. Beaucoup n'osaient pas se présenter seuls à l'entrée de la maison des Pèlerins et se regroupaient, hésitants, les bras ballants, avant de s'approcher du portail. Tous avaient fait un effort de toilette. A l'entrée, M. Maurice les invitait à suivre l'allée et à se rendre dans le parc, où des tables avaient été dressées. Les employés disposaient des plats de charcuterie, des petits tonneaux de vin, des tourtes de pain fraîchement cuites par Roger Brun, le boulanger, qui apporterait ensuite les pâtisseries encore chaudes.

Des parasols avaient été installés et les convives les plus âgés purent s'asseoir sur des chaises rembourrées. A son arrivée, on fit une place à Servais Clément, que tout le monde salua. Le docteur Grégoire, retenu par un patient, fut un des derniers à se présenter. Aux groupes qui ne se mélangeaient pas, ce dernier mesurait combien la guerre avait fracturé son village. Pourvu que le vin ne transforme pas la fête en bagarre générale ! C'était la première fois depuis la Libération que les Saint-Rochois se retrouvaient ainsi réunis.

Le silence se fit quand Mme Boisset apparut sur le balcon et tendit les mains vers ses hôtes rassemblés.

— Mes amis, commença-t-elle, je suis bien heureuse que vous ayez répondu à mon invitation. Sachez que je ne suis pas ici par une envie passagère, bien au contraire. J'ai l'intention de vivre ici. Je serai contrainte de retourner parfois au Canada, mais mon cœur restera avec vous car, pour moi, vous habitez le plus beau village du monde.

Une ovation répondit à cette déclaration dont personne ne doutait. On échangeait des regards entendus. L'étrangère les réhabilitait avec eux-mêmes et leur faisait un bien immense. Mme Boisset poursuivit :

— Soyez les bienvenus. Mangez et buvez, prenez du bon temps. Je suis tellement heureuse que vous m'acceptiez parmi vous !

M. Maurice donna le signal en s'approchant d'une table. Aussitôt, les invités se mirent à piocher dans les plats de charcuterie et remplirent leurs verres aux robinets de bois des tonneaux disposés en ligne. Des enfants jouaient en braillant. Les chaises furent prises d'assaut et, comme il en manquait, beaucoup s'assirent sur l'herbe. Mme Boisset, suivie de près par M. Maurice, allait des uns aux autres, échangeant des propos amicaux, répondant aux questions sur son lointain Canada et sur les mines de fer qui avaient fait sa fortune.

Elle s'approcha de Servais, que le docteur avait momentanément délaissé pour bavarder avec d'autres personnes. Le quincaillier bredouilla quand elle le salua. Etait-ce parce qu'il comprenait le calvaire de cette femme brûlée qu'il était si mal à l'aise ?

— Je suis pleine d'admiration pour le héros que vous êtes, affirma Mme Boisset. Vous avez risqué votre vie pour la liberté et vous en souffrez au quotidien…

— Je n'ai fait que mon devoir, répondit Servais.

Il ressentait au fond de lui comme une brûlure, une sensation inexplicable. La voix de Mme Boisset, bien que grave et rayée, lui rappelait une autre voix, si chère, entendue tant de fois en rêve depuis qu'il avait appris la mort de Louison. Elle demanda qu'on apporte une chaise et s'assit face à lui. Il était tellement troublé qu'il baissait les yeux, n'osant soutenir le regard plein de lumière visible dans la fente du voile. Son cœur et tout son être lui soufflaient une vérité qui lui semblait impossible. Alors, profitant d'un instant où personne ne les regardait, il murmura :

— Si je ne savais pas que Louison Marchal est morte, je serais persuadé de l'avoir en face de moi.

Mme Boisset, qui avait entendu, appela M. Maurice et lui recommanda de faire surveiller les enfants qui piétinaient les plates-bandes, puis elle se tourna vers Servais.

— Louison et moi étions très amies. Nous nous trouvions dans le train qui a déraillé. J'ai eu la chance de m'en sortir. Elle m'a beaucoup parlé de vous. Elle m'a aussi parlé d'un certain Baptiste… Est-il ici ?

Servais dressa la tête, fronça les sourcils.

— Surtout ne me parlez pas de ce lâche ! Il a fui le village. Personne ne sait où il est !

— Ah ? Mais qu'a-t-il fait ? Louison m'a souvent répété combien il était beau et quel merveilleux danseur il était…

— Peut-être, mais il a choisi le camp des Allemands pour l'argent et il a dénoncé des résistants. Je me suis fait prendre à cause de sa bande de miliciens. Voyez ce que je suis devenu.

Tout à coup, un remous agita la foule. Des sifflets, des cris de protestation fusèrent. Deux hommes venaient d'entrer, l'un grand et maigre, l'autre plutôt tassé, le visage sanguin. Mme Boisset se rendit à leur devant pour leur souhaiter la bienvenue. Une grimace enlaidit le visage de Servais, qui serrait les poings.

Le salopard, il ose se montrer !

— Arnaud de Cressey, se présenta le nouvel arrivant, en tendant la main à Mme Boisset. Je suis le propriétaire du château que vous avez sûrement aperçu à votre arrivée. Ma famille est ici depuis cinq siècles.

Un groupe d'hommes s'était formé autour d'Arnaud et de son compagnon. Ainsi, le hobereau avait l'audace de paraître en public ! Voilà qu'il défiait des héros comme Servais Clément et le docteur Grégoire ! Celui qui accompagnait Arnaud, un verre à sa main sans index, lui souffla :

— Partons d'ici, il va y avoir du grabuge !

— De quoi, Marsaut ? Nous n'avons rien à nous reprocher et les mauvais coucheurs ne me font pas peur !

Deux villageois s'approchèrent d'Arnaud, les poings serrés, menaçants.

— Tu oses venir ici, toi, le sale collabo !?

Arnaud regarda son voisin, puis Mme Boisset, un sourire incrédule aux lèvres.

— Qu'est-ce qui te prend, Barenton ? Si tu as bu un coup de trop, va cuver et laisse-nous tranquilles.

D'autres vinrent se ranger aux côtés dudit Barenton.

— Après ce que tu as fait, tu oses te montrer ? poursuivit ce dernier. Les fusillés du bois Renaud, ça te dit rien ? Et la rafle à notre quartier général ? Et la chasse aux maquisards dans la forêt de Brindet, ça te rappelle rien non plus ? Il va falloir qu'on te rafraîchisse la mémoire…

Barenton leva les poings, prêt à frapper. Mme Boisset s'interposa :

— Pas de ça ici. Vous êtes entrés en laissant vos querelles à la porte. Ici, on ne parle pas du passé.

M. Maurice s'était approché de la maîtresse de maison et se tenait prêt à intervenir. Il était vraiment impressionnant, avec une tête de plus que les autres et surtout des épaules qui montraient une puissance peu commune.

— Tout M. de Cressey que tu sois, sache que tu paieras !

— Qu'est-ce que tu me reproches ? As-tu une preuve de ce que tu avances ? Moi aussi j'étais dans la Résistance, comme toi !

— Oui, tu es entré dans la Résistance en 1944, quand tu as pris conscience que la guerre était perdue pour toi et tes semblables. Mais avant, tu étais où ?

— Je te le répète, reprit Arnaud, la voix tremblante, prouve que j'ai collaboré avec les Allemands, après seulement tu pourras m'insulter en public !

Sans rien ajouter, Arnaud fit signe à son compagnon de le suivre. Ils sortirent sous les huées. Mme Boisset demanda :

— Qu'est-ce que vous lui reprochez ?

— Il a collaboré avec l'ennemi. Pour de l'argent, il a vendu les siens. Certes, un grand noble n'a pas beaucoup d'estime pour les gens du commun, mais il a osé s'opposer à son père qui, lui, a été un héros. Oui, il l'aurait fait fusiller pour parvenir à ses fins !

— Il y a tant de choses que je ne comprends pas, soupira-t-elle. Il faudrait qu'on m'explique !

Le docteur Grégoire la rejoignit. Sa fonction de maire l'obligeait à saluer tous ses administrés, mais il se devait aussi de se montrer aux côtés de Mme Boisset, dont il connaissait le secret.

— Il y a eu ici des moments terribles, lui apprit-il. Quinze personnes ont été fusillées au bois Renaud, devant la foule que les Allemands avaient rassemblée pour qu'elle assiste à l'exécution. Arnaud de Cressey a besoin de toujours plus d'argent, alors il dérape !

— Vous dites qu'il a toujours plus besoin d'argent ?

— Il a dilapidé la dot de son épouse. Son père, M. de Cressey, ne veut plus entendre parler de lui. Un grand résistant, le comte, un héros qui a combattu à nos côtés…

Les heures défilaient, les tonneaux se vidaient. Comme la nuit approchait et que les esprits s'échauffaient, conscient des risques de bagarres, le maire proposa à Mme Boisset d'arrêter là sa réception. Elle accepta et demanda le silence.

— Mes amis, il commence à se faire tard. Je ne veux pas abuser de votre temps, qui est précieux. Nous n'avons pas assez de lampes pour éclairer la prairie. Je vais remédier à cet inconvénient pour une prochaine fête. En attendant, je vous souhaite à tous une bonne soirée.

Sans attendre, les employés commencèrent à ranger les plats, plier les chaises et enlever les tonneaux. Beaucoup, qui n'étaient pas pressés de quitter les lieux, protestèrent, puis prirent la direction de la sortie.

Servais se mit difficilement debout et, s'aidant de sa canne, entreprit de marcher dans l'herbe, qui cachait des trous et des bosses. Mme Boisset lui prit le bras pour l'aider, ce qui n'étonna pas le docteur Grégoire.

Quand il fut à la porte, elle demanda à un jeune domestique de raccompagner son invité jusque chez lui. Elle souffla à Servais :

— Revenez me voir souvent. Votre présence m'est très agréable.

13

En quittant la maison des Pèlerins, ceux qui n'avaient pas bu à leur suffisance se retrouvèrent dans les différents bistrots du village. La visite d'Arnaud avait échauffé les esprits. Il n'était pas question de laisser ce collabo parader et faire des courbettes devant l'étrangère. L'homme sans scrupules qu'il était avait flairé la bonne affaire ! Le devenir de Mme Boisset laissait indifférents les villageois, mais la seule pensée qu'Arnaud puisse profiter d'elle leur était insupportable.

C'était la première fois qu'on le revoyait depuis la Libération. Les résistants les plus remontés contre les aristocrates, surtout les communistes, l'avaient fait arrêter après la guerre. Comme ils n'avaient pas apporté de preuves directes de sa collaboration avec l'ennemi, on dut renoncer à le traduire devant un tribunal. Sa présence ranimait les animosités et beaucoup souhaitaient un règlement de comptes à l'abri des regards, au fond d'un bois, sans témoin. Personne n'avait oublié qu'il avait acquis pour une bouchée de pain la forêt de la vieille Hurenot, horrible femme barbue si généreuse avec les Allemands. Ne disait-on pas qu'il avait couché avec elle pour arriver à ses fins ?

Deux villageois, Bernet et Lebel, très remontés qui n'avaient rien oublié et n'étaient pas prêts à pardonner, se rendirent chez Servais. Ils le trouvèrent dans sa cuisine, assis à table, les coudes posés sur la nappe, pensif.

— Cette journée m'a beaucoup fatigué, leur dit-il. Revoir cet individu m'a fait si mal ! Il nous nargue !

— C'est pour ça que nous sommes venus, Servais. Nous ne pouvons pas accepter qu'il reprenne sa place ici ! Il doit être puni, déclara Lebel.

— Je ne crois pas dans leurs cours de justice ! s'exclama Bernet, un grand frisé un peu bossu. La justice, nous devons la faire nous-mêmes. Ceux des nôtres qu'ils ont assassinés n'ont pas eu de cour de justice !

Servais ne répondit pas, montrant qu'il était de cet avis. Il haïssait Arnaud depuis longtemps, bien avant la guerre. Le respect qu'il portait à son père l'avait souvent retenu, mais l'audace de ce bon à rien dépassait les limites. On le disait aux abois et Servais redoutait que sa visite à Mme Boisset soit liée à son manque chronique d'argent. Arnaud était un beau parleur, toujours prêt à profiter de la moindre opportunité.

— Qu'est-ce qu'on fait, alors ? demanda Bernet. On va pas se laisser piétiner par ce bon à rien.

Servais réfléchit un moment, puis leva les yeux sur ses visiteurs.

— On l'attire dans un piège. Il ne faut pas le tuer mais lui faire mal, qu'il s'en souvienne toute sa vie, qu'il en garde les marques. Comme moi !

Des pas dans la cour annoncèrent un nouveau visiteur. Il faisait nuit, l'homme avait profité de l'obscurité pour se rendre discrètement chez Servais. Le docteur Grégoire était pour le pardon et il voulait éviter que les plus remontés soufflent sur les braises.

Servais lui fit signe de s'asseoir parmi eux. Le médecin n'avait pas beaucoup de temps. Il était toujours par monts et par vaux, son dévouement lui valait l'admiration et le respect de tous. Certes, il délaissait volontiers les affaires de sa commune, déléguant sa fonction à son adjoint, Jules Brécard, retraité de la banque et classé à droite. Il préférait les réunions du parti gaulliste, à Orléans, où il exerçait d'importantes fonctions.

Une fois Grégoire assis, les autres lui lancèrent un regard interrogateur. S'il était là, c'était pour faire une annonce importante, insister sur quelque chose qui leur avait échappé.

— Nous sommes d'accord, commença-t-il. Je vais conseiller au fils Cressey de ne plus reparaître dans les réunions publiques. Je vais l'avertir qu'il risque d'y faire de mauvaises rencontres. Mais, à défaut de plaintes contre lui et de condamnation par les tribunaux, nous ne pouvons pas l'empêcher de vivre dans son domaine, et la municipalité doit assurer sa sécurité !

— Qu'est-ce que vous racontez ! s'emporta Lebel, paysan au large visage rouge. On va laisser ce salopard nous narguer ? Sûrement pas !

— C'est la loi, reprit Grégoire. Je voulais vous prévenir.

— Alors pourquoi, à votre avis, il est venu à la maison des Pèlerins, si ce n'est appâté par la fortune de l'étrangère ? On ne le laissera pas faire !

— Je crois que Mme Boisset est assez grande pour se défendre seule, répondit le médecin. Avec sa flopée de domestiques, et ce M. Maurice qui ne le la quitte pas d'un pouce, elle ne court aucun danger.

— Moi, quelque chose m'étonne, fit Bernet. Je ne comprends pas ce qu'elle est venue faire ici ! Même si elle a connu la garçonne, une femme aussi riche devrait préférer les beaux quartiers d'Orléans ou de Paris à ce village perdu en Sologne !

— Tu as trop l'habitude du bon air, du calme de Saint-Roch, du plaisir qu'on a de vivre ici pour le comprendre ! trancha Grégoire.

— Non, je l'avoue.

— Dans son état, elle ne peut pas aller faire des mondanités dans les beaux salons, admit Lebel.

— Son état ? s'étonna Bernet, mais on n'en sait rien. Son voile, qu'est-ce qu'il cache ? Elle affirme avoir été défigurée dans l'incendie du train où Louison a été tuée. Et que c'est en hommage à sa grande amie qu'elle a choisi d'acheter la maison des Pèlerins. Tout ça c'est peut-être du bla-bla.

— J'ai vu son visage, annonça tout d'un bloc le médecin.

Servais lança un regard interrogateur à Grégoire. Pourquoi s'était-elle dévoilée devant Grégoire et pas devant lui ?

— Tu l'as vue, vraiment ?

— Oui. Je lui ai rendu visite à son arrivée. Par politesse. Et elle a soulevé son voile devant moi. Je vous jure que ce n'est pas beau à voir.

Les épaules de Servais s'abaissèrent. Il semblait tout à coup accablé. Qu'avait-il cru ? Que sous ce déguisement grossier se cachait la femme qu'il aimait toujours ? Une vague de tristesse montait en lui, assombrissait son regard.

— Elle m'a parlé de Louison. Elle la connaissait très bien. Certains détails ne peuvent pas tromper.

Sombre, Servais ne participait plus à la conversation mais n'en perdait pas un mot. Les propos du médecin lui faisaient mal. Ce qu'il avait ressenti auprès de Mme Boisset était indéfinissable ; il avait eu le sentiment de se mentir à lui-même.

— Je dois y aller ! conclut le médecin en se levant. Je vous en prie, ne faites pas de bêtises. Vous devez vous montrer plus grands que ces salauds qui fricotaient avec l'ennemi.

Grégoire s'éloigna. En rentrant chez lui, il réfléchissait au sens du retour d'Arnaud. Le maire n'avait pas dit tout ce qu'il savait. Après sa première attaque, survenue quelques semaines après la Libération, le comte de Cressey l'avait fait appeler à son chevet et lui avait avoué que celle qu'il avait hébergée au château pendant plus de dix années, cette cousine de l'Est, n'était autre qu'Alice Marchal, la mère de Louison, son grand amour. Il avait alors compris les attentions du vieil homme pour la garçonne, qui était certainement sa fille. Il en avait déduit que la venue de la femme au voile bleu était destinée à régler la succession tant que le comte, très diminué depuis une seconde attaque, jouissait encore de toutes ses facultés mentales. Arnaud, qui écoutait aux portes, qui entendait et comprenait la moindre allusion, n'avait donc pas bravé les gens de Saint-Roch pour rien. Sa présence à la fête de Mme Boisset prenait là tout son sens.

Bernet et Lebel sortirent à la suite de Grégoire, laissant Servais seul dans un silence qui l'écrasait. Les propos qui venaient d'être échangés activaient la brûlure d'un amour qui ne s'était pas éteint pendant les années de guerre. Il avait supporté les tortures en pensant à la belle rousse qu'il avait assistée pendant son accouchement.

Il passa dans sa chambre. Posé sur un guéridon, un petit cadre doré mettait en valeur la photo en noir et blanc d'une jeune fille en pantalon. Le photographe avait su saisir la souplesse de ce corps léger aux formes harmonieuses. Servais imaginait ses cheveux roux, ses yeux gris-vert, sa peau si blanche… Non, Louison n'était pas morte, elle continuait de vivre en lui, dans ses souvenirs. Cet après-midi même, près de Mme Boisset, il l'avait sentie si proche qu'il avait cru au miracle.

Le lendemain matin, vers dix heures, la voiture de Mme Boisset traversa le village. Au volant, M. Maurice ne cessait de klaxonner pour écarter les enfants qui entouraient le véhicule en criant. Mme Boisset était assise à l'arrière, de sorte qu'on ne voyait que son chapeau et le tissu brodé devant son visage. La voiture prit la direction du château. Personne ne s'en étonna. Il était normal que cette femme si riche rende visite au comte.

Le véhicule se gara dans la cour, entre les deux tours rondes. Le chien du comte se mit à aboyer, Bébert, le vieux gardien, sortit de la maisonnette voisine qu'il occupait et s'approcha. C'était un vieil homme aux cheveux blancs, maigre et marchant avec peine.

Un grand nez crochu lui donnait l'aspect d'un oiseau de proie. Pourtant, c'était le meilleur homme de la terre, très apprécié au village, où il venait chaque samedi après-midi jouer aux cartes. Il rapportait les nouvelles du château dont les commères étaient friandes.

Quand il vit sortir Mme Boisset, il s'immobilisa, la bouche entrouverte, surpris. Il en avait entendu parler, mais il ne s'était pas rendu à la fête de la veille. Le mystère de cette personne sans visage l'intriguait. Mme Boisset lui glissa à travers son voile :

— Je voudrais me présenter au comte.

Il bredouilla quelque chose et s'éloigna. Le soleil tapait dans cet espace gravillonné, entouré de murs. M. Maurice s'abrita à l'ombre d'un antique tilleul, suivi par Mme Boisset. Un valet d'écurie remarqua l'élégance de ses gestes, l'ondulation des hanches qui malgré le boitillement rendait ce corps désirable.

Bébert parut à la porte.

— M. le comte vous attend.

Elle le suivit dans l'escalier de pierres usées par les pas répétés durant des siècles, puis elle fut conduite dans la grande salle décorée de boiseries dorées. Aux murs, de nombreux tableaux représentaient des ancêtres à la tenue austère. Le comte ne se leva pas de son fauteuil près de la fenêtre pour l'accueillir et la pria de l'en excuser. Il craignait la chaleur, aussi ne sortait-il que le soir et le matin. L'attaque cérébrale avait affecté ses jambes et la position debout lui était pénible. Ses cheveux mal coiffés lui enlevaient un peu de son autorité naturelle. Mme Boisset remarqua qu'il ne portait plus une grande attention à sa tenue. Sa cravate desserrée, sa veste fripée déboutonnée lui donnaient l'aspect d'un vieillard ordinaire comme on en rencontrait beaucoup dans les hospices.

— Pardonnez au vieil homme que je suis de vous recevoir dans cet accoutrement, dit Hubert de Cressey.

Il invita Mme Boisset à s'asseoir et prit le temps de la contempler. Il parlait mal, ne réussissant pas à prononcer correctement les consonnes. Il avait une monotonie d'expression, avec des syllabes retenues, qui rendait la compréhension difficile.

— Je vous remercie d'avoir accepté mon invitation. Vous comprenez que dans mon état me déplacer est très compliqué.

Mme Boisset le remercia à son tour et il se tourna lentement. Un courant d'air fit onduler le voile bleu sous le chapeau. Il la scrutait avec beaucoup d'attention, comme s'il avait remarqué un détail, quelque chose d'intrigant.

— On m'a dit que vous aviez choisi de vous installer ici, car Louison Marchal était votre amie, poursuivit-il.

— En effet, répondit Mme Boisset, à court de mots.

— Louison… prononça le comte en abaissant les paupières, tout à son souvenir. Vous a-t-elle parlé de moi ?

— Oui, souvent. Elle vous aimait beaucoup.

— Hélas, ajouta M. de Cressey, j'ai le sentiment de ne pas avoir été à la hauteur avec elle. Tout ce qui s'est passé est de ma faute !

— Ah bon ?

La voix était moins profonde, plus naturelle et sans ce grincement dû à une difficulté d'élocution. Un léger sourire agrandit les lèvres blanches du comte.

Mme Boisset raconta l'histoire de Louison, leur rencontre à son arrivée sur ses terres. Sa propriété était voisine de la réserve des Indiens Montagnais. Quand les prospecteurs avaient découvert le gisement de fer, d'importants travaux avaient été entrepris. On construisit une voie de chemin de fer pour acheminer le minerai à l'usine de traitement située plus au sud. Elle évoqua ensuite la vaste maison que Louison avait fait construire et son goût pour la nature.

— Elle suivait les trappeurs et tous s'étonnaient de son agilité. Elle se plaisait dans ces immensités. Pourtant, elle me parlait souvent de Saint-Roch, de la Sologne, avec ses forêts profondes, ses étangs…

Le comte pinça ses lèvres fines, contempla un instant deux pies qui se battaient sous un noyer et tendit sa main vers le voile bleu. Mme Boisset détourna la tête.

— Cessez de jouer, Louison, dit-il. Je vous reconnaîtrais déguisée en ours blanc ! Vous ne pouvez pas savoir le bonheur que votre retour me donne… Et quel retour ! Dites-moi, votre visage est-il aussi marqué par les brûlures qu'on le dit ?

Mme Boisset leva la main à la hauteur de son visage et hésita. Le comte ne l'avait pas tutoyée, comme il le faisait autrefois. Cette nouvelle distance entre eux retint son geste. Elle observa les deux pies, qui s'envolèrent alors chacune de son côté.

— Arnaud ne devait-il pas épouser une fille très riche ? demanda-t-elle.

— Je ne veux plus jamais le voir. Il a en effet épousé Elodie Marteret. Il a dilapidé l'argent de sa dot. Son épouse, qui n'en pouvait plus, a demandé le divorce. Et puis, pendant la guerre, il a suivi un chemin qui ne me convenait pas. Il est la honte des Cressey !

Mme Boisset se mit debout afin de prendre congé, consciente de ne pas avoir révélé l'essentiel, une vérité que le comte attendait certainement. Lui regrettait de ne pas avoir eu le courage de la sincérité. Ce combattant de la première heure, qui avait affronté le feu des tranchées, qui avait risqué chaque jour sa vie pour la liberté de son pays pendant la Résistance, se révélait pleutre au moment de dévoiler le fond de sa personne. Il redoutait surtout d'être déçu, de perdre le peu d'espoir qui lui restait et le gardait en vie.

— Louison, je ne vous demande rien, sauf d'espérer un tout petit peu. Dites-moi que…

Sans un mot, elle souleva son voile bleu. Le comte en resta bouche bée, les lèvres entrouvertes, respirant à peine. Enfin, il joignit les mains.

— Comme vous avez dû souffrir ! Les plaies du feu sont les pires ! Mais je vous retrouve, sous le masque de vos cicatrices. Et vous êtes toujours aussi élégante, aussi noble. Vous me rappelez votre mère et ma grand-mère, qui avait comme vous de grands yeux clairs. Il faut que je vous dise…

Elle sortit rapidement, pour ne pas entendre des aveux qui lui auraient fait beaucoup de mal. Elle pensait au petit Henri, qui reposait au cimetière de Saint-Roch, à côté de Marie Bertaude.

Lorsqu'elle arriva à la maison des Pèlerins, une voiture inconnue était stationnée dans la cour en plein soleil. Une servante vint lui annoncer que M. Arnaud de Cressey l'attendait dans le petit salon.

Elle le rejoignit, le salua avec distance.

— Qu'est-ce qui me vaut de vous voir ici ? demanda-t-elle d'une voix sèche.

— Bonjour, madame, je tenais à vous remercier pour hier. Vous avez pu constater combien les gens d'ici sont bornés : le simple fait que je sois un aristocrate les révolte.

— Je ne crois pas avoir entendu que c'était vos origines qu'ils vous reprochaient.

— Laissons cela, reprit Arnaud en s'asseyant sans y avoir été invité. Ma vie est à Paris, pas dans ce trou perdu. J'ai une affaire d'importation de bois précieux d'Afrique qui ne demande qu'à se développer, mais les capitaux me manquent.

Mme Boisset alla ouvrir la fenêtre jusqu'alors fermée malgré la chaleur extérieure. Elle avait deviné le sens de sa visite et voulait se débarrasser de lui au plus vite.

— L'importation de bois précieux d'Afrique, dit-elle posément, comme si elle réfléchissait. C'est intéressant. Je suis à la recherche d'une activité en France et je me dis…

Arnaud se leva de sa chaise, le regard brillant. Il n'avait pas espéré que l'étrangère mordrait aussi facilement à l'hameçon.

— Si j'osais, je vous ferais une proposition à laquelle je pense depuis votre arrivée…

Louison faisait semblant de réfléchir. Arnaud était certainement aux abois, raison de sa visite aussi pressée et de cette proposition qui frisait l'inconvenance. Elle fit mine de la repousser :

— Je vous arrête : je ne veux pas m'impliquer dans un autre commerce. Mes mines de fer me rapportent suffisamment !

— Dommage, vous n'allez pas me dire que l'argent facile, même quand on en a beaucoup, est à dédaigner !

— Eh bien si ! L'argent n'est pas ma première préoccupation. Cependant, je peux vous prêter la somme qui vous manque pour votre affaire.

Le regard d'Arnaud s'alluma.

— Beaucoup d'argent ? s'enquit-il d'une voix suave.

— Ce qui vous est nécessaire. A valoir en hypothèque sur vos biens personnels.

— Mon père m'a légué le château avant mon mariage. C'était convenu ainsi avec Gustave Marteret, mon ancien beau-père. Il s'est cependant réservé d'y habiter.

Jusque-là, Arnaud n'avait pas osé franchir le pas : hypothéquer le bien familial pour de l'argent frais. Mais là, face à cette femme défigurée qu'il avait reconnue au premier regard, il flairait la bonne occasion. Louison avait eu la chance incroyable d'hériter d'une mine de fer, mais cela ne lui donnait pas pour autant le sens des affaires. Il saurait la berner sans mal.

— Le château me convient, fit Mme Boisset, même s'il n'a pas une grande valeur. Rendez-vous chez mon notaire, à Orléans, ajouta-t-elle. Il est préférable pour la bonne marche de votre entreprise que les affaires soient établies dans les règles.

— Bien d'accord ! conclut Arnaud de Cressey, le regard brillant. Le plus vite sera le mieux !

La visite d'Arnaud à Mme Boisset n'était pas passée inaperçue. Francis Bernet, qui buvait un verre de vin blanc en compagnie d'Antoine Legrand, le menuisier du village, s'en étonna :

— Sûr qu'il est en train de tramer quelque chose…

— Il ose encore se montrer ! s'emporta Bernet. Faut avertir Servais.

— Ma nièce travaille à la maison des Pèlerins, lui répondit le menuisier. Je vais passer la voir cet après-midi !

14

Deux jours plus tard, Mme Boisset et Arnaud de Cressey se retrouvaient chez maître Lauriet, à Orléans. Le notaire n'avait pas beaucoup changé depuis que Louison lui avait rendu visite, le lendemain de ses vingt et un ans. A peine un peu plus voûté, un peu plus sec. Son regard était toujours aussi inexpressif derrière ses gros carreaux. Il était dans le secret et donnait à Louison des « madame Boisset » qui n'en finissaient pas. L'accord préparé était très simple : Mme Boisset prêtait à court terme cinq cent mille francs à M. de Cressey, qui signait en contrepartie une hypothèque couvrant la valeur totale du château et du parc attenant. Le remboursement avec la levée d'hypothèque était prévu pour le 31 décembre 1947. Arnaud était si certain de la réussite de son entreprise qu'il signa sans demander aucun aménagement en cas de gêne. L'argent devait transiter d'une banque canadienne à une banque française où M. de Cressey pourrait en user à sa convenance.

Cet apport providentiel sauvait momentanément Arnaud, qui invita Mme Boisset à déjeuner dans un restaurant réputé. Mais cette dernière, prétextant son handicap, refusa. Elle ne pouvait manger que chez elle, et uniquement des aliments préparés par sa cuisinière. Elle monta dans sa voiture, que M. Maurice avait rapprochée, et reprit la route de Saint-Roch.

A Saint-Roch, le menuisier Antoine Legrand avait vu sa nièce et appris les raisons de la visite d'Arnaud de Cressey. Les résistants n'avaient pas l'intention de laisser passer l'occasion et s'étaient réunis dès le matin chez Servais. Celui-ci était d'humeur sombre et se plaignait d'horribles douleurs au dos et aux jambes.

— Il loge à l'hôtel de la gare, à Chaon, localité suffisamment éloignée de Saint-Roch pour qu'il y soit inconnu, annonça l'un d'eux. Il sera avec son inséparable Martin Marsaut. On les emmène dans la forêt et on les fusille sans discuter.

Le plan avait le mérite d'être simple, rapide, et efficace. Un autre intervint :

— Il faut dresser une liste de leurs forfaits ! Ils doivent savoir pourquoi ils meurent !

— Je suis d'accord, admit Servais. Même si j'ai du mal à marcher, je veux être présent. Voir crever ces ordures me fera du bien. Il me semble que mes douleurs seront plus faciles à supporter.

— C'est toi qui leur liras les chefs d'accusation.

Servais accepta. Ce genre d'exécution ne lui convenait pas, mais il voulait surtout empêcher Cressey de s'en prendre à Mme Boisset. Il détestait aussi Marsaut, son complice amputé de l'index droit à la suite d'un accident de chasse. Ce vaurien d'origine niçoise avait eu affaire à la justice pour une bagarre qui s'était mal terminée et s'était réfugié sous la protection du nobliau, à qui il vouait une dévotion totale.

Le groupe se posta sur la route de Chaon, en bout d'une ligne droite d'où ils voyaient les véhicules à plusieurs centaines de mètres. Ils aidèrent Servais à se dissimuler dans un taillis, et ils guettèrent les voitures. Ils avaient apporté des casse-croûte et se disaient prêts à patienter deux jours s'il le fallait. Pourvu qu'Arnaud n'ait pas l'idée de partir directement à Paris !

En début d'après-midi, Servais commençait à s'impatienter. Quand un des guetteurs annonça enfin la Traction noire, ils se placèrent tous au milieu de la chaussée pour l'arrêter. Arnaud voulut faire demi-tour, mais la route était trop étroite. Il fut contraint de sortir de son véhicule. A ses côtés, Marsaut bredouillait qu'il n'avait fait qu'obéir à son maître pendant la guerre.

Sans un mot, les hommes les entraînèrent dans le proche sous-bois. Arnaud protestait :

— Je vais tout expliquer. Vous me reprochez d'avoir collaboré, mais je soutirais des renseignements à l'ennemi pour les donner aux résistants. Je peux le prouver.

— Tu peux aussi prouver que tu n'es pour rien dans l'arrestation des maquisards de la forêt de Brindet ?

— C'était une erreur. Je vous assure que je n'y suis pour rien, n'est-ce pas, Marsaut ?

Celui-ci ne quittait pas des yeux les armes que les autres tenaient dressées, prêts à tirer. Il ne brillait pas par son courage.

— Tout ce que je sais, c'est que je ne suis pour rien dans tout ça ! Moi, je ne suis pas d'ici, je n'ai pas participé à cette guerre !

— C'est faux ! s'emporta Arnaud. C'est même toi qui as dénoncé les maquisards parce qu'un jour, je ne sais plus pourquoi, l'un d'eux t'avait flanqué un coup de poing à la sortie du bistrot...

Ils avaient atteint la clairière où Servais, assis sur une souche, attendait les deux prisonniers. Arnaud réalisa que tout était perdu et tenta de jouer le tout pour le tout :

— Je vous le répète : j'étais avec les Allemands uniquement pour renseigner les chefs de la Résistance. Il n'y a pas de preuves parce que c'était trop dangereux. Mais vous auriez pu demander au capitaine Labrise, nous étions en relation presque tous les jours...

— Le capitaine Labrise a été tué dans les circonstances que tout le monde connaît, répliqua vivement Servais en s'appuyant sur sa canne pour se lever. Moi, je ne t'ai jamais vu apporter le moindre renseignement.

— C'est Marsaut qui a livré le capitaine ! protesta Arnaud, blême, en se tournant vers son acolyte. Il m'espionnait pour le compte des Allemands, je jure que c'est vrai !

Le Niçois, furieux et à bout de nerfs, saisit son maître par le col et le secoua. La colère durcissait son visage anguleux. Il dirigea vers lui son gros poing amputé de l'index.

— Tu veux que je raconte toutes les saloperies que tu m'as fait faire ? s'emporta l'homme.

— On s'en fout ! Si vous avez une dernière volonté, une prière, un pardon à quémander, c'est le moment, dit calmement Lebel en armant son fusil.

Les anciens résistants, l'arme pointée, se placèrent en face d'eux. Arnaud regardait tour à tour les tireurs, puis en dernier Servais. Celui-ci se planta devant lui et lui lança, en le toisant du regard :

— Tu vois ce qu'ils m'ont fait ? C'est pire que s'ils m'avaient fusillé !

Alors, Arnaud se fit suppliant. Il promit de leur verser de l'argent, et de disparaître à jamais.

— De l'argent ? ironisa Servais. Mais où irais-tu le chercher ?

— Mme Boisset m'a prêté une grosse somme. Elle est à votre disposition.

— Tout l'or du monde ne nous ferait pas changer d'avis.

Grave, les mains jointes, les yeux fermés, Marsaut récitait une prière à voix basse. Tout à coup, Arnaud se jeta à genoux, suppliant qu'on l'épargne.

— Tu me fais pitié ! dit Servais en le frappant d'un coup de canne.

Alors, une silhouette fit irruption, se plaça entre les tireurs et les victimes. Son chapeau et son voile bleu désarçonnèrent les tireurs, qui abaissèrent leurs canons. Mme Boisset, escortée de son inséparable M. Maurice, s'adressa à Servais :

— Laissez partir ces hommes.

Un silence pesant suivit. Servais crut reconnaître celle qui continuait de lui parler dans le secret de son âme.

— Mais qu'est-ce que vous faites là ? demanda-t-il, toujours sous le coup de la surprise.

— Les nouvelles vont vite à Saint-Roch, répondit-elle en souriant. Tout le village est au courant. Mais je dois vous parler, seule à seul. Après, vous ferez ce que vous voudrez.

Les hommes aidèrent Servais à marcher dans un sentier d'animaux pour l'isoler des autres. Mme Boisset le rejoignit. M. Maurice gardait l'œil sur sa maîtresse, sur les armes prêtes à tirer. Arnaud, lui, retrouvait espoir.

L'entretien ne dura que quelques minutes, puis Servais revint, de son pas hésitant.

— Laissez-les partir ! ordonna-t-il.

— Qu'est-ce que tu racontes ? fit Lebel. On ne va pas rater une aussi belle occasion…

— Laissez-les partir ! répéta Servais, bientôt rejoint par Mme Boisset.

Arnaud et son comparse profitèrent de la confusion pour déguerpir. Un coup de fusil tiré au hasard ne les atteignit pas. On entendit leur voiture démarrer en trombe. Les anciens maquisards entourèrent Servais, qui peinait à se tenir debout.

— On voudrait comprendre ! Peux-tu nous expliquer ?

Ce fut Mme Boisset qui répondit :

— J'ai moi aussi un compte à régler avec Arnaud de Cressey. Quand ce sera fait, je le livrerai à la justice. Je vous promets qu'il sera condamné.

— Comment cela ? demanda Lebel. Vous le connaissiez ?

— Pas moi, mais mon amie Louison Marchal m'a beaucoup parlé de lui.

Elle n’ajouta rien et se dirigea vers la route. Tous furent étonnés par la grâce de ses mouvements, malgré son léger boitement, par sa manière de se couler dans le sentier sans déranger les brindilles cassantes au sol, tel un chat ou un renard.

Servais rentra chez lui et ferma la porte, montrant qu’il ne voulait parler à personne.

15

On ne revit pas Arnaud de Cressey à Saint-Roch. Personne ne le rencontra au volant de sa Traction rutilante. Le docteur Grégoire, informé à temps de ce qui se préparait contre lui, avait essayé de dissuader Servais, qui n'avait rien voulu entendre. Il était allé trouver Mme Boisset en lui demandant d'intervenir.

Servais ne fut pas long à découvrir que la Canadienne avait obéi au docteur Grégoire. Il se sentit trahi et s'enferma chez lui. Il prenait l'air dans la cour intérieure de sa maison et les employés de la quincaillerie s'étonnaient qu'il ne vienne plus les saluer chaque matin comme à son habitude. Le bruit courut qu'il était malade. Grégoire ne chercha pas à dénoncer ces ragots. Il savait en effet ce qui détruisait à petit feu cet ancien lieutenant si actif et si courageux pendant la guerre. Marguerite, sa servante, qui sortait quotidiennement pour acheter le pain et le nécessaire pour le manger, racontait qu'il s'enfermait une bonne partie de la journée, silencieux et triste. Elle avait cherché à le faire parler, mais il s'y refusait toujours, se contentant de lui sourire et de la remercier pour son dévouement.

Le mois d'août s'achevait. Un temps gris et plus frais succéda à la fournaise du plein été. Un matin, les désœuvrés qui passaient leur temps à jouer aux cartes dans les bistrots se pressèrent aux fenêtres en voyant Mme Boisset sortir de la maison des Pèlerins au bras du mystérieux M. Maurice. La riche étrangère voilée parcourut les deux cents mètres, de son pas boitillant mais sûr, qui menaient à la quincaillerie.

— Moi, j'ai eu souvent envie de lui arracher son chapeau pour voir son visage. Il paraît qu'elle n'est pas du tout défigurée ! lança l'un d'eux.

— Tu insinues que le docteur Grégoire qui l'a vue est un menteur, peut-être ?

— Va savoir ? Les gens riches s'entendent bien entre eux pour dominer le petit peuple…

Mme Boisset, précédée de Marguerite, entra dans la maison du quincaillier et la porte se referma sur son élégante silhouette. Beaucoup auraient aimé se faufiler par le jardinet en contrebas pour entendre leur discussion, mais il aurait fallu escalader le mur de clôture.

Mme Boisset monta l'escalier et pénétra dans le salon où Servais demeurait la majeure partie de ses journées. Il devait l'attendre puisqu'il ne parut pas surpris de la voir. Il lui proposa de s'asseoir et s'excusa de ne pouvoir se lever pour l'accueillir, ses jambes lui faisant de plus en plus mal.

— J'ai des difficultés à marcher, comme vous le savez. Le docteur Grégoire m'affirme que c'est à cause de la chaleur et que ça ira mieux quand il fera plus frais. J'espère qu'il a raison.

Un silence suivit cette affirmation. Marguerite eut le sentiment qu'elle était de trop et sortit en refermant la porte derrière elle. Servais poussa un gros soupir.

— Je paie cher chaque jour la liberté de mon pays, mais ce serait à refaire, je recommencerais, grogna-t-il. Quand j'entends de ma fenêtre, le matin, rire et s'amuser les enfants qui se rendent à l'école, je suis heureux.

— Vous êtes un homme généreux, fit la femme sur un ton familier. Cela fait longtemps que je le sais. Louison m'a tant parlé de vous !

— Merci de m'avoir fait confiance, même si c'est un peu trahir ceux qui sont morts pendant la Résistance. J'ai aimé Louison plus que tout au monde, j'ai fait la guerre en pensant à elle, et j'ai accepté votre proposition pour conserver son souvenir en moi aussi brillant qu'un diamant.

Il lui adressa un regard dans lequel se lisait une pointe de malice. Mme Boisset se demanda s'il l'avait devinée. Elle s'était montrée au docteur Grégoire et au comte de Cressey, mais pas à lui. Elle avait hésité, puis, considérant qu'il serait déçu en découvrant son visage mutilé, avait préféré laisser le doute planer encore. De son côté, Servais mesurait combien la présence de cette femme le rendait mal à l'aise. Il en était opprimé au point de respirer difficilement et son cœur battait comme s'il avait couru.

— Vous aussi, vous m'avez fait confiance en libérant Arnaud et son comparse. Vous savez maintenant pourquoi. Je vous assure qu'ils ne disparaîtront pas. Arnaud, je le tiens en laisse. Des hommes à moi l'ont suivi. Il est à Paris, avec Marsaut. Maintenant, il suffit d'un peu de patience et il paiera.

Servais ne dit mot pendant un moment, contemplant une mouche qui marchait sur le rebord du fauteuil, puis il éprouva le besoin de parler de Louison, car il la sentait proche de lui :

— Les dimanches, elle dansait avec Baptiste Lechers. Un beau garçon, mais un salopard.

— Je sais, fit évasivement Mme Boisset. A propos, vous avez sûrement entendu ce qui se dit à Saint-Roch, à propos de Louison ?

— Je sors si peu et je ne prête aucune attention aux ragots.

— On dit que Louison m'a légué sa propriété à la condition que je restaure la maison des Pèlerins. Ce n'est pas vrai.

— Cela n'a pas d'importance, répondit Servais. Louison, pour moi, c'est une belle rousse qui court dans les sentiers, aussi légère qu'un chat. Ses yeux sont purs comme la plus transparente des eaux de source. Personne ici ne la méritait, et moi le premier.

La main droite de Mme Boisset monta à hauteur de son voile, hésita un instant puis retomba.

— On dit aussi qu'elle serait la fille du comte de Cressey !

— Je veux bien le croire. Le comte se préoccupait d'elle comme de personne d'autre. Et puis elle avait tant de noblesse qu'elle ne pouvait pas être la fille d'un quelconque bûcheron.

Tout en parlant, Servais observait la visiteuse. Pourquoi était-elle venue chez lui ? Pour discuter ainsi de choses et d'autres sans importance ? Il avait bien vu le geste de Mme Boisset vers son voile et crut comprendre qu'elle était venue pour lui montrer son véritable visage. Tant de détails, d'indices, lui indiquaient qu'il avait bien Louison en face de lui, mais il restait quand même un léger doute qu'il ne se sentait pas le courage de dissiper.

Mme Boisset se leva et se dirigea vers la porte. Avant de s'éloigner, elle se tourna.

— J'ai eu encore beaucoup de plaisir à partager ce moment en votre compagnie.

De sa fenêtre, Servais regardait les nuages filer dans le ciel. Un temps superbe pour aller traquer le brochet. La pêche lui manquait. Il s'imaginait au bord de la Loire, maniant sa canne à lancer. Au bout de la ligne, il aurait fixé un gardon mort, l'aurait manié entre deux eaux pour imiter la nage maladroite d'un poisson blessé. Il sentait encore dans ses avant-bras l'attaque du brochet : une force sourde qui emportait la ligne vers le large. Il donnait un peu de mou, puis ferrait d'un coup brutal en soulevant vivement la canne. Alors le brochet piqué se mettait en mouvement en secouant la tête, se ruant vers les souches immergées où il allait tenter d'emmêler la ligne. Servais souriait à ce rêve devenu impossible.

A l'automne, il aimait aussi chasser la bécasse. Servais s'imaginait marchant dans la lande derrière Sami, son chien bécassier ; le soleil se levait, faisant miroiter les gouttes de rosée sur les feuilles et les branches basses. L'air était poudré d'une brume que le soleil allait rapidement dissiper. Sami partait devant, la truffe au sol, la queue haute qui se balançait régulièrement, puis il s'arrêtait net, une patte avant repliée, le museau pointé vers l'oiseau qui ne l'avait pas vu.

Un signe de son maître et il fonçait, faisant s'envoler la bécasse au-dessus des joncs. Depuis qu'il ne pouvait plus se déplacer, Servais prenait conscience du bonheur de ces instants, et ses pensées le ramenaient toujours à Louison la sauvage, qui approchait le lièvre distrait à le toucher.

Servais s'ennuyait. Il avait confié la gestion de ses biens d'Orléans à un gérant qui le volait certainement, mais cela n'avait pas d'importance. Son commerce, sa pension de blessé de guerre lui procuraient assez de revenus pour vivre des journées vides de sens entre sa maison et la quincaillerie, où il se rendait de temps en temps. Il bavardait avec les clients, passait ainsi du temps dont il ne savait que faire. Parfois, il allait jouer aux cartes au bistrot, mais près des gens valides les souvenirs du temps où il était comme eux prenaient une telle réalité qu'il avait envie de pleurer. Autrefois, Servais appréciait la chaleur de l'amitié, le bonheur d'être avec les autres, unis par le verre levé et la bouteille partagée. Ce plaisir simple lui était désormais refusé. Pourquoi donc avait-il survécu à ses blessures ?

Il avait pensé mourir, se jeter dans la Loire, rendre son dernier souffle dans le courant du fleuve aimé. Seul l'amour insensé qu'il portait à Louison l'avait retenu. Il n'avait jamais perdu espoir de la revoir, même après l'annonce de sa mort dans le train. Comme il avait eu raison. La présence de Mme Boisset le rapprochait de la chère disparue et il se surprenait à surveiller ses allées et venues à la maison des Pèlerins.

A vingt ans, il ne prêtait aucune attention à la petite rousse qui allait à l'école communale et que des élèves chahutaient. Il avait huit ans de plus qu'elle et après deux années de collège il travaillait avec son père dans la quincaillerie quand il ne pêchait pas au bord de la Loire. Il avait souvent croisé la rouquine qui jouait avec Arnaud. Il ne s'était jamais demandé alors quel lien mystérieux unissait le futur comte de Cressey avec l'orpheline recueillie par Marie Bertaude. Ce que les gens racontaient déjà à son sujet le laissait indifférent. Après l'école élémentaire, Louison partit au collège à Orléans, d'où elle ne revenait que pour les vacances. Elle avait tout juste vingt ans quand la ravissante jeune fille qu'elle était devenue avait délaissé les jeux d'enfants pour suivre Charles Maubert à la chasse et à la pêche. Elle avait alors troqué ses robes de lycéenne pour le pantalon du braconnier. Servais l'avait souvent aperçue quand elle se glissait dans les taillis. Il avait alors compris, avec émerveillement, qu'elle était supérieure à tous les braconniers solognots, et il s'était mis à l'aimer comme on aime une apparition, un rêve inaccessible. Cet amour sans raison, sans espoir aussi, s'était incrusté en lui, ce parasite avait pris corps au point de faire partie de lui comme la foi en Dieu pour les prêtres qui y consacrent leur vie.

Penser à Mme Boisset lui faisait du bien. En début d'après-midi, comme le temps s'était remis au beau, il se leva lentement, se cala sur sa canne et se dirigea vers la porte. Il sortait ainsi, quand il se sentait d'attaque, marchait de son pas hésitant sous les regards compatissants. Il s'attardait à bavarder avec les uns et les autres, puis allait s'asseoir sur le banc entre les deux tilleuls. Là, il regardait les enfants jouer au ballon en criant, les villageois aller à leurs occupations, toute une vie ordinaire dont il était exclu. Mais rapidement, son inaction lui pesait et il se rendait à sa quincaillerie. Là, il s'asseyait sur le siège qui lui était réservé derrière le comptoir et encaissait l'argent des clients. C'était sa façon à lui de se croire utile.

Il traversa péniblement la cour et poursuivit dans la ruelle, entre de hauts murs toujours bienvenus pour s'appuyer quand les forces lui manquaient. Il s'étonnait de marcher avec autant d'aisance, même si le temps était plus chaud que prévu. La sueur roulait sur son front et ses joues creuses. Il arriva au portail de la maison des Pèlerins, hésita avant de le franchir. M. Maurice vint à son devant et lui souhaita la bienvenue. Servais éprouvait une aversion instinctive en face de cet homme étrange, au regard perçant, qui pourtant lui parlait toujours poliment et se montrait prévenant.

Mme Boisset était en train de lire à l'ombre d'un marronnier quand elle l'aperçut. Aussitôt, elle se leva. Servais eut, un bref instant, l'illusion de se trouver face à Louison. Les ondulations de son corps, l'harmonie de ses gestes ne pouvaient appartenir qu'à elle.

— Quelle bonne surprise ! dit-elle d'une voix douce que Servais ne reconnut pas.

Sans manières, elle lui prit le bras et l'aida à marcher jusqu'au banc, où ils s'assirent. Un léger vent faisait bouger les longues feuilles et il régnait à cet endroit, en face d'un petit étang où nageaient des canards, une fraîcheur et un calme apaisants.

— Je vous remercie d'être venu jusqu'ici.

Il ne sut quoi répondre, gêné d'avoir fait un tel effort pour le seul plaisir d'être près d'elle, sans avoir rien de particulier à lui dire.

— Nous, les rescapés de la mort, savons mieux que les autres apprécier la paix et la tranquillité d'un endroit aussi simple, ajouta-t-elle.

A travers la voix rayée et anormalement grave de Mme Boisset, Servais percevait celle, claire et agréable, de Louison. Il en était bouleversé au point que ses yeux se mouillèrent malgré lui. Mme Boisset, sous son voile, s'en était-elle aperçue ?

— Vous et moi rencontrons les mêmes difficultés, la même impossibilité à vivre. C'est peut-être ce qui nous pousse l'un vers l'autre…

— J'ai réfléchi à ce que vous m'avez dit, l'autre jour, quand nous tenions ce salopard et son complice. S'il nous filait entre les mains, ce serait une grande injustice pour mes camarades de résistance qui sont morts par sa faute, et pour Louison aussi ! déclara Servais. Je sais que le docteur Grégoire est pour la clémence et que vous avez agi parce qu'il a su vous convaincre.

— N'ayez aucune crainte ! le rassura-t-elle en posant sa main sur celle de Servais, qui en ressentit la douceur au point d'en avoir la gorge nouée. Ce n'est pas pour complaire à Grégoire que je suis intervenue, mais pour des raisons bien personnelles. Deux hommes de confiance ne le quittent pas. Ils ont ordre de le ramener ici s'il cherche à s'échapper dans un pays étranger. Ils l'épient et m'informent de ses projets au jour le jour.

Servais lui adressa un regard étonné.

— Par téléphone, ajouta-t-elle. Je l'ai fait installer il n'y a pas longtemps. C'est vraiment pratique.

M. Maurice, assis un peu à l'écart, ne perdait rien de la conversation. Parfois, Mme Boisset lui lançait un regard complice qui déplaisait à Servais.

— Je dois vous annoncer que je vais bientôt repartir, précisa la femme. Mon pays me manque et mes affaires ont besoin de moi là-bas. Mais je reviendrai vite, je vous le promets.

— Vous ne préférez pas passer l'hiver ici ? Il fait moins froid et…

— Non, trancha Mme Boisset. L'hiver est une magnifique saison. Le froid ? Il n'y a que vous, en Europe, pour le craindre ! Mais je n'ai pas encore décidé de la date de mon départ.

Comme il se sentait de plus en plus mal à l'aise, il se leva pour prendre congé, mais d'un geste Mme Boisset l'obligea à se rasseoir.

— Vous avez tout votre temps. Puis-je vous offrir à boire ? Du café ?

Va pour le café. Servais n'aimait pas cette boisson amère, mais il ne sut refuser.

— Nous avons à parler ! poursuivit-elle. Profitons de ce beau temps qui ne saurait durer !

16

A Saint-Roch, l'arrivée de Jacques Labrenne fit sensation. Il s'arrêta sur la place, sortit de sa magnifique voiture qui brillait au soleil, regarda autour de lui. Les ménagères restèrent sur le pas de leur porte pour admirer ce bel homme, vêtu à la dernière mode avec ses pantalons larges de bon tissu léger, sa veste à la pochette rouge. Il était grand, costaud et souriait de ses dents blanches bien rangées. Agé d'une trentaine d'années, il resplendissait de jeunesse, avec la peau du visage claire des gens riches dispensés des rudes travaux de plein air.

Il claqua sa portière pour attirer l'attention et se dirigea vers le premier bistrot, celui du père Joffre, qu'il connaissait bien puisqu'il avait passé tous les étés de son enfance à Saint-Roch.

Le père Joffre servait au bar pendant que Marinette, sa femme, préparait le repas de midi pour les ouvriers travaillant dans la région. La maison était réputée et retrouvait progressivement ses clients d'avant-guerre. Mais beaucoup la boudaient encore, parce qu'elle avait servi trop de banquets aux Allemands.

Lorsque Labrenne fit son entrée, Joffre, qui tenait aussi le bureau de tabac, était en train de ranger des paquets de gauloises sur son étagère. Il se dressa, se frotta les yeux, surpris par cette apparition. Puis il demanda, comme s'il n'était pas sûr de lui :

— Labrenne ?

Celui-ci sourit et lui tendit sa main blanche et fine.

— Comment tu vas, père Joffre ? Ça fait plaisir de te revoir en bonne forme.

— Jacques Labrenne ? demanda encore Joffre, toujours incrédule.

— Oui, Jacques Labrenne, le gamin à qui tu tirais les oreilles quand je te volais un paquet de cigarettes !

Joffre ouvrait de grands yeux dans sa figure large et sanguine. Il n'aimait pas évoquer ces souvenirs où il n'avait pas toujours eu le beau rôle. Labrenne et sa bande de garnements n'arrêtaient pas de lui jouer des mauvais tours et il avait dû distribuer quelques raclées.

— Ça fait plaisir de te voir aussi élégant. Les affaires marchent bien, à ce que je vois !

— Pas trop mal, répondit Labrenne.

— Tu travailles toujours avec ton père, dans votre épicerie de Montmartre ?

Le visiteur eut un geste rapide des mains et s'appuya au comptoir.

— Mon père est mort juste avant la guerre. J'ai repris l'épicerie et je me débrouille plutôt bien.

— Mais tu pouvais travailler, dans un Paris occupé par les Allemands et avec les tickets de rationnement ?

Labrenne eut un sourire malin qui rida le coin de ses yeux. Joffre reconnaissait bien l'attitude du gamin qui avait toujours une idée pour mal faire. C'était un débrouillard qui ne s'embarrassait jamais de détails.

— J'ai jamais autant gagné : tout manquait, alors je me débrouillais, j'allais chercher des œufs en Normandie, je trouvais tout ce qui était nécessaire. A Paris, il y avait de l'argent, beaucoup d'argent, et l'estomac délie toujours les cordons de la bourse.

— Donc, tu as beaucoup gagné !

— Oui, un peu !

Il dit à Joffre de lui servir un verre de vin blanc et d'en prendre un pour trinquer avec lui, puis il sortit une cigarette de son étui doré, en offrit une au bistrotier.

— J'ai pas oublié que je suis d'ici. Que je passais mes vacances d'été chez mes grands-parents ! J'ai un gros projet pour Saint-Roch !

Il guettait les réactions sur le visage du père Joffre, qui remplissait deux verres.

— J'envisage de créer une fromagerie. On fabriquera le « Saint-Roch », un fromage qui dans quelques années sera sur toutes les bonnes tables et qu'on vendra jusqu'en Amérique !

— Le Saint-Roch ! Comme tu y vas, toi !

— Et pour cela j'ai pensé acheter la maison des Pèlerins, pour en faire l'usine. Les éleveurs du coin pourront se spécialiser dans la production de lait. Un camion fera la tournée tous les matins. Je vais faire la fortune de la région !

— Comme tu y vas ! répéta Joffre en grattant son crâne lisse. Tu oublies que la maison des Pèlerins a été vendue, qu'elle appartient à Mme Boisset, une Canadienne qui ne manque pas d'argent !

— C'est pas ce qu'on m'a dit. Elle serait à bout. Elle commence à s'ennuyer dans ce trou. Ce sera pas difficile d'acheter… Bon, faudra que j'aille m'installer chez ma tante Martine, qui s'ennuie tant. Elle passe toujours la plus grande partie de sa vie à l'église.

— On ne la voit pas beaucoup, en effet. Elle ne nous avait pas dit que ton père était mort…

Jacques vida son verre et sortit dans la lumière éclatante de son village retrouvé. Il parcourut du regard la place, l'église avec son clocher légèrement penché sur la droite, s'arrêta au portail de la maison des Pèlerins. Enfant, il avait joué dans les ruines malgré l'interdiction. Il s'était juré que ce serait un jour sa maison.

Puis il se rendit chez le docteur Grégoire, qui le reçut sur le seuil de son cabinet. Jacques expliqua ses intentions et les avantages que Saint-Roch pouvait tirer de sa fromagerie moderne et industrielle.

— Ça donnera du travail à tout le monde. Ça fera revivre les petits hameaux du voisinage.

Grégoire n'avait pas oublié l'adolescent qu'avait été Jacques, toujours dans les mauvais coups, prétentieux, hâbleur. Bref, il n'en gardait pas un bon souvenir. Et l'homme qu'il avait face à lui avait conservé l'air arrogant du petit voyou. Il avait sûrement tiré profit de la guerre et de la misère des autres pour s'enrichir. Le médecin en avait eu des échos par sa cousine Jeannette, qui vivait dans le cinquième arrondissement de la capitale.

— Il faudrait que la municipalité me donne un coup de main, ajouta Jacques. La maison des Pèlerins conviendrait parfaitement pour aménager l'usine : au centre du village, facile d'accès pour les camions.

Enfin, ce serait une vitrine pour le Saint-Roch. Les monuments religieux vont bien avec le fromage, en laissant imaginer un savoir-faire tenu secret pendant des siècles par des moines gras et repus.

— Oui, mais cette maison a été restaurée…

— J'ai pris mes renseignements. Cette Mme Boisset s'ennuie à mourir à Saint-Roch, je crois qu'elle ne se fera pas beaucoup prier pour vendre.

Grégoire s'excusa, prétextant qu'un patient l'attendait. Il souhaita bonne chance à Jacques puis se dirigea discrètement vers son garage, où se trouvait sa voiture.

Pendant plusieurs jours, on ne parla que de Jacques Labrenne et de sa fromagerie. Pour une fois, tout le monde était d'accord : le projet allait donner du travail aux jeunes, qui n'auraient plus dès lors la tentation de quitter le pays, ce dont les commerçants se réjouissaient. Les éleveurs trouveraient un débouché pour leur lait. Les conseillers municipaux poussaient le maire à aider le promoteur. Jacques devint rapidement la coqueluche du village. On parlait de son grand-père, le cordonnier qui fabriquait les meilleures chaussures de tout le pays. Sa famille était appréciée et Jacques le savait.

Il était partout à la fois, dans les six bistrots, jouait volontiers aux cartes le soir, bavardant avec tout le monde. Il aimait blaguer et avait toujours une bonne histoire à raconter. A la mairie, dans les rangs de l'opposition de gauche, Marcel Leblanc et son ami Germain Sopil ne tarissaient pas d'éloges sur l'enfant du pays qui apportait la prospérité. Les partisans de la majorité, sous la bannière du docteur, mélange de gens sans étiquette, gaullistes, résistants de la première heure, socialistes modérés, étaient moins enthousiastes. En effet, Jacques, qui n'affichait aucune étiquette politique, se plaçait comme l'opposant naturel à Grégoire, dont il n'avait pas apprécié l'accueil réservé.

Il faisait le tour des maisons et frappa naturellement à la porte de Servais, qui lui dit en toute franchise ne pas être emballé par son projet. Servais n'avait pas oublié les mauvaises plaisanteries du garnement, qui aimait surtout s'en prendre à Louison. Plus que jamais, il se méfiait de ce fanfaron prétentieux.

Jacques commença par se lamenter sur l'injustice de la vie et loua le courage du résistant. Servais le laissa parler, puis conclut :

— Apparemment la guerre t'a bien servi, toi ! C'est la preuve que tu es plus malin que la plupart des gens !

— Disons que j'ai eu de la chance.

Il se lança dans l'évocation de Paris occupé par les Allemands. D'humeur sombre, Servais l'écoutait se vanter d'une oreille distraite. Enfin, le visiteur précisa :

— J'ai appris que tu avais de très bonnes relations avec cette Mme Boisset. Qu'elle était la grande amie de Louison. Tu sais combien je l'estimais…

Le visage de Servais se contracta d'un coup.

— Oui, je me souviens que toi et tes copains, vous ne manquiez pas l'occasion de lui faire de sales tours. Et ton bon ami, Arnaud de Cressey, n'était pas le dernier. Te souviens-tu du soir où vous l'avez enfermée dans la cave de Dubec, et qu'elle y est restée toute la nuit ?

— C'était pas malin, je te l'accorde, reconnut Jacques, mais Louison faisait tout pour nous narguer.

Elle s'habillait en garçon, elle braconnait, alors on la prenait pour un garçon !

Ce que Jacques ne précisait pas, c'est que Louison, à quinze ans, était déjà très belle, et qu'un jour il l'avait coincée dans le hangar derrière le presbytère et avait voulu baisser son pantalon. Elle l'avait mordu au sang.

— Hélas, la vie n'a pas été très généreuse avec elle, soupira Jacques. Mourir brûlée dans l'incendie d'un train au Canada, c'est triste ! Il paraît que Mme Boisset s'ennuie et regrette d'avoir acheté la maison des Pèlerins. Tu sais que mon projet prévoit le rachat de ce domaine…

— Et alors ?

— Alors, tu pourrais lui en parler pour moi.

— Je n'ai pas l'habitude de cacher ce que je pense. Ne compte pas sur moi.

Jacques repartit, vexé et plus que jamais décidé à mener à terme son projet.

Quelques jours après son arrivée, Jacques se rendit enfin à la maison des Pèlerins. Il se fit annoncer ; Mme Boisset le reçut dans son petit salon. Il laissa son regard s'attarder sur cette silhouette au mystère dérangeant puis s'assit sur le fauteuil qu'elle lui proposait, elle-même restant debout.

— Je vous attendais ! déclara-t-elle de sa voix éraillée. On parle beaucoup de vous en ce moment, et de vos projets.

Celui qui osait tout, l'effronté qui savait se tirer de toutes les situations, était mal à l'aise devant cette femme au visage caché.

— J’ai le souvenir de ce lieu en ruine pendant mon enfance. Vous en avez fait un magnifique endroit !

— Il reste beaucoup à faire, le parc n’est pas encore aménagé, les écuries, les bâtiments de la ferme… Mais chaque chose en son temps.

— Cela a dû déjà coûter une fortune, insinua Jacques.

Elle eut un geste de la main, comme pour indiquer que cela n’avait pas d’importance. Jacques, qui ne savait comment en venir au but de sa visite, tergiversa :

— Je sais que vous êtes propriétaire d’une mine de fer au Canada. C’est une chance de pouvoir tirer sa fortune de ce qui se trouve sous vos pieds. On dit que vous avez fait tout ça en souvenir de Louison…

— Oui, c’est ça…

Sa voix s’était durcie et le timbre métallique se renforçait d’une intonation irritée.

— Venons-en au fait, monsieur, poursuivit-elle. Je crois que vous souhaitez créer une fabrique de fromages. C’est une excellente idée, qui pourrait être la chance de cette région.

— En effet, mais pour cela j’ai besoin de locaux de prestige qui ne soient pas trop éloignés du village.

— Si j’en crois encore les rumeurs, vous souhaitez m’acheter la maison des Pèlerins. Je vous réponds tout de suite : il n’en est pas question !

Jacques, qui n’avait pas l’habitude que les femmes lui résistent, se dressa. Son visage pâle masquait mal sa contrariété.

— Je peux payer très cher ce lieu symbolique. Qu’est-ce que ça change pour vous, puisque vous n'êtes pas d'ici ! Il existe de fort belles propriétés dans les parages, et même des châteaux…

— Je peux vous retourner l'argument, rétorqua la femme debout en face de Jacques.

Ne pas voir son visage ajoutait de l'autorité à son propos. Il eut envie de se lever vivement et de faire sauter le chapeau qui tenait le voile.

— Allez, conclut-elle en se dirigeant vers la porte pour montrer que l'entretien était terminé. Je suis certaine que vous allez trouver un local mieux approprié que la maison des Pèlerins.

Jacques s'éloigna, bien décidé à ne pas en rester là.

— Ce n'est pas une femme qui va me faire la loi ! murmura-t-il pendant que M. Maurice poussait la lourde porte d'entrée derrière lui.

17

— Ce soir, première représentation à vingt heures. Soyez prêts et achetez vos billets à l'avance, il n'y en aura pas pour tout le monde !... Le cirque Carpot s'est exceptionnellement arrêté à Saint-Roch pour vous montrer ses prodiges, la girafe contorsionniste, l'éléphant trapéziste, le chien Horace, qui parle huit langues sans le moindre accent, la femme Torfer, qui vous plie un essieu sans effort, et tant d'autres encore...

La camionnette jaune, décorée de scènes naïves de cirque, était stationnée juste en face de l'entrée de l'église. Un haut-parleur diffusait l'annonce de tant de prodiges ! Depuis une dizaine de jours, des affiches avaient été apposées un peu partout, mais les curieux ne mesuraient qu'à l'instant l'importance de l'événement. Certains étaient sceptiques :

— Un éléphant trapéziste, c'est pas possible.

— Et le chien qui parle huit langues... Moi, je veux voir ça !

En ce début d'après-midi de septembre, les gens se pressaient autour du guichet disposé à l'entrée de la maison des Pèlerins. Mme Boisset avait autorisé le cirque à planter son chapiteau dans une prairie qui lui appartenait jouxtant le parc. Ainsi, les enfants pouvaient admirer un dromadaire attaché à un piquet et broutant l'herbe comme un mulet, deux autruches enfermées dans un enclos d'où elles surveillaient les alentours du haut de leur cou démesuré. Les rugissements du lion avaient terrorisé la population au point qu'il fallut la rassurer. M. Carpot avec son porte-voix expliqua que l'animal était enfermé dans une cage aux barreaux de fer et qu'il ne risquait pas de s'échapper. C'était, certes, une bête féroce, mais il rampait devant son dompteur, le talentueux Achille Pelet.

Le soir du spectacle, une belle ambiance de fête régnait au village. Les gens des hameaux voisins étaient accourus et les bistrots ne désemplissaient pas. Sur la place, les enfants jouaient au dompteur. La foule se tassait devant l'entrée du chapiteau. Pour la faire patienter, le clown Gigant jouait de l'accordéon et racontait des blagues. Sous la toile multicolore soutenue par trois mâts régnait une chaleur de four.

Le docteur Grégoire alla prendre Servais avec sa voiture, car il voulait donner une certaine solennité à l'événement. « Ce n'est pas que le cirque m'intéresse, avait-il dit, désinvolte, mais les gens ne comprendraient pas que je m'abstienne ! » Il souriait, tout heureux, comme un enfant face aux merveilles promises.

A vingt heures trente, quand le spectacle commença avec une demi-heure de retard, le village était désert. Les voleurs auraient pu s'en donner à cœur joie dans les maisons qu'on avait oublié de fermer à clef. Les bistrots et les magasins avaient baissé le rideau. Même les vieux impotents et les nourrissons qu'on ne pouvait pas laisser seuls avaient été emmenés au cirque.

Au château, le comte avait donné congé à ses gens, dont Bébert, le vieux gardien, qui se réjouissait de cette distraction inattendue. Louise, la fidèle servante, qui s'occupait de lui jour après jour, avait insisté pour rester, mais il lui avait ordonné de ne pas bouder son plaisir. Que pouvait-il lui arriver pendant les deux heures de son absence ? Depuis quelque temps, il se sentait bien et avait retrouvé l'usage de ses membres ; il pouvait marcher un peu. Installé devant la fenêtre de son salon, il s'était mis en tête de relire pour la centième fois *Phèdre*, de Racine. Il aimait la poésie du dramaturge, la musique de ses vers et la profondeur des sentiments qu'elle véhiculait. Louise avait fait entrer Cerbère, le chien du comte, qui s'était couché à ses pieds, puis elle s'en était allée.

Mme Boisset aussi avait donné congé à ses employés. C'est ainsi que le très impressionnant M. Maurice, qui pourtant ne la quittait presque jamais, assistait au spectacle sur les gradins, où sa haute stature dépassait celle des spectateurs. Tous les regards se portaient sur lui. Il intriguait. Quels étaient ses rapports avec Mme Boisset ? Etait-il son mari, son amant ou son garde du corps ? Les ragots allaient bon train, mais s'essoufflaient vite.

Une fois seule, Mme Boisset poussa un soupir de soulagement. Enfin, elle pouvait redevenir elle-même ! Elle jeta son chapeau sur un guéridon, libérant sa chevelure rousse, toujours aussi abondante, se dévêtit rapidement, découvrant les formes de son corps de femme que la longue robe à plis dissimulait. Elle enfila un pantalon gris, puis, se regardant dans une glace, devant l'horreur des cicatrices sur son visage, reprit le chapeau qui soutenait le voile bleu. Quand les trompettes annoncèrent le début du spectacle, elle sortit du parc par une porte sombre, dissimulée sous le lierre qui encombrait le mur d'enceinte. Elle emprunta le chemin creux qui conduisait au village haut, dépassa les dernières maisons. A mesure qu'elle avançait, elle redevenait Louison. Comme elle aurait aimé que Servais soit près d'elle pour cette promenade nocturne, mais Servais était cassé de partout, trop fragile, beaucoup trop handicapé. Plus jamais il ne se faufilerait dans les joncs d'une berge de la Loire à la recherche d'un repaire de brochet, plus jamais il n'approcherait un groupe de saumons se reposant sur le sable doré…

Elle marchait avec l'instinct sûr des braconniers qui savent poser leurs pieds à côté des brindilles bruyantes et bouger au rythme des ombres. Elle s'arrêta devant les ruines de la maison de Marie. Un incendie pendant la guerre avait laissé les murs debout, des arbustes poussaient là où Louison avait eu sa chambre. Que s'était-il passé ? Les gens affirmaient que le feu avait été provoqué par un orage, mais elle y voyait un acte malveillant. Tout avait été fait pour effacer les moindres traces de la protégée du comte. Après le bosquet, elle aperçut, toujours debout et bien entretenue, la maison de Charles Maubert. Sa sœur y vivait désormais, et l'avait transformée en une coquette habitation fleurie au milieu d'une pelouse tondue avec soin.

Elle s'enfonça dans la forêt par des sentiers d'animaux, parvint à la clairière où elle avait été violée par Arnaud de Cressey. Il n'y aurait pas de pardon.

Les nouvelles étaient bonnes : avec l'argent de l'hypothèque, Arnaud, qui ne savait pas faire les choses simplement, s'était lancé dans l'achat de deux bateaux pour transporter les bois d'Afrique. Il se trouvait actuellement à Marseille, où il faisait aménager des entrepôts. Son entreprise aurait pu réussir si le flambeur n'avait pas cédé de nouveau à son penchant pour la belle vie, la fête et le jeu. La moitié de la somme encaissée s'était déjà envolée en achat de voitures, en réceptions toujours très arrosées et soirées au casino. L'heure de la vengeance approchait pour Louison…

Elle resta un long moment prise par l'émotion du terrible souvenir. Un léger crissement dans les feuilles mortes la fit se tourner. Il était là, vieilli mais toujours aussi élégant. Thibaut braquait sur elle ses yeux de félin pleins de lumière et vint se frotter à ses mollets en ronronnant. Elle lui caressa la tête et les flancs comme elle le faisait autrefois, au temps de la belle Louison…

18

Roger Timont n'était pas allé au cirque. Il devait être le seul que le spectacle de l'éléphant trapéziste n'intéressait pas. Cet employé de ferme vivait en sauvage dans une maisonnette en bordure de la forêt. C'était un des meilleurs braconniers de la région. On s'adressait à lui quand on avait besoin d'un lièvre en dehors de la période de chasse, d'un gros brochet ou d'un plat de truites. Les gardes n'avaient jamais pu l'attraper sur le fait. Il avait appris le métier pendant la Résistance, en fournissant du gibier et des poissons aux maquisards qui se cachaient dans la forêt. Personne n'avait oublié les nombreux services qu'il leur avait rendus grâce à son don d'être partout, invisible, d'entendre tout et de ne rien répéter. Enfant de l'Assistance publique, il avait grandi chez les Bourgiquet, qu'il considérait comme ses parents. Le jour, il travaillait avec eux, la nuit, il devenait un animal sauvage, chasseur insatiable.

Roger Timont était fluet, ce qui lui permettait de se glisser partout telle une anguille. Très brun, son visage ingrat était parsemé d'une barbe irrégulière. Sous ses gros sourcils, ses petits yeux brillaient comme des braises. A trente ans, il fréquentait beaucoup les bistrots, et les filles se moquaient de lui. Il n'aimait pas la foule, aussi personne ne fut surpris quand il annonça de sa voix grave et rauque qu'il n'irait pas au cirque, que ces pitreries le laissaient indifférent. En fait, c'était pour lui l'occasion unique de faire ce qu'il guignait depuis longtemps, à savoir promener son filet dans l'étang bas du château, qui n'avait pas été vidangé depuis vingt ans et devait héberger une multitude de grosses carpes et d'énormes brochets.

Quand la fanfare du cirque annonça le début de la représentation, il prit sa grosse musette qui contenait un filet de cent mètres de long et partit en direction du village haut et du château. La barque du garde était toujours à sa place, simplement attachée par une corde à un saule. Il allait en profiter…

Il s'enfonça dans le sous-bois, tout excité à l'idée de la pêche miraculeuse qui l'attendait. La nuit tombait doucement, c'était une de ces nuits d'été, légères comme un voile. Il marchait sans bruit, ne perdant rien des craquements de brindilles qui trahissaient la présence d'un animal tout proche. Comme il arrivait à la clairière où il avait si souvent posé des collets à lièvres, il s'arrêta, net. Son instinct le poussa à se cacher derrière un gros chêne. Ce qu'il voyait était incroyable et il ne pouvait détacher ses yeux de la femme qui caressait un énorme chat sauvage. C'était Mme Boisset, celle de la maison de Pèlerins, vêtue d'un pantalon gris, de son chapeau et son voile. Par quel miracle cette étrangère présentée comme une citadine se trouvait-elle là en compagnie de ce chat sauvage impossible à approcher ? C'était donc bien Louison, le doute n'était plus possible. Si Mme Boisset cachait son visage, ce n'était pas à cause de ses blessures, mais parce qu'elle ne voulait pas qu'on la reconnaisse.

Quand Mme Boisset ôta son chapeau et son voile, Timont en eut la preuve. La lueur diffuse, tout en cachant les cicatrices, laissait deviner les traits du visage, et les cheveux roux… Timont était atterré. Des frissons gelés parcouraient son corps ; les membres paralysés, il ne pouvait détacher ses yeux de celle que l'on disait morte et qui caressait un chat qu'on n'avait plus vu depuis longtemps.

— Tu es le diable ! dit-elle de sa voix bizarre à cette heure, une voix d'outre-tombe. Vois-tu ce qu'elle est devenue, ta Louison ?

Elle lâcha la tête de l'animal qui se frottait à ses mollets et se tourna dans la direction du braconnier. Timont n'osait bouger, de peur de faire fuir l'apparition. Ce qu'il venait de découvrir était tellement incroyable qu'il se demanda s'il devait en parler. Il pensait à la Louison d'autrefois, il l'avait souvent vue se faufiler entre les ombres. Chaque fois, il en était resté médusé, comme en proie à une apparition. Ce soir, dans la lumière de la lune qui venait de se lever, il était certain d'assister à un prodige.

— Allez, viens, Thibaut ! dit-elle en s'éloignant dans les taillis, suivie par le magnifique animal.

Roger Timont fit demi-tour et s'éloigna sans bruit. Il longea l'étang sans s'arrêter. La pêche miraculeuse serait pour une autre fois ! Passé les premières maisons de Saint-Roch-Haut, il courut chez lui, ferma la porte à double tour, même s'il savait que les apparitions franchissaient les cloisons, et s'assit, se vida un grand verre de vin. Il avait peur des revenants, mais l'émerveillement après ce qu'il avait vu illuminait son esprit.

La nouvelle était trop lourde pour qu'il puisse la porter seul. Il sortit de nouveau et, comme la représentation était terminée, il se rendit au bistrot du père Joffre.

Jacques était allé au cirque en compagnie de sa vieille tante, Martine, seule personne de sa famille vivant encore à Saint-Roch. Veuve en 1916, elle avait vécu dans la maison de son père, sabotier, mort en 1920. Elle n'avait pas eu d'enfant et gâtait Jacques pendant les vacances.

Cette simplicité affichée de celui qu'on voyait partout dans les réunions publiques, dans les bars, et à qui on prêtait des intentions électorales, plut beaucoup. Mais Grégoire, qui donnait le bras à son épouse, le salua froidement. Depuis le retour du « Parisien » on ne parlait que de lui, on lui demandait son avis sur tout et il prenait rarement le parti du docteur Grégoire.

A la fin du spectacle, après avoir ramené sa tante chez elle, Labrenne gara sa splendide voiture au milieu de la place. Les bistrots étaient animés, malgré l'heure tardive, et Jacques ne voulait pas rater l'occasion de se montrer, de parler de ses grands projets. Les gens faisaient cercle autour de lui, attentifs à ses moindres paroles.

La nouvelle partit du bistrot du père Joffre, où Roger Timont racontait son aventure en buvant du vin blanc, et se répandit dans les autres bistrots. Dès lors, on ne parla plus que de ça. La girafe contorsionniste, l'éléphant trapéziste laissèrent tout à coup les gens indifférents. Beaucoup ne croyaient pas aux paroles de Roger, puisque Louison était morte brûlée dans le déraillement d'un train, mais l'invraisemblable leur plaisait ! Roger avait trop bu, une fois de plus, et chacun savait que, lorsqu'il était ivre, il voyait facilement des fantômes. Seul, Jacques garda son calme. Il réfléchissait, en répondant évasivement aux questions qu'on lui posait. Lui qui ne s'embarrassait jamais de questions morales voyait là une occasion à ne pas manquer. Si Mme Boisset était bien Louison, d'où lui venait cette fortune qui lui permettait un aussi grand train de vie ? Il ne croyait pas à la mine de fer découverte par hasard dans son immense propriété au nord du Québec. Lui avait gagné sa fortune pendant les années d'Occupation en faisant du marché noir. Il vendait très cher ce que les gens ne pouvaient pas se procurer avec les tickets de rationnement. Il arrangeait à la fois les habitants de son quartier, quand ils avaient de quoi payer, et les Allemands, en dénonçant à l'occasion des Juifs et des résistants.

Qu'avait fait Louison pendant ces années d'Occupation ? Il pensait aux sacs d'argent parachutés par les Américains aux résistants. Tous n'avaient pas atteint leur but. Le pillage des maisons et des banques détruites par les bombardements en 1943 avait rapporté de grosses sommes à qui avait su se trouver au bon endroit.

Devant l'étonnement de tous, il parla d'une voix posée que chacun écouta avec attention :

— Tout ça, c'est de la poudre aux yeux. Si Louison est là, c'est qu'elle n'est pas morte. On ne ressuscite pas aussi facilement. Qu'est-ce qui prouve qu'elle est allée au Canada ? Je pense qu'elle était dans quelque endroit, à attendre que la fortune tombe du ciel. Et la fortune est tombée !

— Qu'est-ce que tu veux dire ?

— Je m'entends ! fit Jacques en prenant un air mystérieux.

Il ne renonçait pas à s'emparer de la maison des Pèlerins pour sa fromagerie, et l'occasion était trop belle pour la laisser filer. Il vida son verre, consulta sa montre et se dirigea vers la porte.

— L'argent tombait du ciel, oui, quand les avions américains en parachutaient de pleins sacs…

19

Le lendemain, on ne parlait que du retour de Louison. Les gens s'attroupaient sur la place et commentaient les insinuations de Jacques. Tout le monde avait entendu parler des parachutages d'argent, personne n'en avait vu, mais en ces années de reconstruction les fortunes nouvelles, imprudemment affichées, étaient douteuses. Le souvenir de la Louison que l'on accusait d'être la complice du diable tracassait tout le monde. Personne n'avait oublié l'épidémie de rougeole et la mort des deux fils Sidonat. N'était-elle pas de retour pour semer de nouveau la désolation dans le pays ? Ainsi le doute que Jacques avait si habilement semé dans les esprits faisait-il son chemin.

« Elle n'est pas partie au Canada ! Elle était à Orléans, où elle fricotait avec les Allemands. Voilà la vérité !

— Et tu crois qu'elle n'a pas une idée derrière la tête ? »

La nuit venue, de nombreux Saint-Rochois ne trouvèrent pas le sommeil. Même les plus anticléricaux, ceux qui ne croyaient pas en Dieu, se laissaient impressionner par le diable. Le retour de Louison était la pire nouvelle qui soit.

Un seul en était presque heureux, parce qu'il ne croyait pas à ces sornettes : Servais.

Il attendit patiemment le lendemain matin pour sortir. Les rues étaient désertes malgré un beau soleil d'automne. Les gens s'étaient couchés tard et avaient si peu dormi qu'ils ne semblaient pas pressés de reprendre le travail. Et puis le retour de Louison les angoissait. Qu'avaient-ils fait pour mériter autant de malheur ? Ils en voulaient au maire d'avoir accepté de lui vendre la maison des Pèlerins. Mais le docteur Grégoire, qui n'avait pas oublié l'accouchement difficile de la garçonne, incitait les gens à plus de modération et de bon sens :

— J'ai vu son visage ! C'est celui d'une grande brûlée. Il n'y a rien de diabolique là-dedans !

— Et qu'elle soit si riche, ça ne vous étonne pas ? Vous savez ce que dit Jacques ?

— Jacques dit ce qu'il veut, il faudrait encore qu'il le prouve. Dans la propriété qu'elle a héritée de ses parents, qui ne valait rien, on a vraiment trouvé un gisement de fer ! Au Canada, ce n'est pas comme ici, où chaque coin de terre a été remué des centaines de fois depuis l'Antiquité !

— Mais elle n'est peut-être jamais allée au Canada, elle a certainement magouillé pendant la guerre…

— Je vous invite à vous méfier de ce beau parleur, qui ment comme il respire !

Cette parole fut aussitôt répétée à l'intéressé. Ce fut pour lui comme une déclaration de guerre.

— Ah je suis un menteur ! fit-il, la tête haute. Eh bien, on va voir qui est le menteur !

Vers midi, le facteur apporta une nouvelle qui fit aussitôt le tour du village.

— La rougeole est à Bressac ! fit-il, horrifié. Trois enfants en sont atteints ! Et à Manays, aussi !

La rougeole ! Qui ne se souvenait pas de la terrible épidémie de 1938 ? Le lien avec le retour de la rousse était évident. Le soir même, le docteur Grégoire confirma deux autres cas, à Saint-Roch même.

— Mais qu'est-ce que vous allez croire ? s'emporta le maire. Ce n'est qu'une coïncidence !

Personne ne le crut.

Une délégation de villageois se rendit au presbytère, où le curé Biars, dont les résistants n'avaient pas oublié la neutralité pendant l'Occupation, lisait son bréviaire sous sa charmille ombragée. De plus en plus gros et toujours opposé aux idées nouvelles, il haïssait les communistes, raison pour laquelle il n'avait pas aidé les résistants. Il aimait que chacun reste à sa place et se désolait de voir son église se vider au fil des années. Depuis la fin de la guerre, il ne disait la messe que pour une flopée de vieilles femmes. Il s'était disputé avec le comte de Cressey et lui en voulait de lui préférer le curé Plaud, du village voisin.

Roger Timont raconta son histoire au curé, qui se grattait le menton, pensif.

— Je l'ai vue, comme je vous vois, danser avec son chat. Et elle crachait sur la croix du chemin Bleu et elle avait si peu de poids qu'elle ne touchait pas par terre. C'était le diable, j'en tremble encore.

— Calme-toi, dit le curé. Si le diable avait voulu te faire du mal, tu ne l'aurais pas vu venir.

— Elle était morte, renchérit Jeanine Sidonat, qui avait un peu perdu la tête depuis la mort de ses deux fils. Elle est revenue des morts, et elle apporte la rougeole ! Je la laisserai pas faire !

— Dieu a toujours le dernier mot ! répliqua le curé, qui réfléchissait. Ce qui est grave, c'est qu'elle possède la maison des Pèlerins. Et il s'y passe de drôles de choses !

Il avait parlé ainsi pour attirer l'attention. Il se racla la gorge, poursuivit :

— On n'a pas voulu m'écouter quand il a été question de vendre la maison des Pèlerins. Cette maison, c'est l'âme de notre village, la plus ancienne. J'avais proposé qu'on la remette en état et qu'on en fasse un lieu pour les orphelins de la guerre. On m'a dit que cela coûterait trop cher. Maintenant, Jacques voudrait y installer sa fromagerie, qui pourrait devenir la richesse du pays. Ce n'est pas une mauvaise idée…

— Elle hait Saint-Roch et ses habitants, elle veut nous mettre à plat ventre et tuer nos enfants avec sa sale maladie ! lança quelqu'un.

— Elle a toujours refusé d'écouter la messe, ajouta le curé. Je me souviens que, petite fille déjà, elle se crispait quand je m'approchais d'elle…

— Ça ne pouvait pas être autrement ! Sa mère, la Marie, et Charles Maubert, c'étaient des renégats qui ne croyaient en rien. Dire qu'ils étaient amis du comte, lui si croyant ! précisa Jeanine.

— Une chose est sûre, c'est qu'on ne la laissera pas nous mettre dehors de chez nous !

Conscient qu'il fallait battre le fer tant qu'il était chaud, Jacques proposa une réunion dans le bistrot Joffre, dont la grande salle pouvait accueillir plus de cent personnes. Il allait dévoiler ses intentions, et les étapes de son projet. Il se rendit d'abord à Orléans et passa de nombreux coups de téléphone. Il aurait pu le faire depuis Saint-Roch, mais il ne voulait pas que des curieux se mêlent de ses affaires.

Vers cinq heures de l'après-midi, il s'installa à la terrasse d'un café en face de la cathédrale et se fit servir un verre de vin bien frais qu'il savoura en regardant les belles demoiselles sur la place. Il attendit un peu plus d'une heure, lisant le journal pour passer le temps. Arnaud de Cressey le rejoignit enfin, lui serra chaleureusement la main et s'assit.

— Les choses pressent ! annonça Jacques.

— C'est pour ça que je suis rentré de Marseille avant-hier, répondit Arnaud.

— Il y a du changement, précisa Jacques. Mme Boisset n'est autre que Louison !

— Louison, tu dis ? feignit de s'étonner Arnaud, qui l'avait deviné depuis longtemps.

Il souriait, conscient d'être plus malin que ce fanfaron de Jacques, qu'il n'aurait aucun mal à tromper le moment venu.

— Oui, la Louison que nous avons connue tous les deux, poursuivit Jacques. Grégoire affirme qu'il a vu sa figure déformée, rongée par les flammes. Mais je veux en être certain. Et toi, où en es-tu ?

Arnaud porta son verre à ses lèvres, prenant le temps de réfléchir. Il était désormais sûr de lui. Il avait emprunté de l'argent à Mme Boisset, pas à Louison, dont l'acte de décès était bien réel à la mairie. Il ne s'était jamais senti aussi fort !

— J'aimerais bien savoir d'où lui vient sa fortune, reprit Jacques. Je ne crois pas un instant qu'elle soit allée au Canada.

Arnaud lança un regard plein de sous-entendus à Jacques, qui n'en saisit pas le sens.

— Si, elle y était vraiment. J'en ai la preuve : les lettres qu'elle écrivait à mon père, qui l'aime beaucoup.

Jacques leva les yeux sur Arnaud, qui fixait son verre.

— Faut faire disparaître ces preuves. Passons aux choses sérieuses : je peux acheter les terrains à côté de la maison des Pèlerins, les propriétaires sont d'accord. J'ai vu les agriculteurs de la commune et du canton, ils vont produire du lait. Tout cela coûte très cher. Comme convenu, on divise soixante-quarante. J'ai déjà engagé beaucoup d'argent. Tu dois participer à la hauteur de cent mille francs… Tu as acquitté la première échéance, la seconde tombe le 1er septembre, comme le prévoit notre contrat.

— Je suis un peu pris à la gorge, avoua Arnaud. Mon affaire d'importation de bois précieux tarde à être rentable. Il y a toujours des complications… Mais je vais m'arranger.

— C'est parfait. Une fois que la fromagerie fonctionnera, plus personne ne pensera à te demander des comptes sur ce que tu as fait pendant la guerre. Les gens oublient vite, quand tu leur remplis bien l'estomac.

Ils se séparèrent. Arnaud ne rentra pas à Chaon, où il résidait, il chercha une chambre dans le centre-ville.

Le fait que les gens de Saint-Roch avaient découvert l'identité de Mme Boisset l'obligeait à modifier son plan. Il pouvait se servir de Jacques et ne s'en priverait pas.

Celui-ci retourna à Saint-Roch pour la réunion. Les villageois se pressaient dans la salle du père Joffre, où l'on avait poussé les tables. Comme les chaises manquaient, beaucoup se tenaient debout et applaudirent à tout rompre quand la voiture noire du Parisien se gara sur la place. Une fois entré, il tendit les mains pour obtenir le silence et s'excusa de son retard, expliquant que les tracasseries administratives lui prenaient beaucoup de temps. Enfin, il évoqua le sujet principal de la réunion :

— Si je vous ai demandé de venir ici, c'est pour vous faire part de l'avancée de mon projet. J'ai la permission de la préfecture pour construire des bâtiments où seront élaborés nos fromages Saint-Roch, j'ai le financement. Il ne reste plus qu'à acquérir les terrains et la maison des Pèlerins. Or, Mme Louison que vous connaissez, s'y oppose.

— Et alors, s'écria quelqu'un, pourquoi que tu la ferais pas ailleurs, ton usine ?

— Parce que l'usine doit être au centre du village. Si elle est installée même à trois kilomètres, ce ne sera plus vraiment du Saint-Roch. Et la maison des Pèlerins serait le lieu idéal pour présenter nos produits aux visiteurs de marque. On ne va pas les recevoir dans une bergerie. N'oubliez pas qu'ils nous apporteront beaucoup d'argent !

— Et le château ? Tu y as pensé ? On dit qu'Arnaud de Cressey a de gros besoins d'argent.

— Oui, concéda Jacques, mais il ne veut pas s'en séparer. Et puis, un château fait moins d'effet qu'un ancien monastère. Imaginez une recette gardée secrète par des moines depuis le Moyen Age et retrouvée par hasard dans les lieux des siècles plus tard… C'est beaucoup plus vendeur !

— Il a raison, opina Duhamel, l'épicier.

— Mais voilà, reprit Jacques en forçant sa voix, Louison refuse de vendre ! Elle n'était pas là pendant la guerre, mais où était-elle alors ? Au Canada ? J'en doute, tout comme je doute qu'elle ait obtenu sa fortune grâce à sa mine de fer. Non, l'argent était facile à gagner pendant l'Occupation, il suffisait de se trouver au bon endroit !

Jacques, qui savait de quoi il parlait, insista :

— Ce serait la fin de notre projet à tous si elle persistait dans son refus. Il faut donc trouver une solution.

— Et le maire, qu'est-ce qu'il fait ? demanda un villageois.

Jacques eut un geste fataliste. Il sourit pour indiquer que le maire ne voulait pas se mêler de cette affaire.

— Il faudra pourtant qu'il se décide, et la Louison, on va s'en occuper ! ajouta-t-il. On va pas laisser cette femme empêcher notre village de se développer !

Un remous agita l'assemblée, suivi d'un lourd silence. Ceux qui étaient près des fenêtres avaient vu s'avancer Mme Boisset, d'un pas décidé. Les gens se bousculaient pour la laisser passer comme s'ils redoutaient de la toucher. Elle se plaça devant l'assemblée éberluée, et tous attendaient, comme des enfants pris en faute. Gêné, Jacques ne savait que dire.

— Je sais que vous parlez de moi, commença Louison de sa voix qui dérangeait, eh bien me voilà. Je vais tout vous dire.

Joffre apporta une chaise, que Louison refusa. Elle marchait de long en large, son voile bleu bougeait avec le courant d'air.

— J'ai hérité d'une grande propriété au Canada. Voici l'acte de propriété, dit-elle en montrant un document notarié. Cette terre ne vaut rien, mais elle recèle du minerai de fer, qui est actuellement exploité. C'est la vérité, quoi qu'en dise M. Jacques Labrenne, ici présent.

Elle sortit de son sac une liasse de photos.

— Vous pouvez les faire circuler, elles ont été prises dans ma propriété. Pourquoi me suis-je présentée sous le nom de Mme Boisset ? Parce que Louison vous rappelle tant de souvenirs que vous ne m'auriez pas prise au sérieux. C'est vrai que j'ai été déclarée morte dans l'incendie du train qui me conduisait de Québec à Schefferville, au nord de ma propriété. L'accident a coûté la vie à beaucoup de gens. J'ai été brûlée au visage, mais sauvée par les Indiens Montagnais, qui m'ont soignée et guérie grâce à leur médecine et leur science des plantes. On a seulement oublié de renvoyer à la mairie de Saint-Roch un courrier indiquant que je n'étais pas morte !

Jacques applaudit : il laissait volontairement Louison prendre l'avantage, afin de mieux retourner ensuite la situation en sa faveur.

— Et maintenant, voilà ce qu'est devenue la belle Louison, celle que vous avez connue à vingt ans…

D'un geste rapide, elle ôta son chapeau. Des cris de stupeur retentirent. La vue de ce visage rongé par le feu était insoutenable, même si les Saints-Rochois reconnaissaient Louison. Un roulement de voix sombres parsemé d'exclamations étonnées monta de l'assistance. Les gens échangeaient des regards surpris, où se lisait de l'effroi.

— C'est le diable ! cria une personne au fond de la salle.

Louison ne perdit pas son aplomb :

— L'enfer, je l'ai connu. La terrible douleur du feu, pendant des semaines. Je crois au contraire que je dois la vie à Dieu, qui avait décidé que je ne devais pas mourir.

Elle replaça son chapeau sur sa tête, ajusta le voile bleu devant sa figure et sortit, laissant l'assistance médusée. Jacques, qui savait profiter de toutes les situations, se repositionna face à tous. Le ton de la compassion lui allait bien.

— C'est vrai que Louison a beaucoup souffert et que désormais elle ne vit plus comme tout le monde. C'est vrai qu'on doit la plaindre, je comprends aussi qu'elle ait envie de prendre une revanche sur le mauvais sort. Mais ce n'est pas une raison pour empêcher notre projet…

— Ce n'est pas une raison non plus pour qu'elle crache sur la croix ! Et son chat, que personne n'a pu tuer, pas même M. Galand, l'assureur, qui a chassé le lion en Afrique ! Et la rougeole, qui revient ? On n'a pas oublié ce qui s'est passé avant la guerre…

— Et ce que le curé en a dit…

Jacques leva les bras. Il attendait ces réactions. Susciter la peur était le meilleur moyen pour monter les gens contre Louison. La plupart des paysans superstitieux qui se voulaient progressistes gardaient malgré eux les terreurs de leurs ancêtres. Les communistes n'allaient pas à la messe et ne saluaient pas le curé, ce qui ne les empêchait pas de redouter les forces occultes qui s'en prenaient toujours aux petites gens.

— On sait ce qui nous reste à faire ! dit un grand dégingandé connu pour son goût de la bagarre.

Jacques évoqua encore son projet, montra les plans de la fabrique, ceux des entrepôts de lait, des caves d'affinage. Il expliqua :

— Je n'ai rien inventé. Quand j'étais enfant, les gens d'ici fabriquaient un fromage avec du lait de vache qu'ils pliaient dans des feuilles de noyer et enfouissaient à l'abri de la lumière dans des meules de foin. La présence du foin et des feuilles de noyer lui donnait une saveur inimitable, que je n'ai retrouvée nulle part. Nous allons fabriquer à nouveau ces fromages, exactement comme nos grand-mères…

Labrenne fut applaudi à tout rompre puis il offrit une tournée. Après avoir trinqué, il prétexta un rendez-vous important et partit.

Quelques villageois peu pressés commandèrent une autre bouteille. Autour de Marc Blondin, résistant qui n'avait jamais brillé pour son courage, des hommes s'échauffaient l'esprit en buvant du vin de Loire. Blondin était sûr de lui :

— Tout ce qu'elle nous a raconté, c'est du vent. Elle n'est jamais allée au Canada. Les papiers qu'elle nous a montrés ne veulent rien dire. Qu'est-ce qui prouve que les photos ont été réalisées là-bas ? La vérité, c'est que Louison n'est pas allée plus loin que Limoges, où elle vendait ses charmes aux officiers allemands. Je le tiens de gens qui ont des preuves. Sa figure brûlée, c'était dans l'incendie de la maison où elle se trouvait avec les boches, quand les maquisards y ont mis le feu…

— C'est bien possible ! dit Plantet, un employé à la voirie.

— On peut pas laisser cette putain nous regarder de haut, reprit Blondin, c'est pas compliqué. Elle n'a aucune famille, pas d'héritier, personne pour la réclamer. Ce ne serait pas la première qu'on retrouverait dans le bois…

Ils échangèrent des poignées de main complices. Les exécutions sous le couvert de punir des traîtres à la patrie n'étaient pas rares et les gendarmes ne trouvaient jamais les coupables. Ces meurtres allaient certes devant les tribunaux engorgés, mais ils étaient classés sans suite.

— J'ai mon idée, conclut Blondin, d'un air entendu.

Les autres pouvaient lui faire confiance. Il faisait partie de la bande à Rochel, qui chassait le cerf et le sanglier la nuit pour revendre la viande à Orléans et à Paris. Un réseau s'était constitué autour de ce commerce, les gendarmes avaient arrêté plusieurs complices, mais le gros de la troupe restait insaisissable.

Pour Blondin, appuyer sur la gâchette d'un fusil était un acte banal. Une simple pression, une secousse dans l'épaule, un bruit qui n'en finissait pas de mourir dans la nuit et le cerf visé tombait, il n'y avait plus qu'à le dépecer et à emporter les morceaux. Un animal ou cette Louison, cela ne changeait pas grand-chose pour lui.

Louison traversa la place accompagnée par M. Maurice, se rendit chez Servais, dont la porte de la cour était restée ouverte. Marguerite vint ouvrir et s'étonna d'une pareille visite à cette heure. Elle la fit entrer et l'introduisit dans un salon-bibliothèque où des rayonnages de livres couvraient les murs. Servais, assis dans un fauteuil, leva la tête.

— Bonjour, madame Boisset ! la salua-t-il en se dressant. Entrez donc.

— Je t'en prie, Servais, cesse de m'appeler ainsi. Tu sais qui je suis depuis mon arrivée. Et depuis que ce benêt de Roger m'a reconnue, on ne parle que de Louison.

Servais s'assit de nouveau, car la position debout lui était toujours pénible, surtout le soir. Certes, il avait pensé à Louison chaque fois qu'il était en présence de Mme Boisset, il avait été intrigué par la grâce que l'étrangère mettait dans chacun de ses gestes, mais il avait toujours refusé d'écouter ce que son cœur lui soufflait…

— Tu aurais dû être le premier à connaître la vérité, poursuivit-elle en appuyant sur le tutoiement. Je n'en ai pas eu la force. Je te demande pardon. Comme les autres ont vu mon visage, tu dois aussi le voir. Tant pis si je te fais horreur…

D'un geste rapide, elle souleva son chapeau. Dans la lueur oblique de la lampe murale, Servais vit alors la figure marquée par de profondes cicatrices sous les cheveux roux. Il eut un geste de recul, fronça les sourcils comme pour s'assurer qu'il voyait bien.

— Je te fais horreur, n'est-ce pas ? C'est ma punition. Je n'ai pas su profiter de ton amour. Et puis, après mon accident, quand j'avais mal au point de souhaiter la mort, je m'accrochais à l'idée de te revoir, de revenir vers toi et te dire…

Elle s'interrompit, la bouche ouverte sur ses dents que le feu avait épargnées. Servais aurait voulu parler à son tour, mais le souffle lui manquait. Un sourd tumulte grondait en lui. Il aurait voulu dire à Louison que tout était de sa faute, et qu'il n'était pas mieux avec son corps cassé de jeune vieillard. L'amour qu'il lui portait l'avait empêché d'avancer dans la vie. Pendant la Résistance, il avait participé aux opérations les plus risquées parce qu'il voulait se sacrifier à une cause, puisque sans Louison plus rien ne l'intéressait.

— Je suis revenue pour toi, Servais. Parce que j'ai compris, un peu tard, que…

Elle ne parvenait toujours pas à prononcer ce mot tant de fois répété dans sa tête, aux pires moments de sa souffrance. Elle repositionna son chapeau sur ses cheveux roux et le voile glissa devant son visage.

— Oui, j'ai compris depuis tant de choses qui m'échappaient quand j'étais belle…

« Quand j'étais belle » ! Cette phrase tournait incessamment dans sa tête. Sa beauté en faisait une femme trop désirable pour ne pas être jalousée. Le feu lui avait montré que la vanité était une mauvaise conseillère.

— Je t'ai fait souffrir. Je te demande pardon.

Servais inspira longuement. Ses yeux s'étaient mouillés et il ne chercha pas à cacher la larme qui roulait sur sa joue droite.

— Pour moi, tu seras toujours ma Louison, celle qui vole avec le vent, qui danse avec les ombres de la lune. Tu seras toujours en moi, comme une île lointaine que les marins aperçoivent au lever du soleil et qu'ils ne parviennent jamais à atteindre…

Elle avança d'un pas vers Servais et posa sa tête contre sa poitrine.

— Je t'aime ! souffla-t-elle.

Le temps de prononcer ces mots, sa voix désagréable avait retrouvé son timbre d'autrefois.

Puis, sans rien ajouter, elle sortit. Servais entendit la porte grincer en se refermant.

20

Le lendemain, dès les premières heures, la nouvelle fit le tour du village et des hameaux voisins : Blondin, qui n'avait pas eu de mots assez durs contre Louison le soir de la réunion, s'était tué en rentrant chez lui. L'accident s'était produit sur la grande route de Poussay. Que s'était-il passé ? Sa voiture avait quitté la chaussée et s'était fracassée contre un arbre. Il devait rouler très vite, mais ce n'était pas une raison suffisante.

On murmurait qu'il avait beaucoup bu et répétait à qui voulait l'entendre qu'il s'occuperait de Louison le moment venu. Personne n'avait oublié le regard froid qu'elle lui avait adressé en quittant la salle du café. Lui aurait-elle lancé le mauvais œil ? Chacun y allait de sa supposition. Roger Timont, toujours traumatisé par l'apparition nocturne d'une Louison revenue de chez les morts, savait à quoi s'en tenir. Il était pétri des anciennes superstitions et voyait dans tout accident la marque d'une volonté maléfique. Il en fit part discrètement à Poulbot, son voisin, ami de Blondin, qui lui répondit avec un air entendu :

— J'y ai pensé. Mais n'en parlons pas.

Pendant ce temps, la rougeole progressait. Une vingtaine de cas étaient signalés à Saint-Roch. Mais ce n'était qu'une maladie ordinaire, en aucun cas comparable à celle de 1938, même s'il était impossible de ne pas faire le rapprochement avec le retour de Louison.

Le surlendemain, de nombreux villageois se pressaient à l'enterrement de Blondin. Ce n'était pas un saint et tout le monde savait qu'il avait fait partie de la bande à Rochel. On murmurait aussi qu'il avait participé à des besognes pas très nettes pendant la guerre, et que beaucoup lui en voulaient. Mais l'accident après la réunion prenait un sens qui faisait frissonner d'effroi.

Quelques gars de la bande à Rochel étaient présents pour rendre hommage à l'un des leurs. La solidité de cette équipe s'était forgée pendant la Résistance. Le gibier abondait dans les forêts de Sologne, où personne ne chassait. Rochel, qui avait le sens de l'organisation, rendait des services aux uns et aux autres. Résistant de la première heure, il avait d'abord constitué son équipe pour faire main basse sur les convois destinés aux Allemands. Puis, avec le temps, considérant que la guerre durerait encore des années, il avait décidé de profiter de la situation et s'en était pris aux bureaux de tabac, qu'il pillait pour revendre son butin sous le manteau. Quand la viande vint à manquer, il sut en trouver en abondance.

Cousin éloigné de Blondin, Servais s'était rendu à l'enterrement. Le grand invalide s'était placé parmi les résistants sous le drapeau national en hommage au défunt. A cette heure, on ne voulait se souvenir que des actes de bravoure de l'ancien résistant, et Gavot, l'instituteur de Gien, avait préparé un discours plein de reconnaissance.

Au tout début de la cérémonie, une agitation secoua l'assemblée. Louison, donnant le bras à M. Maurice, entra dans l'église et prit place sur un banc du fond. Le curé demanda le silence.

A la sortie de l'église, Louison rejoignit Servais, que chacun saluait avec beaucoup de respect. Lui, appuyé sur sa canne, afficha un visage radieux quand Louison lui saisit le bras. L'étonnement qu'il décela sur les visages lui donna envie de faire une déclaration, puis il pensa que le moment n'était pas opportun. De son côté, Jacques Labrenne profita de l'attroupement pour saluer le couple, et souffler à l'oreille de ses voisins des confidences destinées à être répétées. Prétextant une grande fatigue, Servais ne se rendit pas au cimetière. Donnant toujours le bras à Louison, il se dirigea vers sa maison, Jacques leur emboîta le pas.

— Vous vous êtes retrouvés, dit-il en parlant assez fort pour qu'on l'entende. Je le savais. Servais, demande à Louison de me vendre la maison des Pèlerins. C'est pour le bien du village.

— Tu sais, Jacques, répondit Servais, les morts sont toujours de trop chez les vivants !

Servais reprit sa marche, comme pour clore la discussion. Pendant que l'on chargeait le cercueil sur le corbillard, les gens en profitèrent pour parler. Servais avait-il perdu la tête ? Pourquoi s'affichait-il avec cette femme ?

Après la cérémonie au cimetière, on se rendit par groupes sur la place du village pour échanger les dernières nouvelles. Un enterrement était l'occasion de retrouver les gens des hameaux voisins. Mais la chaleur était oppressante et on avait hâte de retourner chez soi. De plus, cet enterrement mettait mal à l'aise. On venait de porter en terre un homme encore jeune qui, trois jours plus tôt, resplendissait de santé. Comme il fallait une explication à tout, Louison, qui s'habillait en homme, qui braconnait, qui dansait si bien les dimanches d'été, cette Louison dont on avait annoncé la mort, et qui était revenue riche et laide, occupait tous les esprits.

En fin d'après-midi, alors que Louison était chez elle, Servais, de sa fenêtre, vit sortir du bistrot Jacques et Gabriel Matonne, un ami de Blondin. Ils discutèrent un peu puis se séparèrent. Servais n'avait pas besoin d'entendre ce qu'ils disaient. Il se rendit chez Louison. Les gens le virent marcher difficilement depuis la place jusqu'à la cour de la maison des Pèlerins. Ils étaient contrariés de voir ainsi ce grand résistant, qui avait supporté la torture sans jamais dénoncer les siens, se laisser dominer par une revenante. Ils en étaient même à espérer un accident qui les libérerait de la femme sans visage. Après tant d'années de souffrance et d'incertitudes, les Saint-Rochois voulaient retrouver leur tranquillité d'antan.

Servais fut introduit auprès de Louison par une servante indienne. Entre eux, il n'y avait pas d'étreintes, pas de rapprochement. Ils gardaient les distances imposées par leurs handicaps. Beaucoup de temps leur serait nécessaire pour vaincre leur pudeur et leur crainte de se sentir repoussants l'un pour l'autre.

— Il se trame quelque chose contre toi, Louison. Sache que personne ne protestera s'il t'arrive un accident. Depuis la fin de la guerre, les règlements de comptes n'ont pas manqué. Et les gens finissent par s'habituer.

— Je ne me laisserai pas faire. Rassure-toi. Ils ne me font pas peur.

— Ote ton chapeau et ton voile, la pria Servais. J'ai tant de bonheur à voir ton visage.

— Ou ce qu'il en reste ! dit la jeune femme en riant.

Servais reconnut le rire clair de la jeune fille d'avant.

— Pour moi, tu es toujours aussi belle !

— Cesse de dire n'importe quoi. Je suis à jamais punie d'avoir été un peu trop belle.

— Ça ne change rien pour moi.

— La souffrance du feu est horrible, confia Louison. Sans les Indiens, qui ont des secrets pour calmer la douleur, je n'aurais pas survécu. Et dans cet enfer tu m'es apparu comme un sauveur.

— Ecoute-moi, reprit Servais, très sérieux, tu dois quitter Saint-Roch. Tu es en danger.

— Je suis revenue pour toi. Et pour celui que je considérais comme un ami et qui m'a violée un soir de novembre dans la forêt près du château. Il doit payer. Je veux le confondre, l'obliger à ramper comme l'animal immonde qu'il est.

— C'est pour cette raison qu'il a intérêt à te faire disparaître. J'ai vu Matonne comploter avec Labrenne. Matonne, pendant la guerre, c'était l'ami d'Arnaud de Cressey, tu comprends ?

Sa voix s'était assombrie. Il baissait la tête, regrettant peut-être son dévouement à son pays qui l'avait conduit là sur ce fauteuil, semblable à un vieillard, en face de celle qu'il aimait plus que tout et vers qui il ne pourrait jamais tendre la main par peur de la salir.

Louison se leva, s'approcha de lui avec cette grâce des gestes que le feu lui avait laissée et lui prit la main. Au contact de cette peau douce et fraîche, Servais ferma les yeux et murmura :

— Je suis un impotent, alors je ne peux rien pour te protéger.

— Quand j'étais belle, je n'avais pas de rêves, je vivais l'instant, déclara Louison, montrant que ses pensées ne s'arrêtaient pas au danger qui la menaçait. Désormais, j'ai réalisé que la meilleure manière d'être heureux c'est de poursuivre un but que l'on frôle, et qui échappe toujours parce qu'à mesure qu'on s'en rapproche on s'améliore et on le veut toujours plus pur. C'est la seule manière d'apercevoir des lumières invisibles au plus grand nombre.

Servais observait son visage et en découvrait la beauté pour qui savait le regarder. Ses cheveux roux avaient roulé sur son front, ne laissant passer que la lumière de ses yeux.

— Je veux que tu vives ! dit-il à voix basse.

Il sortit lentement, le bruit de sa canne claquant sur les dalles du sol. Il n'était pas sans défauts, il ne s'était pas beaucoup occupé de sa mère et il avait beaucoup dépensé pour aller pêcher dans des rivières lointaines. Son père lui reprochait de se comporter comme un fils de famille, comme cet Arnaud de Cressey uniquement soucieux de son bon plaisir. C'était vrai, avant, mais depuis ne s'était-il pas rattrapé en répondant présent quand il avait fallu se battre pour la liberté et pour une certaine idée de l'humanité ?

Il faisait encore doux. La lumière rasante du soir apportait une sérénité à laquelle il fut sensible. Parvenu chez lui, il demanda à Marguerite :

— Va chercher Albert et les frères Géraud. Il faut que je leur parle tout de suite.

Albert était épicier ambulant, comme il y en avait encore dans cette contrée où les hameaux étaient disséminés dans la forêt. Il avait perdu un bras dans le maquis, mais cela ne l'empêchait pas de conduire son camion et d'apporter ses marchandises dans des fermes reculées. Marc et Paul Géraud possédaient un domaine important au bord de la Sologne, là où la Loire a déposé une bonne couche d'alluvions fertiles. Ils faisaient de l'élevage, mais produisaient aussi des légumes qu'ils vendaient à des grossistes d'Orléans et de Paris. Ils ne se ressemblaient pas : Paul était puissant, sanguin, Marc chétif et pâle. Compagnons de détention, malmenés en même temps que Servais, ils éprouvaient pour lui cette amitié qui ne peut naître que dans la souffrance.

Ils arrivèrent en début de soirée. Servais pria Marguerite de déboucher une bouteille de vin rosé de Gien et expliqua la situation. Il faisait très chaud et les hommes transpiraient abondamment.

— Matonne prépare quelque chose ! avertit Servais. Il est de mèche avec Jacques Labrenne et je suis certain qu'Arnaud de Cressey n'est pas loin. Nous devons protéger Louison.

— On peut difficilement la surveiller jour et nuit, remarqua Marc. Il faut surtout qu'elle évite d'aller en forêt.

— Dis-lui de ne pas sortir de son parc et elle ne craindra rien, ajouta Paul.

— Matonne ne brille pas par son courage, assura Marc. Arnaud non plus. Voilà ce qu'on va faire : on va les avertir tous que s'il arrive la moindre chose à Louison on leur fera la peau. Cela devrait suffire à les calmer. Arnaud sait qu'on ne reculera pas. Il est en sursis.

21

— Au feu ! Au feu !

Il était peut-être deux heures du matin quand un cri réveilla les gens de Saint-Roch-Bas. Albert Duret, malgré sa corpulence, fut le premier debout. Les vitres de sa chambre étaient éclairées par une lueur puissante qui l'affola. Il enfila rapidement son pantalon et courut dehors. Là, un spectacle affligeant stoppa sa course au bord de la ruelle. Un crépitement infernal ponctué de roulements profonds le paralysait. Les gens sortaient de chez eux, aveuglés par des gerbes d'étincelles qui montaient à l'assaut de la nuit.

— La maison des Pèlerins brûle ! hurla quelqu'un.

Sous l'effet de la chaleur, les tuiles éclataient, des morceaux de charpente s'effondraient dans un bruit sourd. Après un instant de stupeur, Duret ordonna aux hommes présents de le suivre ; un employé de la mairie arriva, poussant une charrette à bras avec un tuyau enroulé et une pompe à moteur qui refusa de démarrer.

Dans le parc du château, c'était la panique. Les domestiques couraient dans une lumière d'enfer, évitant de se faire renverser par les poutres enflammées qui tombaient du faîtage. Parmi eux, Duret reconnut la haute stature de M. Maurice et lui cria :

— Où est Louison ?

Celui-ci passa près de lui sans répondre. Le bruit sourd des flammes qui sortaient des fenêtres et du toit du bâtiment principal était intense. On entendait hennir les chevaux dans l'écurie voisine. M. Maurice eut le réflexe de les libérer et les animaux s'échappèrent vers la forêt. La lueur de l'incendie montait jusqu'aux étoiles, qu'elle cachait. Jacques Labrenne arriva sur les lieux, s'assit sur l'herbe, insensible aux morceaux de bois fumants qui tombaient près de lui. Duret, qui était partout à la fois, lui ordonna de se mettre à l'abri.

Les pompiers de Sully-sur-Loire furent enfin sur les lieux, avec leur vieux camion qui pétaradait. Ils déroulèrent plusieurs lances à incendie aussitôt reliées au petit étang et se mirent à arroser le brasier. La chaleur était insupportable, mais les hommes n'y prêtaient pas attention. Suant, couverts de suie, tous unis dans la lutte contre le pire des sinistres, ils prenaient de grands risques pour sauver ce qu'ils pouvaient soustraire aux braises, comme s'il s'agissait de leurs biens propres.

Une épaisse fumée montait au-dessus du brasier. Les jets d'eau faisaient fléchir l'échine aux flammes, mais elles repartaient de plus belle sitôt que la lance s'éloignait.

Il fallut toute la nuit aux pompiers, aidés par les villageois, pour venir à bout de l'incendie. Le jour pointait. Une fumée à l'odeur âcre s'échappait des ruines inondées.

Dans l'agitation, personne ne fit attention à celui qui avançait péniblement en s'aidant de sa canne.

Il marchait droit devant lui, sans se préoccuper des autres, affairés près des pierres brûlantes. Le docteur Grégoire lui cria de se tenir à l'écart. Servais ne l'entendit pas et poursuivit sa marche laborieuse. Enfin, quand M. Maurice s'approcha de lui, il demanda :

— Où est Louison ?

— Je la cherche ! répondit le métis, dont Servais entendait la voix pour la première fois.

Un silence oppressant régnait maintenant sur le parc. L'incendie avait épargné la petite maison au fond du parc où logeaient des domestiques. On ne voyait qu'elle au milieu des ruines fumantes. Des villageois ramenaient les chevaux qui s'étaient regroupés sur les berges de l'étang. L'écurie avait été épargnée en partie, mais les animaux refusèrent d'y rentrer.

Servais marchait en trébuchant sur les tisons encore brûlants dans l'herbe. Il allait, sourd aux injonctions de ceux qui tentaient de l'arrêter. Il passa à côté de Jacques, toujours assis dans l'herbe. L'aube donnait aux silhouettes une couleur fantastique, blême, irréelle.

Jacques leva la tête vers lui. Les larmes roulaient sur ses joues, accrochant un peu de la lumière du soleil levant. Voir pleurer ce fanfaron d'ordinaire insensible et égoïste toucha Servais.

— Les idiots, murmura Jacques. Ils ne méritent pas ce que je leur apportais !

Servais reprit sa marche en pensant que Jacques n'était peut-être pas aussi fourbe qu'il l'avait cru. Parvenu au bosquet, à l'endroit où il venait avec Louison profiter de l'été à l'ombre du grand hêtre, il la vit, assise à sa place habituelle. Sans un mot, il la rejoignit.

L'incendie enfin éteint, les villageois regagnaient leurs maisons et leurs occupations quotidiennes. Bientôt, il n'y eut plus personne, sauf cinq domestiques qui se dépêchaient de mettre à l'abri dans un hangar ce qui avait pu être sauvé : petits meubles, chaises, fauteuils, vêtements et rayonnages de livres.

— Ils ont gagné ! murmura Louison, en serrant la main de Servais. J'avais envisagé de céder la maison des Pèlerins à Jacques parce que son idée de fromagerie me semblait bonne et que cette vaste demeure était trop grande pour moi. J'ai investi ici beaucoup d'argent par esprit de revanche, pour leur montrer que la garçonne ne leur céderait rien. Me voilà punie.

— Non, répondit Servais, ce sont eux qui sont punis !

Les Saint-Rochois n'avaient plus le moral. La destruction de la maison des Pèlerins leur coupait toute envie d'entreprendre. Ils avaient cru au projet de fromagerie de Jacques Labrenne. Même le docteur Grégoire, qui ne s'était jamais montré partisan du rachat de l'antique prieuré, mesurait l'ampleur du gâchis et s'en prenait volontiers aux bigotes et au curé, qui se murait pour l'heure dans son presbytère.

Les gendarmes de Sully-sur-Loire étaient persuadés qu'il s'agissait d'un acte criminel puisque le feu était parti de deux endroits à la fois. Ils avaient interrogé les voisins, mais n'avaient pas trouvé le moindre indice qui aurait pu orienter leurs recherches. Quand ils apprirent le coup de folie meurtrière de plusieurs femmes après la mort des deux fils de Jeanine Sidonat en 1938, ils crurent enfin tenir une piste. L'actuelle épidémie de rougeole, neuf années plus tard, avait rapidement régressé et le docteur Grégoire n'avait eu à soigner que des cas bénins. Pourtant, ils orientèrent leurs recherches dans cette direction.

Louison emménagea dans la seconde maison du domaine, épargnée par les flammes, et parlait de quitter Saint-Roch. On ne croisait presque plus Jacques, qui avait renoncé à sa fromagerie et allait rentrer définitivement à Paris.

« Pour qu'un rêve se réalise, il faut en être digne ! avait-il assené à une réunion chez le père Joffre. J'ai assez perdu d'argent dans cette affaire. »

Les habitants l'écoutaient, tête basse, se sentant fautifs, conscients d'avoir raté là une belle opportunité...

La certitude de l'incendie criminel rendait les Saint-Rochois méfiants, sournois, comme à l'époque de l'Occupation. De nouveau, il fallait faire attention à ses propos, qui pouvaient être interprétés de la pire manière. Chacun menait sa petite enquête et le garde champêtre recevait tous les jours des dénonciations qu'il ne prenait même pas la peine de rapporter à la gendarmerie. Les rancœurs familiales, les brouilles en étaient souvent le mobile principal. Néanmoins, Duret retint un fait rapporté par Marie Clédat, propriétaire de la pompe à essence sur la route d'Orléans. Jeanine Sidonat avait acheté un jerrican de vingt litres de carburant la veille de l'incendie. A la question des gendarmes : « Qu'en avez-vous fait, puisque vous n'avez pas de voiture ? » Jeanine parut embarrassée, avant de répondre qu'un cousin venait labourer son petit champ avec son tracteur et qu'elle le payait en essence.

Le brigadier Lapierre, au courant de la haine de Jeanine pour Louison, jugea la piste sérieuse. La suspecte fut emmenée et questionnée toute une journée. N'ayant aucune preuve, mais la soupçonnant fortement, Lapierre la garda la nuit dans sa prison. Le lendemain à midi, il la libéra : le cousin avait confirmé ses dires et montré le jerrican encore plein. Tout était à recommencer...

Le temps s'était remis au beau. Les cèpes poussaient en abondance dans les bois de Sologne. Les fabricants de conserves sillonnaient la campagne, achetant les champignons aux particuliers, qui gagnaient ainsi un peu d'argent facile.

Deux jours après sa libération, on apprit que Jeanine Sidonat s'était suicidée. En rentrant du travail, son mari la trouva allongée sur son lit, sans vie. Le docteur Grégoire découvrit qu'elle s'était empoisonnée au taupicide : le verre, au fond de liquide blanc, était encore posé sur une chaise. Jeanine, à la santé fragile, n'avait pas supporté d'être soupçonnée. Elle laissait une lettre sur la table de la cuisine que son mari lut d'une voix tremblante :

— « Vivre après ce dont on m'a accusée est impossible. Comment les gendarmes ont-ils pu me croire capable d'un tel crime ? Je ne pourrai plus sortir de chez moi, aller à la messe et supporter les regards pleins de soupçons. »

La mort de Jeanine, que beaucoup appréciaient, fit planer une atmosphère si lourde que les gens, qui se sentaient un peu coupables, se croisaient sans échanger un mot. Le silence de la place désertée par les enfants laissait espérer un orage, quelque chose de brutal, pour casser l'ambiance pesante qui planait sur le village.

Après l'enterrement de Jeanine, qui rassembla une foule considérable, chacun voulait tourner la page et penser à autre chose. On espérait aussi que Jacques allait repartir dès que possible et qu'une fois le rêve de prospérité oublié on reprendrait une vie ordinaire, la seule convenable.

La présence de Louison lors de la cérémonie dérangea tous ces gens qui n'aspiraient qu'à se retrouver entre eux pour panser leurs plaies. Ils la voyaient rarement, toujours au bras de Servais désormais, ce qui les gênait. Ils en oubliaient le sacrifice du courageux résistant, dont ils ne comprenaient pas l'attachement stupide à celle que certains considéraient encore comme une revenante et une sorcière.

Ce matin de septembre, il pleuvait. C'était une de ces petites pluies fines qui s'installent pour des jours après une série d'orages, l'été touchait à sa fin et on préparait les premières flambées dans les cheminées.

Louise, la servante d'Hubert de Cressey, se présenta à la porte de la petite maison épargnée par l'incendie et demanda à parler à Louison.

— M. le comte souhaite vous voir, annonça-t-elle.

— Que se passe-t-il ? demanda Louison.

— M. Le comte va très mal et veut vous parler tant qu'il le peut.

Louison enfila un châle et demanda à M. Maurice d'aller chercher la voiture garée dans un hangar au fond du parc. Quelques instants plus tard, la Traction noire traversait le village et empruntait la route tortueuse en direction du château situé sur un promontoire. Louise conduisit la jeune femme à la chambre de M. de Cressey.

Louison trouva le comte alité, très pâle, la tête appuyée contre un gros oreiller. Il tourna les yeux vers la visiteuse et sourit légèrement. Son beau visage maigre avait un teint terreux, ses paupières lourdes tombaient sur ses yeux sans lumière.

— Merci d'être venue aussi vite. Asseyez-vous.

Louison rapprocha une chaise du lit. Le vieil homme tourna la tête, inspira.

— Ce qui s'est passé est monstrueux, dit-il d'une voix tremblante, mais cela ne m'étonne pas.

Devant le regard interrogateur de Louison, il précisa :

— Je sais qui a mis le feu à la maison des Pèlerins. Mais ce n'est pas pour cela que je vous ai fait appeler. Ma vie n'a pas été exemplaire. J'ai commis de graves fautes devant Dieu. Je dois m'en confesser, car la mort m'attend. Je la vois, derrière la porte, prête à me prendre dans ses bras.

Face à la voix à peine audible du vieillard, à son souffle court, Louison ne sut pas protester. Il ne la tutoyait pas en ce moment extrême, ce qui la gênait.

— C'était à Verdun, poursuivit-il en fermant les yeux. J'étais un jeune officier plein de fougue. Je l'ai rencontrée un soir, chez un ami qui m'avait invité dans sa famille. Elle était là avec son mari, mais je n'ai vu qu'elle. Une chaleur intense m'avait envahi. Elle était si belle, votre mère ! Votre père était un grand gaillard au regard franc, à l'allure décidée. Pourquoi avaient-ils quitté le Canada ? Je ne l'ai pas su… D'ailleurs, cela n'avait pas d'importance, je ne voyais que votre mère, et elle ne voyait que moi. Le lendemain, nous nous sommes retrouvés, et les jours suivants. Je m'en voulais, car c'était une grande faute de ma part. J'étais marié et Arnaud était déjà né. Mais comment résister au démon ? Nous nous voyions tous les jours. Elle m'expliqua qu'elle avait décidé de divorcer…

Ses lèvres s'étaient étirées en un léger sourire.

— Mais je ne suis pas votre père. Cela doit être dit. Vous étiez née quand j'ai rencontré votre mère.

Louison poussa un profond soupir. Le doute entretenu l'avait gênée pendant des années. Elle se sentait tout à coup libre de quitter Saint-Roch, conscience que cette hypothétique filiation l'y avait retenue.

M. de Cressey inspira profondément, secoua la tête et leva les yeux vers la porte, comme s'il redoutait de voir entrer la mort trop tôt.

— Votre père détenait une grosse somme d'argent sous forme de pièces d'or, de bijoux. C'était pour acheter un bien en France. C'est moi qui ai pris cette petite fortune qui vous revenait, et je l'ai dépensée pour restaurer le château. Je suis un voleur.

— Ce n'est rien, s'empressa de dire Louison en s'approchant du moribond. Avec la propriété que mes parents m'ont laissée là-bas et la mine de fer qui s'y trouve, je n'ai besoin de rien.

Se redressant sur son lit, il demanda, en dardant son regard clair dans celui de Louison :

— Vous allez reconstruire la maison des Pèlerins ?

— Non, trancha la garçonne d'une voix sifflante. C'était une erreur de ma part.

— Je suis de votre avis. Mais revenons à notre propos. J'ai donné le château à Arnaud pour répondre aux exigences nobiliaires de M. Marteret. J'ai eu tort. Arnaud est indigne du nom qu'il porte. J'ai décidé de ne pas lui céder le titre de comte. Je ne veux pas qu'il paraisse à mon enterrement ! Ce n'est plus mon fils !

Louison ne voulut pas lui avouer que le château était hypothéqué et qu'elle en serait bientôt la propriétaire. Le comte tendit une main tremblante, qu'elle saisit.

— Arnaud n'aura plus rien de moi.

Il se tut de nouveau. L'air raclait sa gorge à chaque inspiration. Il était à bout de forces, Louison se leva pour partir.

— Je vais vous laisser reposer…

— Non, attendez. J'ai un grand service à vous demander.

Il désigna la large armoire en noyer à droite de son lit.

— Ouvrez la porte, s'il vous plaît… Vous voyez ce coffret en bois ouvragé ?

Louison découvrit un coffre relativement petit, avec un couvercle galbé entièrement sculpté et des dorures tout autour. Elle le prit, il n'était pas très lourd, le posa sur le lit devant le comte.

— Maintenant, prenez la clef dorée dans ce tiroir…

Louison eut du mal à faire tourner la minuscule clef dans la serrure. Elle souleva le couvercle ; l'intérieur était tapissé de velours vert. Des parchemins enroulés et retenus par des rubans rouges en occupaient la plus grande partie. Sur le côté, des écrins montraient différents bijoux, bagues en or ornées de pierreries, broches et médailles militaires.

— Le trésor des Cressey, dit le comte de sa voix tremblante d'émotion. C'est essentiel pour la famille.

Ces parchemins vieux de plus de cinq cents ans prouvent l'antique noblesse de notre lignée, et ces bagues, ces bijoux ont appartenu à des membres de la famille. Les décorations montrent la vaillance des Cressey, qui ont toujours répondu présent pour défendre la patrie.

Il souriait légèrement à la contemplation du contenu. Du bout des doigts, il caressa les parchemins, dont certains comportaient encore leur sceau d'origine.

— Vous donnerez ce coffret à Philippe, dernier des Cressey digne de ce nom. Je lui ai écrit de venir le chercher à la maison des Pèlerins. Il ne faut surtout pas qu'Arnaud s'en empare. Depuis qu'il a renié son nom en ne se portant pas aux premières lignes pour lutter contre l'ennemi, ce n'est plus un Cressey.

— Je vous promets que ce sera fait ! assura Louison en fermant le coffre et en rangeant la clef dans sa poche.

— Il habite 18, rue du Bac, à Paris. Une dernière chose : les gens parlent à côté de moi comme si j'étais déjà mort. J'ai entendu une confidence qui pourrait vous intéresser.

Il lui souffla quelques mots à l'oreille d'une voix inaudible. Ensuite, Louison se dirigea vers la porte.

Maurice, qui patientait dans le couloir, voulut porter le coffre mais elle refusa son aide. Une fois montée dans la voiture, elle donna ses consignes :

— Il faudra le mettre en lieu sûr. Il ne doit surtout pas tomber entre les mains d'Arnaud de Cressey.

Les phares allumaient les bas-côtés de la route. Louison, le coffret sur ses genoux, était triste. Avec la mort prochaine du comte, une page de sa vie allait se tourner. Elle comprenait que c'était pour lui qu'elle n'avait pas cherché à se venger plus tôt. Maintenant, rien ne la retenait, et une idée germait dans son esprit.

Le lendemain matin, elle partit marcher au bord de l'étang du parc et contempla l'eau paisible, les insectes qui voletaient à la surface, les canards en bordure. Elle attendait une visite, qui ne tarda pas : Arnaud, vêtu d'une chemise colorée, était entré par une petite porte dans le mur, près d'un abri en planches. Elle ne s'était pas trompée : ses espions au château avaient dûment renseigné le fils du comte qui, bien qu'invisible, n'était jamais très loin.

— Bonjour, Louison. Je passais par là et j'ai eu envie de te revoir. Je voulais te dire combien je suis attristé par ce qui t'arrive. Ceux qui ont fait ça devront payer.

— En effet, ils paieront.

— Tu sais que je suis bien renseigné ! On murmure que Jacques ne supportait pas que tu refuses de lui vendre la maison des Pèlerins et qu'il aurait agi par dépit.

Louison se planta devant son ancien ami d'enfance. Que cherchait-il à lui faire croire ?

— Jacques n'a pas toujours été très honnête, reconnut-elle, mais je ne le crois pas capable d'un tel acte.

— Tu as peut-être raison, répondit Arnaud, à court d'arguments. Qui alors aurait mis le feu ?

— Cela se réglera en temps utile, répondit Louison.

Elle lui adressa un regard froid. Le moment était venu de ferrer le poisson.

— Je te croyais à Marseille en train de régler ton affaire de transport de bois…

— Non, je séjourne à Chaon, où j'ai une amie. Je vais bientôt repartir.

— Tu as pensé à me rembourser ? L'échéance est pour la fin de l'année.

— Ne t'inquiète pas, tu seras remboursée au centime près !... Louison, je crois que tu as vu mon père ?

— Comme les nouvelles vont vite ! feignit de s'étonner Louison. Oui, j'ai vu ton père. Il ne va pas bien.

Arnaud expliqua les causes de leur brouille. Il en était désespéré, naturellement. Son père lui en voulait de ne pas avoir combattu à ses côtés. C'était un homme d'une autre époque, qui n'entendait que le combat frontal. Lui, Arnaud, avait préféré agir dans l'ombre, ce qui, selon lui, l'avait rendu beaucoup plus efficace.

— Servais non plus n'a pas compris que j'étais du côté des maquisards et que sans moi ils auraient tous été exécutés.

Louison s'était renseignée sur la conduite d'Arnaud pendant l'Occupation. Il n'était sûrement pas aussi lâche que le prétendait Servais, mais l'appât du gain et le goût de la fête avaient toujours été ses mobiles essentiels, et il n'avait pas su résister aux multiples tentations qui s'offraient à lui. Dans des circonstances aussi graves, il s'était comporté comme un enfant gâté.

— Mon père ne sait pas que lorsqu'il a été arrêté et emmené devant le peloton d'exécution, c'est à ma demande que le commandant von Ritch, à qui j'avais fourni des filles pour une soirée un peu particulière, a tout arrêté. Et Servais, ton Servais, s'il est vivant, c'est aussi grâce à moi.

Louison était triste. Dire qu'Arnaud avait été son camarade d'enfance et son premier émoi d'adolescente ! Il montrait déjà à l'époque les travers de l'homme qu'il allait devenir. Quand Jacques était en vacances, il ne savait rien lui refuser et il s'associait toujours à lui pour malmener la petite orpheline. A la fin de l'été, une fois Jacques reparti, Arnaud redevenait un compagnon agréable.

— Dis-moi, as-tu des nouvelles de Baptiste ? demanda Louison, cédant à une pensée soudaine.

— Non, on dit qu'il a fui en Amérique du Sud, mais je pense comme beaucoup qu'il a été fusillé au coin d'un bois.

Baptiste était une enveloppe vide ! Louison mesurait l'ampleur de son erreur quand elle le préférait à Servais. Elle s'était trop attachée aux apparences.

— Toi et moi, on a toujours été amis, poursuivit Arnaud. Mon père t'a donné le coffre de famille.

— Le coffre de famille ? s'étonna Louison.

— Oui, un coffre en bois sculpté. Je l'ai vu quand j'étais enfant. Il était dans la chambre à coucher de mon père, qui y tenait beaucoup parce qu'il y avait mis de très anciens papiers prouvant notre noblesse. Je sais que tu l'as emporté chez toi.

— Mais qui t'a si bien renseigné ?

— As-tu vu l'intérieur ? demanda vivement Arnaud, comme s'il n'avait pas entendu la question.

— Oui, des parchemins, comme tu dis, mais aussi des bijoux de grande valeur, des bagues, deux colliers, des pierres précieuses. Elles ont été réunies par les générations successives, déclara Louison pour exciter la convoitise d'Arnaud.

— Ce coffre me revient, mais je sais que mon père ne veut pas que tu me le donnes.

Louison hésita un instant. Elle tourna la tête et vit, à quelques mètres, dissimulé derrière un bouquet d'aubépines, M. Maurice, qui ne quittait pas la scène des yeux.

— Je dois le remettre à ton cousin.

Arnaud serra les lèvres. Ses yeux se plissèrent. Son père avait donc choisi son cousin pour continuer la lignée ! Ce freluquet qui faisait le beau parce qu'il savait piloter un avion et qu'il avait fait de la guerre son terrain de jeu ! Jamais il n'accepterait d'être banni, jugé indigne de son nom et de son titre. Son père n'avait pas hésité à confier le trésor de famille à la garçonne, la fille de sa maîtresse. Il pensa un instant à cette nuit de novembre... Il l'avait violée parce qu'elle lui appartenait, parce qu'il l'aimait depuis leur enfance et qu'elle s'était toujours refusée à lui. Louison aussi pensait à cette fin de chasse à la palombe où sa vie avait basculé. Et à ce que le comte lui avait soufflé dans l'oreille, quelques heures plus tôt.

— Maintenant que nous savons que tu n'es pas ma demi-sœur, je vais te parler franchement. Te souviens-tu, quand nous étions enfants, que je voulais t'épouser ? Et notre bel été, après la première année de collège. On se promenait main dans la main. Notre premier baiser...

— Je n'ai rien oublié, Arnaud. Mais les étés suivants, je ne t'ai guère vu !

— Mon père, toujours lui, ne voulait pas que je te fréquente... Mais mon cœur est...

— Cesse de dire n'importe quoi, le coupa Louison, plus touchée qu'elle ne le montrait. Je vais remettre le coffre à Philippe, qui viendra le chercher demain en fin d'après-midi.

— Chez toi ?

Louison sourit, comme pour montrer qu'elle n'était pas dupe.

— Oui, chez moi, mais pas dans les ruines de la maison des Pèlerins. Nous avons convenu d'un endroit discret. Maintenant, file, je n'ai plus rien à te dire et je suis fatiguée.

Arnaud en savait assez pour agir et disparut dans les taillis. Louison le vit franchir la petite porte et pensa à cet adage canadien : « Quand le poisson a faim, qu'importe l'appât ! » Son plan avait désormais toutes les chances de réussir, pourtant, elle hésitait. M. Maurice la rejoignit en souriant.

— Je ne saurai jamais ce que je veux ! dit-elle en soupirant.

Le temps allait se gâter dans la soirée.

22

Le lendemain, Louison passa l'après-midi avec Servais. Elle était nerveuse. Ses mouvements n'avaient pas leur grâce habituelle. Elle cachait mal son angoisse, ne cessait de vérifier chaque détail de leur plan :

— Tu as bien parlé à Albert Duret ?

— Mais oui, répondit Servais avec un brin de lassitude. Tu peux me faire confiance, tout se déroulera comme prévu. Moi aussi, j'ai un compte à régler avec Arnaud.

— J'espère que Marsaut sera avec lui, ajouta-t-elle. Le complice est tout aussi coupable.

Dix ans après, elle n'avait pas oublié la force de ses bras, la douleur quand il l'avait écrasée contre sa poitrine pour la ligoter. L'heure était venue d'exposer le violeur à la haine des villageois, et elle le redoutait. Sans son agression, serait-elle partie au Canada ? Elle s'imagina un instant institutrice à Orléans ou dans un village voisin, mariée avec Baptiste et probablement mère de famille. Elle fit une petite grimace en levant les yeux sur Servais.

Et puis le souvenir de ce bel été, de ces après-midi avec Arnaud, assis dans l'herbe au bord de l'étang à se frôler, se toucher du bout des doigts, à s'aimer en silence. Elle avait beau se persuader qu'Arnaud lui avait parlé de la sorte pour attendrir la femme à qui il devait beaucoup d'argent, elle ne pouvait s'empêcher d'y penser : la petite rouquine en mal d'amour était toujours vivante au fond de son cœur.

Elle consultait souvent la pendule au balancier doré qui reflétait la lumière de la fenêtre. Le soleil avait chassé les nuages après la petite pluie du matin. La nature rafraîchie resplendissait. On aurait dit un soir de printemps dans un été finissant. Louison mesurait ainsi la vitesse du temps, de la vie qu'elle n'arrivait pas à saisir. Elle, qui s'était tant ennuyée durant son enfance et sa jeunesse au point de devenir une louve, redoutait la cavalcade des jours et des saisons, la précipitation avec laquelle chaque chose cherchait à se détruire.

Vers seize heures, Louison quitta Servais, traversa la place en compagnie de M. Maurice, comme elle le faisait désormais tous les jours. Servais se plaça derrière la fenêtre, car il attendait quelqu'un. Il était calme, même si Marguerite avait remarqué son visage contracté. Enfin, une voiture noire s'arrêta dans la cour. C'était Lebel, qui venait le chercher. Personne ne s'en étonna : Servais avait annoncé qu'il devait aller chez un spécialiste à Orléans, qui projetait d'opérer ses jambes. Il enfila son vieux pantalon et sa veste de chasse.

La garçonne se rendit à l'écurie. Elle était nerveuse. Au moment de réaliser ce qu'elle avait le plus désiré pendant des années, elle se sentait lourde, indécise, comme si ce qu'elle croyait être de la haine cachait un sentiment honteux, devenu une part active de sa personne, indispensable à sa survie. Enfin, quand la demie de seize heures sonnait au clocher, elle dit à Maurice :

— Je pars seule à cheval. Tu sais ce que tu dois faire !

Il sourit. Il avait mis ses muscles, son art du combat au service de cette femme qui l'avait sauvé de la pendaison chez les Indiens Montagnais, une fidélité à toute épreuve qui n'attendait rien en retour. Fils d'une Indienne et d'un Européen, son regard d'acier était typique des métis du Nord canadien. Il parlait peu, maîtrisant mal le français.

Louison posa sur sa tête la bombe à laquelle elle avait fait fixer un autre voile bleu. Elle enfourcha son cheval noir et sortit par la grande porte de la maison des Pèlerins. Les gens la virent traverser la place et sortir du village, ce qui les étonna. C'était en effet la première fois qu'ils la voyaient en cavalière.

Elle parcourut la campagne, empruntant les chemins creux entre les bosquets, et parvint aux ruines de la maison de Marie, là où se rattachaient ses plus anciens souvenirs. Maintenant qu'elle connaissait sa véritable identité, elle avait l'intention de remettre sur pied la bâtisse et attendait dans les jours prochains le maçon qui ferait le gros œuvre. C'était ici qu'elle avait voulu confondre son violeur, à cet endroit précis, en souvenir de la fillette qui allait avec son compagnon de jeu du château fabriquer des moulins en brins de noisetier. Le petit garçon était aujourd'hui un homme sans scrupules ; elle savait qu'il n'hésiterait pas à employer la force pour parvenir à ses fins. Tout était-il en place ?

Elle ouvrit la sacoche au flanc de son cheval où se trouvait un petit coffre et attendit, n'osant regarder les ruines proches où se cachaient Servais et ses complices.

L'animal s'ébroua et hennit. Malgré les assurances d'Albert Duret, la peur bloquait la respiration de celle qui était presque redevenue la belle Louison d'antan. La nuit tombait lentement. Le soleil avait disparu à l'horizon et ce lieu, si souriant jusqu'alors, devenait tout à coup sordide, empli de sons étranges qu'elle ne reconnaissait plus. A ce détail, Louison comprit qu'elle n'était plus d'ici.

Deux hommes à pied surgirent d'un bosquet. Arnaud et son inséparable Marsaut souriaient. N'étant pas suffisamment naïfs pour penser que tout allait se passer comme ils l'espéraient, ils avaient dû prendre leurs précautions.

— Bonsoir, Louison. Où est le coffre ?

Devant autant de détermination, la jeune femme oublia sa peur. Tout à coup sûre d'elle, son désir de vengeance reprenant le dessus, elle marcha sans hésiter vers Arnaud.

— Qu'est-ce que tu fais là, Arnaud ? Ce n'est pas toi que j'attends. Je te prie de t'en aller.

— Je veux le coffre qui me revient.

— Tu ne l'auras pas. Il appartient désormais à ton cousin, qui sera là d'un instant à l'autre. Les armoiries de la famille de Cressey ne doivent pas revenir à un homme comme toi, un homme capable d'incendier la maison des Pèlerins parce que Jacques te faisait de l'ombre.

— Qu'est-ce que tu insinues ? Ce n'est pas moi qui ai mis le feu à ta maison !

— Si, je le sais, insista Louison. C'est ton père qui me l'a dit et il en a les preuves. Où étais-tu, le soir de l'incendie ? Bébert, le vieux domestique, cherchait des champignons ce soir-là, et il a vu ta voiture cachée derrière la ferme abandonnée. Il vous a vus aussi, toi et ton ami ici présent, avec un bidon d'essence. Si Bébert n'a rien révélé aux gendarmes, c'est que personne ne lui a rien demandé et qu'il ne voulait pas salir l'honneur de ton père avant sa mort.

— Ecoute, Louison, fit Arnaud en parlant plus bas, j'ai bien compris que tu allais céder à Jacques parce qu'il est bel homme, et brillant. Ce que j'aurais pu accepter de ma demi-sœur, je ne pouvais l'admettre de ma Louison, celle que je porte dans mon cœur.

A son tour, Louison baissa la tête.

Marsaut lorgnait la sacoche au flanc du cheval. Louison se plaça devant, il l'écarta d'un geste brutal. Arnaud le rejoignit, souleva le battant de cuir et remarqua :

— Ce n'est pas le coffre des Cressey ! C'est une caisse ordinaire. Tu aurais osé tromper mon cousin et garder le trésor des Cressey pour toi ? Je ne peux pas y croire !

— C'est le coffre que m'a confié ton père.

— Tu mens ! s'emporta Arnaud en se jetant sur la jeune femme.

Elle poussa un cri, puis se ressaisit en voyant les silhouettes du garde champêtre et de M. Maurice se détacher derrière un pan de mur calciné. Alors, elle s'écria :

— Oui, je mens ! Tu penses bien que je n'aurais pas risqué de te donner le véritable coffre ! Mais, dis-moi, tu me reconnais, ainsi vêtue ?

— De quoi parles-tu ? fit Arnaud d'une voix aigre, en se tournant vers son compagnon. Me voilà au tribunal, jugé par une fille dont personne n'ignore le passé…

— Rappelle-toi cette nuit de novembre, dans le bois derrière cette colline. Ton ami ici présent et toi aviez la figure cachée par une cagoule noire. Lui, avec sa main au doigt manquant, m'a ficelée et bâillonnée pour que je ne crie pas. Et toi, te souviens-tu de ce que tu m'as fait ?

Il hésita sur l'attitude à prendre, cherchant ses mots.

— Je n'en pouvais plus de te voir libre et heureuse avec ce coquelet de Baptiste, fit-il enfin, comme affecté.

— Tu m'as violée, tu m'as souillée pour toujours… Et l'enfant que j'ai porté était le tien !

— Assez ! cria Arnaud en s'approchant de Louison. Venons-en aux faits !

— Non ! Tu me dois de l'argent, beaucoup d'argent, et je suppose que tu n'as pas l'intention de me le rendre. Cela t'arrangerait bien si je venais à disparaître, poursuivit Louison pour ne pas entendre l'élan du fond de son être. Tu as probablement pensé que je serais brûlée dans l'incendie, mais le feu qui m'a épargnée dans le train de Schefferville n'allait pas me calciner dans une aussi belle demeure. Maintenant, tu pourrais aussi me faire tuer. Il y a tant de cadavres sans criminels en ces temps de règlements de comptes. Ça t'arrangerait beaucoup, car je ne crois pas un instant que tu aies gardé le moindre sentiment pour moi !

Elle parlait ainsi pour ne pas se montrer faible, pour ne pas céder à ce sentiment indéfini mais bien réel qui l'agitait.

Sur un signe d'Arnaud, Marsaut saisit Louison à bras-le-corps. Alors, sortant des ruines, un homme apparut, tenant une arme braquée sur les agresseurs.

— Attention, menaça-t-il, je sais me servir de ce pistolet. Ce serait justice, Arnaud, parce que mes blessures, c'est à toi que je les dois, toi qui as dénoncé les résistants de Saint-Roch.

— Qu'est-ce que tu crois ? Que j'allais faire équipe avec les bras cassés du maquis ? J'ai toujours pensé que les Allemands allaient mettre de l'ordre dans un pays qui en avait bien besoin. Oui, j'étais pour l'élimination des Juifs qui dominent le monde !

Il siffla entre ses dents. Aussitôt, quatre hommes de la bande à Rochel se placèrent de chaque côté de Servais.

— Pose ton pistolet.

Servais avait du mal à se tenir debout. L'arme tremblait dans sa main et glissa au sol. Les autres le maîtrisèrent.

— Tant pis pour toi ! s'écria Arnaud, qui, se tournant vers ses complices, ajouta : On portera les corps dans l'étang en contrebas. Personne ne pensera à les chercher et les écrevisses auront tôt fait de les manger…

Un sifflement strident retentit alors. Albert Duret, le garde champêtre, se montra, en compagnie de quatre gendarmes de Sully-sur-Loire appelés discrètement en renfort.

— Personne ne bouge ! ordonna le garde champêtre. Arnaud de Cressey, vous êtes accusé de viol, de collaboration avec l'ennemi et de l'incendie de la maison des Pèlerins. Tout le monde a entendu vos aveux.

Puis, s'adressant aux gendarmes, il ajouta :

— Emmenez-les tous.

Epuisée, Louison s'effondra dans les bras de Servais. Ce qu'elle avait espéré et attendu depuis si longtemps se réalisait. Elle se sentait tout à coup démunie. Elle pensait au jeune garçon avec qui elle avait échangé son premier baiser. C'était aussi un peu à elle que les gendarmes passaient les menottes. Enfin, le visage du comte de Cressey s'imposa à son esprit. Il allait donc quitter ce monde avec la honte d'un fils indigne. Hubert de Cressey ne méritait pas un tel déshonneur.

— Allez, viens, dit Servais en la conduisant vers son cheval.

Elle n'avait pas la force de le ramener au village. Un gendarme la fit monter dans sa voiture, un autre se chargea de l'animal.

Sur la place de Saint-Roch, la foule s'était déjà rassemblée. Le fourgon s'arrêta devant la maison du garde champêtre, où se trouvait une pièce qui servait de cellule pour ceux qui, ayant trop bu, éprouvaient le besoin de jouer des poings. Lorsque les prisonniers sortirent du véhicule, les cris de haine fusèrent. Arnaud baissait la tête. Des pierres l'atteignirent, et si les gendarmes ne l'avaient pas protégé, l'arme à la main, les Saint-Rochois l'auraient mis en pièces. En retrait, Jacques assistait à la scène, mais n'y participait pas.

Le regard d'Arnaud croisa celui de Louison, qui y lut une grande détresse. Venait-il de comprendre que la vie n'était pas un jeu ? Toute son enfance pesait sur la conscience de la garçonne, qui fut tentée de demander aux gendarmes de le relâcher. Elle découvrait que les sommes colossales englouties dans la maison des Pèlerins n'étaient que vanité. L'incendie la libérait d'une partie sombre de sa personne. Sans les méfaits d'Arnaud, n'aurait-elle pas emprunté des chemins qui l'auraient égarée loin de sa nature profonde ?

Au bras de Servais, elle s'éloigna, sans un mot à la foule qui s'était tue et regardait le couple claudiquer lentement.

— Je suis trop compliquée pour vivre comme tout le monde, murmura-t-elle, les larmes aux yeux.

Le lendemain en début d'après-midi, on apprit la mort du comte de Cressey. Selon sa volonté, Arnaud ne fut pas autorisé à le voir. Louison se rendit au château en compagnie de Servais. Ils se recueillirent longuement près de la dépouille de cet homme courageux et sincère. L'arrestation d'Arnaud n'était sûrement pas étrangère à son décès survenu alors que le comte se portait mieux et avait pu faire quelques pas dans son jardin.

Tout le monde regrettait ce combattant généreux. Philippe de Cressey arriva le lendemain. Comme l'avait décrit son grand-oncle, c'était un bel homme. Elle sourit en pensant à l'époque où Hubert de Cressey avait décidé de les marier. N'était-ce pas pour donner une réalité à son amour clandestin qu'il avait souhaité la faire entrer dans la famille ? Ils échangèrent quelques amabilités. Louison fit la connaissance de son épouse, qui garda ses distances. Etait-elle au courant du projet du comte, ou lui en voulait-elle d'être désormais propriétaire du château de famille ?

L'enterrement rassembla une foule considérable. La cérémonie religieuse se déroula dans la chapelle du château, où étaient enterrés les Cressey depuis plusieurs siècles. Le préfet d'Orléans avait fait le déplacement et prononça un discours très apprécié de tous.

Deux jours plus tard, sans en parler à Servais, Louison se fit conduire à Orléans par M. Maurice. Elle se présenta à la prison centrale et demanda à parler à Arnaud de Cressey. On la fit patienter dans une pièce séparée en deux parties par une grille de fer. La garçonne était fébrile en attendant son ami d'enfance ; à mesure que les minutes défilaient dans cet endroit sordide, elle regrettait d'être venue.

Quand Arnaud apparut, encadré par deux policiers, elle eut envie de s'enfuir. Les policiers quittèrent la pièce, la laissant seule avec le prisonnier, qui, mal rasé, les cheveux en broussaille, ressemblait à un voyou ordinaire.

— Tu viens savourer ta victoire ! dit-il. Pour me voir au plus bas du déshonneur !

— Non, je voulais te dire que je te pardonne.

Le visage d'Arnaud se contracta. Il eut un mouvement de la tête. De véritables larmes roulaient sur ses joues piquées d'une barbe déjà grisonnante. Touchée, Louison lui prit la main à travers les barreaux, puis elle fit demi-tour et s'éloigna, incapable de parler. Trop de sentiments contraires s'affrontaient en elle. Arnaud n'avait que ce qu'il méritait, pourtant, elle l'aiderait à sa sortie de prison. Elle n'oublierait jamais le compagnon de jeu à qui la petite rouquine donnait la main pour explorer les pièces secrètes du château. L'amour avoué d'Arnaud, même s'il était feint, avait réveillé chez cette mal-aimée le sentiment tendre né dans son adolescence après sa première année de collège.

— C'est ainsi, confia-t-elle à M. Maurice, qui l'attendait dans la voiture, je ne serai jamais comme tout le monde, parce que, comme toutes les orphelines, j'ai le cœur ouvert à tous les vents.

Les jours suivants furent pluvieux. Le ciel bas sur les forêts de Sologne écrasait les toitures grises que nul rayon de soleil ne venait illuminer. L'automne sombrait dans l'hiver avec les premières gelées. Cette sensation de fin de saison embrumait les esprits. Louison n'échappait pas à l'ennui général, la langueur passive de la nature sans vie. Après la mort du comte, elle n'avait plus aucune attache dans le village. Une page de sa vie s'était définitivement tournée.

Seule la décision qu'elle venait de prendre avec Servais lui gardait un peu de joie au cœur.

Elle avait fait appeler Jacques Labrenne, qui avait décidé de faire quelques réparations dans la maison de sa tante avant de quitter le village. Il n'avait plus les propos triomphants pour parler de son affaire de fromages. Devenu un homme ordinaire, on oubliait de le saluer quand il traversait la place.

Louison l'accueillit à sa sortie de voiture avec une chaleur et un empressement qui ne lui étaient pas habituels. Elle montra du bras les murs calcinés et déclara, en regardant la maison des Pèlerins :

— Voilà ce qu'on a fait d'une si belle demeure que j'avais bien l'intention de te céder pour tes fromages.

Jacques poussa un soupir. Il avait de l'allure, malgré les plis de ses yeux qui indiquaient un esprit retors, toujours prêt à profiter de la moindre occasion.

— C'était une superbe idée, mais les Saint-Rochois n'en sont pas dignes. Tu vas reconstruire la maison des Pèlerins ?

— Non, trancha Louison. On ne peut pas faire deux fois la même chose, l'émotion, l'envie, le rêve manquent !

Une seconde voiture se gara à côté de celle de Jacques, qui s'étonna d'en voir sortir le docteur Grégoire. Il se demanda si ce n'était pas un piège et fit un pas en retrait. Louison lui posa familièrement une main sur l'épaule.

— N'aie crainte, Servais et moi avons une proposition à te faire.

Elle invita les deux visiteurs à entrer dans le minuscule salon où Servais les attendait et les pria de s'installer. Louison demanda à M. Maurice d'apporter à boire. Quand ce fut fait, debout en face de Jacques, elle annonça :

— Je serai bientôt propriétaire du château de Cressey.

Jacques et Grégoire échangèrent un regard surpris.

— Oui, j'ai prêté une somme importante à Arnaud, qui ne pourra pas me rembourser. Si vous connaissez un peu l'endroit, vous avez sûrement remarqué les amas de pierres tout à côté du parc…

— Oui, dit Grégoire, qui connaissait l'histoire locale, ce sont les restes d'un prieuré qui était rattaché à la maison des Pèlerins.

Jacques, qui réfléchissait, se gratta l'arrière du crâne. Son regard s'alluma.

— En effet, en effet ! dit-il, énigmatique, parce qu'il venait d'avoir une idée.

Le maire se taisait, mais commençait à comprendre, lui aussi.

— Les Cressey n'ont jamais eu les moyens d'y faire des fouilles, d'ailleurs, cela ne les intéressait pas, dit-il enfin.

— Justement, reprit Louison en jetant un regard heureux à Servais, il y a beaucoup de pierres bellement taillées couvertes de ronces et d'orties. Or, l'autre soir, Servais en a découvert une très curieuse !

— Oui, poursuivit le quincaillier, il y a un sentier d'animaux que j'ai bêtement emprunté, et comme je ne pouvais pas aller plus loin, je me suis assis sur ce qui semblait être une sorte de table. J'ai enlevé la mousse très humide et, dessous, il y avait des inscriptions…

— Ce serait la recette des fromages de Saint-Roch ! s'exclama Jacques d'une voix triomphante.

— Certainement ! admit Louison. C'est difficile à lire et personne ne comprend le latin, alors j'ai aussitôt imaginé cette pierre posée au centre du grand salon de réception du château, témoin de l'ancienneté des fromages de Saint-Roch fabriqués dans les bâtiments voisins…

Jacques voyait là le moyen de relancer son projet et lui qui ne manquait jamais d'imagination poursuivit :

— On peut inventer une légende autour du château et du prieuré, détruit pendant la guerre de Cent Ans ! On la reliera à la maison des Pèlerins, poursuivie depuis les croisades par une malédiction à la suite d'une terrible histoire d'amour… On peut faire rêver et frissonner, ce sera bon pour le commerce…

— Ils attendent surtout que vous leur proposiez un fromage original et de grande qualité ! tempéra le médecin.

— Vous avez sûrement mangé celui que faisaient nos grand-mères. Pour la qualité et l'originalité, je n'ai aucune inquiétude ! triompha Jacques.

Grégoire se grattait la tempe droite, et prudent comme à son habitude il précisa d'une voix pourtant convaincue :

— Tout cela va coûter très cher !

— Le château sera cédé à la Société des fromages de Saint-Roch, où la commune aura une grosse part, dit Louison.

— Et vous, où allez-vous habiter ? demanda Grégoire.

Louison se plaça à côté de Servais, posa une main sur son épaule.

— La maison des Clément est très confortable, nous y serons très heureux, à chacun de nos séjours ici.

— Et celle-ci ?

— Elle va être vendue. Et je vais faire reconstruire celle de ma mère, comme c'était prévu depuis longtemps.

— Bon, dit Jacques, qui était pressé de se remettre au travail, on recommence. Certes, le château n'a pas une place centrale dans le village, comme la maison des Pèlerins, mais avec un peu d'imagination on saura faire un avantage de ce petit désavantage…

— La commune sera avec vous ! conclut Grégoire, qui voulait faire oublier son manque d'enthousiasme quand le Parisien avait présenté son projet.

Epilogue

Ce matin de novembre 1947, le ciel était de nouveau clair. Il allait faire beau. Louison et Servais ne pouvaient espérer meilleur temps. Les cloches de l'église sonnaient à la volée et la place envahie de gens et de curieux rappelait les fêtes que l'on organisait avant la guerre.

Les mariés sortirent enfin sur le parvis. Lui, malgré sa canne, avait fière allure avec son costume sombre, sa cravate claire et la médaille de la Légion d'honneur épinglée à sa veste ; elle, en robe blanche qui mettait en valeur son corps, un voile très léger cachant son visage, avait tant de classe qu'on doutait qu'elle ne fût pas la fille du comte. On oubliait enfin l'incendie de la maison des Pèlerins. Avec la résurrection des fromages de Saint-Roch, les gens reprenaient confiance dans l'avenir.

Ils se mariaient donc, à Saint-Roch, et la présence du préfet et des conseillers généraux montrait bien que ce n'était pas un mariage ordinaire. Jacques était présent, placé avec les notables pour qu'on le remarque et qu'on mesure son importance. A la fin de la cérémonie, tout le monde se retrouva dans le parc des Clément qui jouxtait la quincaillerie. On y avait planté une grande tente pour le banquet. Plusieurs discours étaient prévus. Les mariés furent acclamés et Louison prit la parole :

— Servais et moi avons décidé de partir au Canada, où nos affaires nous appellent. Mais nous reviendrons très vite.

Un tonnerre d'applaudissements éclata, troublant les hirondelles rassemblées sur les fils électriques avant leur grand départ pour l'Afrique du Nord. Le vent souleva les feuilles mortes, qui s'envolèrent autour des convives comme une nuée de papillons dorés.

POCKET N° 16966

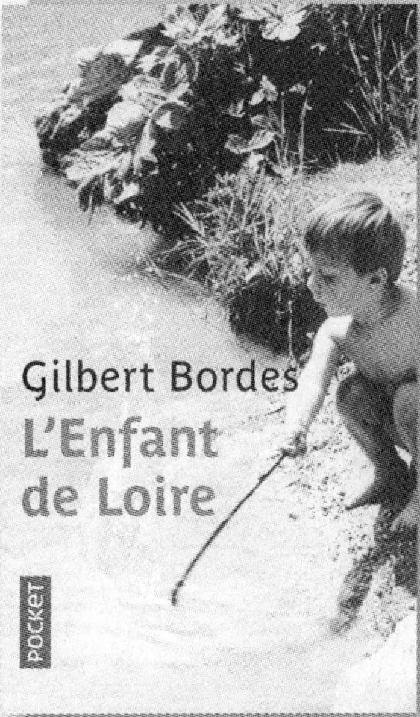

« Il y a du repentir, de la résilience, des beaux sentiments. »

La Montagne

Gilbert BORDES
L'ENFANT DE LOIRE

La Loire est un fleuve imprévisible. Un jour de pêche fructueuse, Boris Maleroy y secourt la belle Irène Lestang, surprise par les sables. Entre le braconnier de basse extraction, mal vu du pays, et la bourgeoise bien mariée, cet été 1914 met le diable aux corps… et bientôt sa marque au ventre d'Irène. Las, si son mari au front paraît loin, les Lestang ne comptent pas laisser passer l'offense. Au nom des apparences et des bonnes mœurs, tout sera tenté pour faire disparaître, coûte que coûte, l'enfant de Loire…

Composition et mise en pages
Nord Compo à Villeneuve-d'Ascq

Imprimé en France par CPI
en mars 2020
N° d'impression : 3037431

S30793/01